U0954260

. . .

Affections chain was all too r
and friendship fled . . . She is

My starry dawning . . .

joy on earth to me, where thou art not . . .

I have no early flowers to fling . . .

Lifes silver cord torn apart, the golden bow

Come to my grave when I am gone, and ben
. . .

I am . . . I am . . . I am.

ear,

fry.

MISS ELIZA'S

伊莱莎小姐的

ENGLISH

厨房手札

KITCHEN

A NOVEL OF
VICTORIAN COOKERY AND
FRIENDSHIP

〔英〕安娜贝尔·阿布兹 (Annabel Abbs)　著　　罗媛　译

中国出版集团
中译出版社

图书在版编目（CIP）数据

伊莱莎小姐的厨房手札 / (英) 安娜贝尔·阿布兹 (Annabel Abbs) 著；罗媛译. -- 北京：中译出版社，2022.10

书名原文: MISS ELIZA’S ENGLISH KITCHEN

ISBN 978-7-5001-7180-5

I. ①伊… II. ①安… ②罗… III. ①长篇小说一英国一现代 IV. ①I561.45

中国版本图书馆CIP数据核字（2022）第154756号

MISS ELIZA'S ENGLISH KITCHEN by Annabel Abbs

Copyright © Annabel Abbs, 2021

Published by arrangement with Zeitgeist Agency, through The Grayhawk Agency Ltd.

The simplified Chinese translation copyright © 2022 by China Translation and Publishing House

ALL RIGHTS RESERVED 版权登记号：01-2022-4142

伊莱莎小姐的厨房手札 YILAISHA XIAOJIE DE CHUFANG SHOUZHA

出版发行： 中译出版社
地　　址： 北京市西城区普天德胜大厦主楼 4 楼
电　　话：（010）68359101　（010）68357328
邮　　编： 100088
电子邮箱： book@ctph.com.cn
网　　址： http://www.ctph.com.cn

出 版 人： 乔卫兵　　**总 策 划：** 刘永淳
策划编辑： 郭宇佳　马雨晨　赵　青　　**责任编辑：** 邓　薇　马雨晨
文字编辑： 马雨晨　邓　薇　　**营销编辑：** 张　晴　徐　也
版权支持： 马燕琦　王立萌　王少甫　　**封面设计：** 黄　浩

排　　版： 北京中文天地文化艺术有限公司
印　　刷： 北京中科印刷有限公司
经　　销： 新华书店

规　　格： 880 mm×1230 mm 1/32　　**印　　张：** 11.25
字　　数： 250千字　　**版　　次：** 2022年10月第1版
印　　次： 2022年10月第1次

ISBN 978-7-5001-7180-5　　**定　　价：** 78.00元

版权所有　侵权必究
中　译　出　版　社

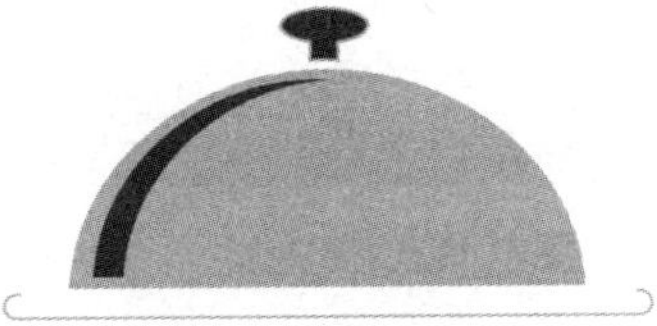

献给我的女儿布莱尼，

同为作家的她亦是我的烹饪伙伴。

“生活有黑暗的秘密；鲜有心灵
不珍视尘世的悲伤……”
——L. E. 兰登,《秘密》，1839 年出版

“但是，哦！最刻骨的哀恸，
孕育于欲哭无泪的剧痛。”
——伊莱莎 · 阿克顿,《是的，请离开我》，1826 年出版

“我愿冒昧猜测，写下这么多诗歌却无署名的匿名作者，
往往是个女人。”
——弗吉尼亚 · 伍尔夫,《一个人的房间》，1929 年出版

作者介绍

安娜贝尔·阿布兹在布里斯托尔、萨塞克斯和威尔士长大，之后分别在东安格利亚大学和金斯敦大学学习英国文学和市场营销专业，如今回到了她的“初恋”——文学。

安娜贝尔已著有《乔伊斯女孩》（*The Joyce Girl*）、《弗里达：查泰莱夫人的原型》（*Frieda: The Original Lady Chatterley*）、《风中漫步：走在先锋女性的道路上》（*Windswept: Walking the Paths of Trailblazing Women*）等多部女性主题作品，以其迷人的写作风格成为文学节和书展上一颗闪亮的新星。她的作品曾获评“英国《卫报》读者的选择”“《泰晤士报》2018年年度图书”，荣获“新锐作家印象奖”和“聚光灯小说奖”等奖项，入围“巴斯小说奖”“加勒多尼亚小说奖”“威弗顿好读物奖”，广受英国广播公司四台《女性时间》等媒体赞誉。

安娜贝尔现在居住在伦敦和东萨塞克斯郡，和家人共同练习烹饪，她的美食博客还入围了“英国年度博客奖”。偶尔她会在推特（@annabelabbs）上发表关于书籍、写作和艺术的推文。《伊莱莎小姐的厨房手札》的写作灵感来自一本家族流传的古董烹饪书籍，安娜贝尔·阿布兹在其中发现了伊莱莎·阿克顿所著的烹饪书的早期版本。

译者介绍

罗媛，南京大学文学博士，苏州科技大学外国语学院教授，硕士生导师，英国格洛斯特大学研究中心（2009—2010）和美国哈佛大学英文系（2014—2015，2022—2023）访问学者。主要研究方向：英国当代文学、文学翻译和英语教学。主持完成教育部人文社科青年基金、江苏省人文社科基金等项目，目前正主持教育部人文社科基金项目 1 项。

前言

这是一部以少量已知事实和真实人物为蓝本的虚构小说，讲述英国诗人兼先锋烹饪作家伊莱莎·阿克顿和她的助手安·柯比的生活。从 1835 年至 1845 年，伊莱莎和安住在肯特郡的汤布里奇，致力于撰写一本烹饪书《当代烹调术》。该书出版后被誉为“英国有史以来最卓越的烹饪书”（比·威尔逊，《电讯报》），“英语世界最优秀的烹饪书”（琼·瑟尔斯克博士，大英帝国司令勋章获得者），“我心爱的同伴……给人启迪，坚定果断”（伊莱莎白·大卫）；当时不仅风靡英国，也一度成为国际畅销书，在 30 年内销售逾 125000 册。伊莱莎·阿克顿对后来的烹饪作家产生了深远影响，其中就包括英国著名现代女厨师迪莉娅·史密斯，她称伊莱莎·阿克顿是“英语世界中最好的烹饪作家”，自己“深受鼓舞……影响巨大”。

目录

序曲

1861 年
伦敦，格林尼治

惠特马什先生今天出发去上班前，一反常态地送给我一份礼物。被棕色的纸包裹严实，没有丝带，只用细绳包扎。尽管如此，仍然是一份礼物。

“这是给你的，我的安。”他对我说着，发红且泪汪汪的双眼却盯着他的怀表。他喜欢称呼我为他的“安”，尽管对有着我这样年龄和经历的仆人，称呼“柯比夫人”或许更合适。当然，我的工作不限于仆人的活儿，比如晚上为他暖床，还有为他那些失去母亲的女儿们梳头。

当他的皮鞋底在大理石地板上抬起和踩下的声音完全消失后，我好奇地戳了戳包裹。从形状和重量可以猜到这是一本书。我解开细绳，打开包装纸，脑子里急速翻腾着，仿佛有人手持打蛋器爬进了我的头脑，搅拌出细腻的泡沫。

这是一卷诗集，一本小说，还是一本地图册？他为什么要送给我礼物？包装纸变成难看的碎纸片儿掉在地上。我喜不自胜，如此……我暂停了一下，寻找了一个能恰当地描述我此刻心情的词——兴高采烈！我笑了笑，因为我很清楚是谁教会了我“兴高采烈”这个词。

惠特马什先生知道我喜爱阅读，因为他曾多次撞见我在看书，可以说是逮个正着。他先是发现我在图书室仔细看他收藏的地图，又在炉子旁逮着我正醉心地读一本诗集，还有一次，他看见我在埋头读一本小说，那时我本该用蜡把地板打得光亮如新。但是，不就是因为这一点他才乐意这么快带我到床上去吗？不也正是因为如此他才会深情地称我为他的“安”？

我的嘴角轻轻地抽动了一下，又很快止住，脑子里的急速翻腾也停了下来。这时所有的包装纸都已被撕掉了，在我脚边散落成碎片。原来这是一本大部头的书，既不是诗歌也不是小说，更不是一本地图册。我把它翻过来，闻了闻那小牛皮做的封皮，感受那像皮肤一样光滑的书脊。然后我用指尖划过封面，划过凸起的镀金标题:《比顿夫人的家庭管理之书》。

我为什么会需要这样一本书？强烈的失望感奔涌而来，我用手指把书页翻动得噼啪作响，书页起皱，上面的文字开始在我眼前闪烁和旋转：小牛蹄子和米饭……鞑靼芥末……白沙司萝卜……醋栗布丁……我嘴里极不文雅地发出呼哧呼哧的喘息声。惠特马什先生竟给我买了一本食谱！这个人太滑稽了，简直就是个小丑。

忽然，我停下了极速滑动的手指，目光也随之放慢，停留在书上的一道食谱——煎三文鱼配刺山柑酱。一种奇怪的感觉掠过我的心头。我的大脑，几分钟前还被搅和得像泡沫堆成的山峰，现在已变得又小又紧，而且很安静，就像一粒榛子。

食谱上的每一个字、每一种食材，我都似曾相识，这是一种怪异的感觉。我翻开一页阅读，然后再翻一页、再翻一页。慢慢地，我突然明白了：这些食谱是我的，当然也是她的。我认出了它们，因为每一道都是由我烹制出来的。我曾用粉笔头把自己对这些菜肴的观察情况都记录在石板上，日复一日，年复一年。

我们的食谱已经被盗用，在空白的新页面被重新排列，缺乏她优雅的措辞，也少了她俏皮的幽默。本质的内容都还在，却只剩冷冰冰的指令和配料清单。现在这本食谱被署名为“比顿夫人”，不管这个女人是谁，事实上，这些食谱是属于我和伊莱莎小姐的，伊莱莎小姐此时已躺进坟墓，犹然尸骨未寒。

我继续阅读，仿佛正用舌尖品尝每一道菜：甜滑的韭菜，在黄油中旋转的嫩豌豆，像雪一样新鲜轻盈的蛋白酥皮……渐渐地，一道又一道的食谱仿佛把我带回了博尔戴克之家的厨房：空气中弥漫着烤鸽子的烟味、煎洋葱的香味和炖李子的味道，一切都在欢歌——水泵在洗涤间转动着曲柄，木柴在火炉里噼啪作响，还和着锡器的叮当声和餐具的当啷声、擀面杖发出的砰砰声，以及锅里绵延不绝的气泡声和炖煮声。

我撇开惠特马什先生给我的这本盗版食谱，慢慢弯腰、跪下来，从地上捡起包装纸。这时我仿佛听见了她的声音。我认出了她的脚步声，她是如此利索和坚定地踩在石板路上。她正向我走来，裙子在脚踝上沙沙作响。她用果断而温柔的声音向我呼唤着：“安，安？”

我对她接下来要说的话已然烂熟于心：“我们今天会很忙，

安。”我等待着，却只有一片寂静。我隐约听见了外面鸽子的叫声，随着强风刮过，鸽子的叫声也变得微弱起来，隔壁的雄鸡正精力充沛地打鸣。

我明白自己必须要做什么了。

第一章

伊莱莎
鱼刺

伦敦城的正午，两轮轻便马车和四轮马车咔嗒咔嗒地在鹅卵石路上飞驰而过，小贩们在尖声叫卖，手推车挤来挤去。瘦骨嶙峋的男孩们光着上身，像饥饿的鸟儿俯冲而下似的，铲起那些还冒着热气的马粪。这是一年中最酷热的一天，或者只对我来说是这样，我身着自己那件最好的丝裙，穿着紧身衣，感觉身体快要烧起来了。主祷文街上的每一块砖头、每一个铜钟罩、每一根铁栏杆都仿佛散发出热气，甚至连搭在建到一半的还没安装窗户的建筑前的木质脚手架，也在热浪中顽强地撑着，干渴得吱吱作响。

这是我一生中最重要的一天，为了舒缓紧绷的神经，我观察眼前的景象并尝试诉诸文字："人群即使沿着路边较高的建筑物投射的阴影行走也仍会汗流浃背。精疲力竭的马大汗涔涔，四轮马车的窗户里晃动着一把把孔雀羽毛扇，车夫的马鞭声显得无精打采。还有太阳，像一个巨大的金色球体正挂在一望无际的蓝色天穹。"

我暂停了一下，因为感觉这段话的韵律不太对，也许“远处的蓝天”比“一望无际的蓝色天穹”更简洁悦耳。我念念有词，文字从我的舌尖滑过，在耳畔回响：“……远处的蓝天……”

“好好看路，蠢笨的老女人！”

我不禁转过身去，踉跄了一下，险些撞上一辆载着腐烂卷心菜的马车。这一刻，我突然很想家，渴望家里的那份亲切和友善。伦敦就如一个臭气熏天的巨大战场，让我感觉自己在这里无容身之地。

我离开了街道阴凉的一侧，离开那挤作一团、情绪烦躁、好像热得要融化的人群。在炽热的阳光下，行人少了，臭味却更加浓烈：未清洗的身体，腐烂着的牙齿，还有人的粪便。我脚下也潜藏着各种正在腐烂的残骸，夹在鹅卵石之间：晒白的鲱鱼骨头和鸟蛤壳，生锈的钉子，嚼过的烟草颗粒，长满了蛆的死老鼠，还有干枯的橘子皮和被啃过的苹果核儿，几只果蝇正嗡嗡作响地叮在上面。这一切要么干涩坚硬，要么散发出腐烂的恶臭。我用手指夹紧鼻翼，不想把这股腐臭化为诗句。

“远处的凉亭似蓝天。”我在心里默念着。有评论人认为我的第一本诗集文风简洁典雅，我忍不住想，远处的蓝天也是简洁典雅的。但是托马斯·朗文先生，那位著名诗人的出版商会怎么想呢？一想到朗文先生，我不禁有些晕眩，思绪瞬间回到了现在，回到了我此行的目的上。我低头一看，丝裙已被汗水浸湿，显出深绿色的印痕，胳肢窝下还有一片不断扩大的黑色湿痕。我为什么不坐马车呢？我今日要去赴一场生命中最重要的会面，现在却浑身湿透了，就像一个发烧的孩子。

我来到了那位先生的办公处，一块铜牌映入眼帘，上面写着“朗文集团，出版商和书商”。我停下来歇了口气。就在那一秒，我的生活，我的往昔，浩瀚的天空，杂乱的伦敦，所有这些都浓缩成一个令人激动得发抖的时刻。就是它，这一刻，我等了 10 年之久。“*我那星光灿烂的黎明时分……*”

我撩起脖子上松散的头发，塞进帽子里，我又急匆匆地捋了捋衣服上潮湿的褶皱。我颤抖着，一切已经就绪。我摁响了那道可怕的长门铃，被人带着穿过堆满书籍的房间，来到一个狭窄的楼梯口。楼梯顶部是一个单间，里面挤满了书，空间狭窄到几乎容不下我的裙子。朗文先生（我猜那是他）正坐在一张桌子后面，审视着一张展开的地图，所以我看到的只是他那头发浓密的头顶。

他对我的到来视而不见，我便趁机用诗人的目光观察他：他似乎被黄金压得喘不过气来，每只手都戴着一枚金戒指，一条金表链延伸到他大衣长披风的黑色褶皱里；他的头发是铁灰色的，在头顶形成一个厚团；当他抬头时，我看到他的脸色很红润，在淡紫色斜纹绸领带的烘托下，脸上的玫瑰色红晕显得有些夸张；在他靠近领带处的下巴上，有一些褶皱；在他乱糟糟的眉毛下，一双眼睛分得很开。

“啊，阿克顿夫人……”他终于抬起头来眯着眼睛看着我。

我的脸颊瞬间火辣辣的。“阿克顿小姐。”我纠正道，有意把“小姐”两个字说得更响亮一些。

他点了点头，推开地图、书籍和墨盒，腾出一个空间，然后向我伸出一只手。我看了看他那苍白松软的手掌，有些不知所措。是要我和他握手吗，像那些绅士一样？他并没有行吻手礼或者起身鞠躬。和他握手时，我有种奇怪的兴奋感，那是一种说不清道不明的隐隐的激动。

“我相信你有东西要给我。”他在桌子上散乱的文件里翻找着，有些心不在焉。

“我在信中说过，先生。是一本诗集，我孜孜不倦地写了整整10年。我的上一卷诗集是由伊普斯威奇的理查德·德克出版的，事实上，那家出版社就是从您这里分立出去的。”这些话从我的舌头上滑落得比预期中更稳妥。我的脑海中浮现出了一个画面：诗人L.E.兰登①小姐在大声朗读我的诗歌，诗集装订得非常漂亮，封面用的是最光滑的海豹皮，我的名字凸印在鎏金的封面上……这幅画面是如此清晰明亮，以至于我能看见，她眼里闪烁着一丝泪光，她嘴唇形成的曲线流露出赞赏，她用指尖温柔地触碰纸张，宛若触碰一件天鹅绒般的精致珍贵之物。

然而，朗文先生接下来的举止令我极其困惑和苦恼。那位L.E.兰登小姐，连同我出版的诗集，立即从我脑海里那幅明亮的画面中被抹除了。只见他摇了摇头，仿佛我以某种不可原谅的方式混淆了事实。

“我向您保证，先生，这本诗集在朗文集团和其他许多知名书店都有库存，在一年之内就重印了，而且……”朗文先生打断了我的话，很不耐烦地大声叹了口气。他从桌子上收回了手，拿出手帕擦拭前额。

---

① L.E.兰登指英国女诗人利蒂希娅·伊莱莎白·兰登（Letitia Elizabeth Landon，1802—1838），其创作早期以“L.E.L”为笔名，有“女性拜伦”之称。——编者注

“我自己已经筹集了订购款，收到了来自布鲁塞尔、巴黎、圣赫勒拿岛以及更远地方的订单。我的读者确信，我需要一个像您这样有实力的出版商，先生。”我听着自己的声音，被自己那种绝望的口气以及自负的心态吓了一跳。这时，母亲的话冲进了我的脑海：“你太渴望得到认可了……太有野心了……没有分寸……”

朗文先生却把头摇得更厉害了，连他下巴上的褶皱都在晃动，微小的汗滴从他的额头滑下，随意滴落在地图上。

“写诗不是女人该干的事儿！”他忍不住吼道。

我大吃一惊，感到自己身体的每一寸肌肤都变得僵硬。难道他对赫门兹夫人[①]一无所知吗？或者 L.E. 兰登小姐和安·坎德勒呢？我张开嘴想要抗议，他却使劲摇着手，仿佛已经知道我要说什么，显然根本就不想听。

“现在，写小说……已经是完全不同的事情了。阿克顿小姐，中篇小说现在在年轻女士中非常受欢迎。”他故意把“年轻”这个词拉长了，声音也忽高忽低。我的脸再一次火辣辣的，甚至灼热得发烫。我的所有情绪都消失了，兴奋和反抗都消失了。

“中篇浪漫小说。你没有类似这样的东西给我吗？”

我眨眨眼，试图整理我的思绪。他到底有没有读过我的信？其中有我写在最好的铜版纸上的 50 首诗，那是 6 个星期前我亲手寄给他的。如果不是这样，他为什么写信邀请我来见他？更令我懊恼的是，我感觉自己的喉咙一阵紧缩，下嘴唇在颤抖。

“是的，”朗文先生继续说，仿佛在自言自语，“哥特式浪漫小

---

① 赫门兹夫人指英国女诗人费利西娅·赫门兹（Felicia Hermans，1793—1835）。——编者注

说，我也可以考虑。”

我硬撑着，咬住正颤抖不止的嘴唇。一阵火花在我体内跳跃：暴怒，抑或烦躁？“我的一些诗作最近发表在《萨德伯里袖珍书》和《伊普斯威奇杂志》上，都受到了好评。”我的大胆放肆令自己吃惊。朗文先生却只是耸耸肩，抬起眼睛看着低矮下垂的天花板。

“给我诗歌是没用的！现在没有人想读诗歌。你能不能给我一些哥特式浪漫小说……”他张开手掌，摊在桌上，做出无奈的姿势。

我盯着他空荡荡的手掌，感到自己内心的精神和胆量都被他挖出来扔掉了。10年来的辛苦劳作一瞬间化为乌有，我的情感、我的努力，还有在诗歌写作中所牺牲的一切，都白费了。我大汗淋漓，津津汗水顺着肋骨而下，我感到呼吸急促，仿佛喉咙在收缩。“破碎心灵痛苦的心跳骤然静止……”

朗文先生使劲挠着他的头，继续盯着天花板。他的鞋底敲打着桌子下面的木地板条，仿佛他已经忘记了我的存在。也许他正在决定是否可以信任我写一部哥特式浪漫小说。我谨慎地咳嗽了一声，也许听起来更像是在大口吞咽：“先生，能否把我的诗稿还给我？”

他却拍了拍手，突然跳起身来，怀表上的金链子叮叮当当，鞋子上的银搭扣也咔嚓作响。“仔细想过后，我发现目前已经有足够的小说家了。所以你不用给我中篇小说了。”

“我想问我的诗稿，您没有收到吗，先生？”这句话从我的喉咙里无精打采地吐出来，声音低得几乎听不见。有没有可能是他把我的诗稿弄丢了，或是粗枝大叶地把诗稿混在了那些地图和文件中？而现在他要打发我走了……让我空手而归，甚至哪怕连委托我创作中篇小说的承诺也没有了。“我告诉过你的，”像是我内心的声音低声说出了我的疑惑，“骗子……骗子……你在诗歌方面微不足道的那些努力已经在烈火中付之一炬了。”我扫视着整个房间，本能地找寻着壁炉，试图在壁炉的灰烬中找到哪怕一缕诗句的影子。

突然，朗文先生再次拍起了手。我看着他，想知道他是否在下逐客令。而他这一次却目光如炬地紧盯着我，双手紧握着对我说了3个字：“烹饪书！”

我困惑地皱起眉头，心想这个人真是既粗鲁又令人费解。他究竟把我当成什么人了？我的确已满36岁且未婚，衣服上此时也布满了汗水印痕，但我绝不是穿围裙的家庭用人。

“回家给我写一本烹饪书，这样我们可能会达成协议。再见，阿克顿小姐。”他的手在办公桌的底座上挥舞，有那么一瞬间，我甚至以为他在找我的诗稿，但随后他对着门做了个手势请我出去。

“可我不……不会……做饭。”我有气无力地说道，梦游般地向门口走去。我的脑子因失望而变得愚钝，任何之前野心勃勃的念头此刻都已消失得无影无踪。

“如果你会写诗，就能写食谱，”他敲了敲怀表的玻璃面，然后把它放在耳边，烦躁地咕哝道，“这该死的酷热让我浪费了宝贵的时间。鬼天气，再见！”

我突然有一种冲动，想要逃离这里，逃离臭气熏天的伦敦，逃离此刻被人唾弃的耻辱。我的诗稿被他唾弃，取而代之的却是一本烹饪书——这样轻浮和偏向实用的东西！我急冲冲地下楼，泪水已盈满眼眶。

可朗文先生的声音这时再一次响起：“简洁典雅，阿克顿小姐。请写出一本恰似你诗作一样简洁典雅的烹饪书吧。”

第二章

安
芜菁浓汤

今天是我有生以来最羞耻的一天。大白天的，我却睡着了，而且睡了近一刻钟，醒来时发现牧师在我眼前晃动，像一个黑影。

“哦，索普牧师。”我结巴着说，同时踉跄着站起来。我瞬间明白了他为什么在这里。其实我一直在等这一天的到来。

他的眼睛转了转，像风车一般，而且是那种顺风转动的风车。他在检查我们家的小屋：烟囱里的蜘蛛网，一堆我还没来得及洗的破抹布，角落里黑色的狗毛如绒球般聚成一团。还好，壁炉被扫得干干净净，所有的灰烬都已清除。

在他身后，妈妈正在抓挠一条在她身上打了结的床单。我认出了这些结：出自索普夫人的手。我立即意识到，妈妈在被人发现时没有穿衣服，可能她正在梅德韦河边洗澡，却忘记重新穿上衣裙。想到这个画面，我的身体就阵阵紧缩：狭长的船只正在经过，还有火药厂的男人们盯着妈妈看……

“够了。”索普牧师说，他的一只手环抱着肚皮，长期被肉饼、馅饼以及水煮布丁填饱的肚皮又软又圆。

“她出去游荡了吗？她被绑在我身上，但我睡着了。”我没有告诉他，整个晚上她都让我忙上忙下，不是要这个、要那个，就是掐我、踢我，或者用力拉绳子、撕碎睡衣。

“她像这样有多久了？”他扭头看向地面，仿佛在看向地狱，他似乎在说，这是魔鬼作祟。

但我知道上帝怜爱他所有的信众，所以我把头扭向天堂的方向，很坚定地回答道：“她这样已经 5 年了……她健忘。”而我没有告诉他的是，她的情况已经恶化到了比以往更糟糕的阶段：最近一个月以来，她已经不认识自己的女儿了。

“必须送她去精神病院，安！”他说，“巴明希思新开了一家。”

“我会把她绑得更紧的。”我避开了他的目光，我的脸因羞愧而发烫。这一次是他找到妈妈的吗，还是其他人找到的？显然那个人没有把她送回家，而是把她带到了教区牧师长的住所。抑或是她自己跑到了教堂？她当时是否赤身裸体，或仅仅穿着破烂的内衣坐在教堂里，就像一只疯癫的三月兔……想到这些画面，我的身体不禁蜷缩成了一只小小的球。

“你们今天吃什么了，安？”他盯着我们的狗，塞普蒂默斯。塞普蒂默斯躺在壁炉上，一只眼睁着，渗出泪液，另一只眼闭着。牧师的表情很警惕，他好像觉得我们家的下一餐该轮到这只可怜瘦弱的狗下锅了。

“妈妈在家比在济贫院或任何精神病院都要好。”我让妈妈放松下来，平躺在地板上，我松开了床单结，希望她保持安静。我想让牧师离开，但他不断逼问我这个问题，重复问了3遍。

“面包和洋葱，再拌点猪油，我们每个人都这样吃。”我最后只能这样回答他。我没有告诉他面包其实已经像面包房师傅的长柄刷一样走味，也没有告诉他洋葱抽芽长出来的茎已经和我的手臂一样长。“还喝了一点芜菁浓汤。”我撒谎补充道。

“你母亲可以去精神病院，不用任何花费，而且她会得到很好的照顾。我可以为你父亲找份打理墓地的工作。”

我顿了一下，对牧师的话一时感到困惑。看得出，他可能希望妈妈离开，还希望爸爸找到工作……当然，他确实是位圣人，也就在两年多以前，他曾在伦敦为我哥哥杰克找了份工作，在一家绅士俱乐部的厨房里翻烤肉。我提醒他，爸爸只有一条腿，他效忠于国王和国家，曾在作战时失去一条腿。

“是的，是的。”他边回答边拍了拍他苍白的手，仿佛我是一只长了疥癣的杂种狗。“上帝不希望你母亲光着身子在田野里乱跑。这有损……有损……，”他停顿了一下，眯起眼睛，“有损教区的道德风尚。”

上帝对他说了什么吗？上帝有没有抱怨过妈妈的疯癫？也许上帝已经告诉他，曾有一天晚上，我发现爸爸用他那瘦骨嶙峋的指关节掐着妈妈的脖子，两只手扭动着，仿佛她不过是圣诞宴上的一只鹅。那天他罕见地大发脾气，浓烈的酒味从他发臭的呼吸中散发出来。所幸，醉人的酒精使他本就缺了一条腿的身子变得更加虚弱，他倒在地上，呜咽着对我说：“安，她什么都不记得了，连我也不认识了……她已经完全失控，她不再是正常人了。”妈妈却躺在床垫上，咧着嘴傻笑着，丝毫没有意识到自己刚被丈夫掐过脖子。

索普牧师退到小屋外面，目光低垂。他看不见正在地板上爬行的妈妈，看不见她那像羊皮纸一样发黄的头皮和毫无光泽、稀疏的头发。我把妈妈放在床垫上，她四肢瘦巴巴的，像猫一样蜷缩着。我把床单缠在一起，在她的肩膀、膝盖和臀部处都打上大结，这让妈妈看起来更像一卷脏衣服而不是一个人。这时我突然明白，只有我能照顾她，只有我能让她平静下来。“我保证以后让她穿上衣服，”我向牧师恳求道，“我还会去学着打一个更牢固的结拴住她，一个不易解开的平结。”

我说到这里时，牧师停了下来，敏锐地朝小屋里面环顾。我看见他的目光游走在书架上，那里曾经放着妈妈的书：她的祈祷书、《简易烹饪》以及一本用红宝石色麻布装订的《德国童话》。而现在，那里光秃秃、空荡荡的。我等着他开口问我为什么没有祈祷书、没有《圣经》，他却说了一些令我目瞪口呆的话。

“安，”他对我说，“你是个聪明的女孩，也是个机敏的女孩。你可以成为一名女佣或者保姆。你愿意吗？”

我眨眨眼，像个傻瓜。

“是你母亲教会了你阅读和写字，不是吗？”

他说的是实话，所以我点了点头。他接着说：“如果你严谨正直，勤奋努力，你可以成为一名贵妇人家的女仆。我看得出来，你并不反感辛勤劳动。”

在我有意识地阻止自己之前，我最隐秘的愿望不慎脱口而出。这句话每天晚上都在我的脑海里闪现，就像一条飘动的丝带。“*我梦想成为一名厨师*。”我说了出来，然后我后悔了。可说出去的话不能收回，所以我赶忙把缠在妈妈头发上的一个小树枝挑出来，试图掩饰这一切。

索普牧师咳嗽了一下，声音沙哑，但不似爸爸咳嗽时那样有液体在喉咙里咯咯作响，而更像是面包屑卡在了喉咙里。“确实是个雄心勃勃的梦想，”他过了一会儿说，“但是也许最多只能做到小家庭的私人厨师，你可以先从洗碗女工干起。你多大了，安？”

“到米迦勒节就满 17 岁了。”我试图让语气听起来确定一些，但我马上就走神了。浮现在我面前的是紧实的馅饼，黄油黏稠的布丁，在烤架上转动的鸟儿，摆满硕果的水果架，装满甜葡萄干的粗桶，像我手掌一样长的肉桂枝，还有杰克告诉我的所有别的东西。

“你已经长大了，可以做服务工作了。无论如何我会为你找一份工作的，”牧师说，“每个人都必须在上帝创造的世界里做好本职工作。”听他这么说，我本应该很生气，因为他好像在暗指我没有做好分内工作一样。但我的心思只有一半留在了这里，另一半已经飞走了，飞到了厨房——我正在那里剁肉、切菜、搅拌，把乳猪放在烤架上，剪掉它肾上的脂肪，就像杰克在伦敦做的那样。他说那里的食物多到超出我的想象，汤锅比牛奶搅乳器还大，荷兰烤箱比我们住的小屋还大，餐柜和房子一样大，研钵比我的头还大。我的肚子开始咕噜作响，不得不抱紧身体，生怕牧师听见后认为我太粗鲁、不适合在私人厨房工作。

他在还没有一头驴子高的门框处弯下腰，说道：“你母亲会吃饱穿暖，得到妥善的照顾，你和你父亲会挣到工资。那我们就这样说定了。”

我眼睛涩涩的，很想哭。只有妈妈被关进精神病院，我才能做一名厨师吗？这真的是我所希望的吗？

第三章

伊莱莎
牛津潘趣酒

一路上马车摇摆晃动，我试着分散注意力，于是去看路旁猩红的罂粟花和巨大的干草堆，它们或光芒四射，或凌乱松散。乌鸦从尘土飞扬的田野里飞起，化作影影绰绰的黑影。但此刻这些美景只会增加我的痛苦。能找到精准且溢美的词句来描述此情此景，这原本多么令人欢欣鼓舞啊，可是现在，眼前的所有景象似乎都在嘲笑我。我的家人们此刻正静候佳音，等着我分享与大名鼎鼎的朗文先生会面的情况呢。在这马车哐啷哐啷向前的漫长旅途中，朗文先生拒绝我的话一直萦绕在我耳畔，一刻都没有离开过："写诗不是女人该干的事儿……没有人想读诗歌。"还有他最后提出的屈辱要求："回家给我写一本烹饪书，这样我们可能会达成协议。"确实是协议！我不打算重复那句话，我不会对任何人重复那句话。

当马车快到伊普斯威奇时，羞愧和失败感已经像一块砖头沉在我的体内。天黑了，夜空布满了成千上万的小银星。我们的房子高耸在黑暗中，窗户上闪烁着烛光，苍白的飞蛾在玻璃上飞舞，我恨不得立刻从世界上消失。

前门突然打开，溢出沉闷的光线和声音，还有乱七八糟的钢琴声。“伊莱莎来了！她回来了！”

钢琴声戛然而止，烛光在夜空中摇曳。烛光后是凯瑟琳、埃德加和安娜急切的脸庞。就连女仆哈蒂也出来欢迎我回家。

母亲跟在后面，眯着眼睛看着薄暮。“伊莱莎，是你吗？我们已经等了很久了。快！快一点！否则萨福克的所有飞蛾都会飞来聚在我们的新窗帘上筑巢。”

我还没完全走出马车，他们就已经开始发问了。

“朗文先生说什么了，伊莱莎？哦，请告诉我！”凯瑟琳恳求道，“快点儿告诉我们一切吧，从头讲起。”

“不，不要从头讲，”埃德加嚷道，“那样的话，我们要整夜待在这里。直接说重点吧，朗文先生的反馈如何？”

我感到肋骨下面一阵钻心的剧痛。家人的失望比我自己的失望更难让我面对。母亲的失望会夹杂着“我早告诉过你了”的先见之明，就算她能心平气和地接受我的失败，但是哥哥埃德加不会，我的姐妹们不会，父亲也不会，他们对我的失望显而易见。

“哦，埃德加，你为什么一定要这么不耐烦呢？安娜，让厨师端一碗最好的牛津潘趣酒来，要她尽快。约翰怎么还没有回家？真让人烦躁，”母亲焦急地搓着双手，“他本来要在家里等你回来的。”

我如释重负地松了一口气。把失败的经历告知父亲，其实是我最害怕的事。父亲一直很信任我，也一直支持我的各种努力。当我想为年轻女孩们建一所学校时，是他提供的资金，也是他资助我出版了第一卷诗集，还坚持纸张和装订的质量都要最好的。“他肯定是因为文书工作耽搁了，也可能是没找到钥匙。”我唐突地说道，只为掩饰内心的轻松。

“朗文先生的反馈如何？”埃德加再次问我，他撩起外衣下摆，坐到椅子上。“我敢打赌，朗文先生肯定认为你的诗比那个无赖拜伦勋爵的好得多！”他很高兴，手在大腿上来回搓着，“等潘趣酒一到，我们就为你干杯庆祝。”

“拜托，”我声音很低，“别拿潘趣酒了，没有什么可庆祝的。”我低头看了看自己的脚，看了看靴子上的一道道污垢——伦敦的污垢，珍珠纽扣也被煤尘染成了黑色。我很想去淡化他们对我的失望，却找不到合适的词语。

“出版商不再出版诗歌了。”我终于说出口了。

“胡说八道！”埃德加挪动他的身子，深窝在椅子里，“是因为你顽固地坚持署自己的真实名字吗？”

“你有没有告诉他，你的上一卷诗集，在不到一个月的时间里就重印了？”凯瑟琳温柔地问道。

“朗文先生没有建议我用笔名出版诗作，他根本不要我的诗歌，”我用手指捻搓着脖子上的珍珠项链，喉咙感到发热，很干涩，“我很抱歉。”

“嗯，”母亲停顿了一下，鼓起双颊说，“我一直认为你的诗太坦诚，少了点儿高雅，如果你问我，我想这就是朗文先生拒绝它们的原因。”

我下巴收紧，低头，看见胳肢窝下一圈圈的白色汗渍，我的衣服和皮肤上都沾染了伦敦的臭味。“他说没有人想读诗歌了，他们想要的是，”我顿了顿，咽下口水，“小说，浪漫传说题材的小说，最好是哥特式的那种。”

“你不能写那样的东西吗，亲爱的伊莱莎？”凯瑟琳问道。

“胡说八道！你不需要钱。那些诗只是……只是……”埃德加的声音渐渐小了下来，仿佛他并不确定我写诗的目的是什么。

“你在上一卷诗中暴露了太多自我，”母亲补充说，“确实太轻率了，一些邻居总是好奇地看着我。你不应该以你的——我是说我们的名字出版那些诗歌，亲爱的。它们过于细腻，也过于露骨了。”

“所以你认为济慈先生或华兹华斯先生抒发他们的激情无可厚非，但我不行。你是这个意思吗？”

“我想母亲只是在问你是否可以仅仅私下涂鸦式地写诗，”埃德加说道，“真正的诗歌其实不需要听众，对吗？”

我愤怒地在脑海里搜索着字眼，想解释我为什么需要读者，为什么我想在自己的“涂鸦”上留下名字。正是这一点，恰恰是这一点，让我感到自己是更广阔深厚和更丰富的世界的一部分，我与他人互相连接，我在这个世界是有价值的。如果我只为自己“涂鸦”，如果我真的毫无思想、隐姓埋名，我还怎么实现这个目标呢？

母亲把头歪向一边，点点头，道：“寻求出版确实是有点卖弄。对一位淑女来说，那……甚至是亵渎上帝的。”

我僵住了，感觉眼睛辣辣的。朗文先生的话又开始在我眼前浮现——“写诗不是女人该干的事儿……”，但是母亲竟然引出“上帝”，暗示“上帝”的意向，这真是太过分了！我愤怒地盯着她，她的眼睛却虔诚地望向天堂。

只有安娜，甜美、善良的安娜，伸出手握紧了我的手。她安慰我说:“还有很多别的出版商，亲爱的伊莱莎。你一定不要绝望。”

我感激地点点头，但说不出话来。母亲和埃德加的话堵在我心里，还混杂着朗文先生令人不快的话语。在我所有的愤怒下，在我申辩需要读者的理由下，盘旋着一个由来已久的疑问。“骗子，骗子。”但还有更多的东西，模糊且晦涩。这是一种怅然若失的感觉，在我时起时落的情绪里包含着愤怒、失望和怀疑。现在的我究竟是谁？一个来自萨福克的“老处女”，名下仅有一本小诗集。

我凝视着自己在银色潘趣酒碗上闪闪发光的倒影：一头戴着垂饰的乌黑头发已然嵌入了几缕白发，眼角爬满皱纹，嘴角也有了弧线。我已经36岁了，却还一事无成。

我随后为自己找了个借口，咕哝着说马车旅行让我精疲力竭，便冲向楼梯，回到自己的房间，不顾一切地想要独自待着。我想把头埋进枕头，从而忘记一切。我点燃了一支蜡烛，然后躺在床上，想着我是否应该喝一大杯牛津潘趣酒来壮胆。温热的香料和潘趣酒的味道从卧室门缝一丝丝渗入，像一块柔软的羊羔毛披肩包裹着我。我想，一杯潘趣酒会帮我入睡，帮我抹掉家人的那些话，但是抹不掉朗文先生的话。他说的那些话变得更加顽固，令我更加羞愧。如果我是一位绅士，他断然不会提出让我去写一本烹饪书的轻浮要求。他对我说话的语气仿佛是在面对一个仆人，他看起来甚至认为我不配读一本小说，不配读一本植物学或有关鳞翅目的书。

我嗅着充溢着香料味道的空气，仿佛是为了安慰自己并分散注意力。这时从楼下传来一声长长的高声哀号，像仓鸮刺耳的叫声一般。我吓得坐直了身子。屋里的声音此起彼伏，砰砰的关门声、一阵迅疾的冷风穿过大厅冲上楼梯的呼呼声，仿佛一场大火正悄然袭来。

关于朗文先生、诗歌和我自己的所有想法瞬间都烟消云散了。我抓起烛台，跑到楼道。透过栏杆，我看见所有人都聚集在客厅，笼罩在一束宽阔的烛光里。如此喧闹！是父亲回来了，可他正紧张不安地在客厅里兜着圈子，安娜和凯瑟琳在抽泣，埃德加在喊叫，母亲抱着头，哈蒂则惊愕地张大嘴巴看着这一切。

楼梯上传来穿着靴子的脚步声，向我跑来。是父亲，他那一头白发此刻乱蓬蓬的，围巾也松松垮垮地挂在脖子上，目光在线框眼镜后面闪烁。

“怎么啦？”我疑惑又惊恐地问道。

“我们完了，伊莱莎！完了！完了！”他转身从楼梯跑下，我一头雾水地跟在他后面来到客厅。潘趣酒碗里的酒此时已变成一层薄薄的暗淡的黏附物，父亲踉跄着走向它，抽出银勺，不顾潘趣酒流进他的衣领，直接对着勺口喝了下去。“我们已经倾家荡产了。”父亲的手在颤抖，他又喝了一口，深红色的液体顺着他的脖子流下，染红了他的衬衫、围巾，也染红了他大衣的翻领。

“怎么会？”我盯着父亲，以为是他弄错了，喝醉了，或者脑子发烧了。每周的《伊普斯威奇日报》都会列出十几起破产案，但没有一个主人公是我父亲这样的人。父亲是一位绅士，毕业于剑桥大学圣约翰学院的法学专业。

“这不是我的错，伊莱莎。金狮饭店和王首饭店被多收了租金，价格高得离谱。还有八蒲式耳煤被盗，严重亏损。我别无选择，只能借债。”他把勺子放回酒碗，又把勺子举到他湿淋淋的嘴边。

“向谁借的债？我们可以不还吗？”我盯着父亲问道，仿佛看着一个陌生人，一个我从不认识的人。

“债务太庞大了……他们会宣布我破产，把我和普通罪犯关在一起。我们完蛋了，伊莱莎！”

就在我伸手准备从他手中接过勺子的时候，凯瑟琳冲进了客厅。“伊莱莎，快来！母亲晕倒了！天呐，我们该怎么办？”

第四章

安
调味稀粥

当我在我们家那块只有火绒箱大小的土地上干活儿时，我想起了牧师的话。我用一根 3 码[①] 长的绳子把妈妈绑在我身上。我们一起锄地、挖土，种韭菜。虽然我说的是“一起”，但主要是我在劝诱:“妈妈，你现在不要跪在地上吧？……妈妈，请不要这样拉着绳子。妈妈，不要再揪着绳子不放！”我整天都在说“妈妈这样，妈妈那样”。

现在我们回到院子，她开始用 4 颗牙去咬绳子。那 4 颗牙已经松动，我担心很快就会脱落。当我试图使劲把她的牙和绳子分开时，我看见她的舌头上有一层绒绒的舌苔。我闻了闻她的呼吸，妈妈的嘴和牙龈散发出浓厚的、沉闷的臭气，那是患病的气味，但我们没钱就医。杰克寄来的钱都用来给爸爸买新拐杖了，是极坚固的

① 码，英美制长度单位，1 码等于 3 英尺，合 0.9144 米。——编者注

木质拐杖。因为牧师说，爸爸的拐杖必须是最上乘的，只有这样他才有机会在墓地工作。

“妈妈，你就不能安静地坐着吗？”每当她用力拉扯时，绳子就会勒到我的手臂，留下很深的痕迹。她举起瘦骨嶙峋的手，好像要打我。我退缩了，想向爸爸求救，他却躺在床垫上熟睡着。这时巷子里传来了熟悉的歌声，我心中不由雀跃。无论在哪儿，我都能辨别出这声音，总是那么爽朗，那么欢快。一分钟后，哥哥杰克就像一只喜获奶油的猫一般大摇大摆地穿过了大门。

“是谁，安？”妈妈的眼睛充满恐惧，不停地东张西望。我看见杰克，简直太高兴了，立即冲向他，以至于忘了那根绳子。妈妈被粗暴地拉到我身后，她开始狠狠地抓挠我的背部。

“天呐！”杰克说道，当他看见妈妈和我摇摇晃晃地一起绊倒在地时，他那悦耳的歌声和神气十足的表情都消失了，“这绳子是怎么回事？”

我解开绳子，把它绑在妈妈的手腕上，好让她的手不再狂乱地抓挠。我告诉杰克，妈妈的病情如何恶化，她如何逃跑，如何把衣服一件件脱掉，甚至脱掉内衣裤，不再辨认出亲朋好友。当我强忍着眼泪说完这些，再也控制不住泪水滂沱，哽咽无语。

“妈妈，妈妈？”杰克看着她蹲在泥地上，“我从伦敦回来了，这几个硬币是给你和爸爸的。我跟着一个赶牲口的人和他的羊群走了两天，只是为了……妈妈？”

妈妈盯着杰克，眼神惊恐而呆滞。“我不认识你。”她说，开始挣扎着想要摆脱手腕上的绳索。眼见无法松开这些绳子，她想跳起来跑出去。我把她拉回来，抱紧她，一边哭一边抚摸她的头，直到她安静地靠着我躺下。她瘦骨嶙峋得像只鸟儿，她散发的体味不像任何母亲的味道。这时，我突然意识到自己和妈妈已经互换了角色，互换得彻彻底底。

“哦，安，”杰克摇摇头说，“为什么她必须像驴子一样被捆绑起来？”

我用沾满烂泥的拳头擦拭眼角，小声说：“牧师想把她送进精神病院。他不喜欢妈妈衣衫不整地四处游荡，说这有损教区的道德风尚，所以必须把她绑起来。”

“道德！”杰克嗤之以鼻，“什么时候教会人士也有‘道德’了？”

“嘘，”我说，“他确实是对上帝虔诚的人，而且是个好心人，爸爸说的。”

“你只能在一个地方找到上帝，不在教堂里，也不在牧师身上。”

“那上帝在哪里？”我把自己和妈妈拉起来，杰克把我俩都挪进屋去。

“在面包皮里，”杰克说这话时不带一丝笑容，“更准确地说，在每一顿饭菜里。我发现上帝总是在丰盛的晚餐中。”

他的回答，他那充满蔑视的声音，让我深感不安。我差点儿要告诉他他错了，当我独自坐在教堂里，看着那些雕刻的天使，闻着蜡烛燃烧的味道，心里就会好受很多。我决定不再去想这些烦心事。妈妈现在像老鼠一样安静，之前所有的惊恐都消失了。

“给我讲讲伦敦的事吧，讲讲你的工作。”我央求杰克。趁着爸爸还没醒来，妈妈还没发牢骚，塞普蒂默斯也还没吠叫，我只想和杰克好好待在一起，我不想浪费时间来谈论上帝、教堂或者别的事。

“我目前在烤肉厨房工作，负责扎紧家禽的翅膀和脚、给动物剥皮，”杰克说，“那儿有两个和这个床垫一样大的炉子，还有大到可以放下整只羊的烤盘。”

“烤全羊……”我想象着鲜嫩的烤羊肉，带有木头烟熏味和林中草药的味道，唾液不自觉地涌入我的口中。我把一个盛有燕麦和水的铁锅放在炉子上，炉火烧得很低，只烧了一半。“我想知道你是怎么准备那些精美的食物的。”

“嗯，上周有位先生退了一个蛋奶酥，大厨索耶先生让我们品尝。”

“什么是蛋奶酥？”我轻声叹息，因为这个词听起来就像夏日的微风般柔软而甜蜜。我在脑子里重复着这个词：蛋奶酥，蛋奶酥，蛋奶酥，……

“把鸡蛋打发得像空气一样轻盈，用奶油和黄油做面糊，要非常新鲜的那种，黄油要尽可能明亮的，切成很小的块，然后调味。大厨索耶先生喜欢用意大利的奶酪，有时还会用最好的苦巧克力。再放入烤箱，充分膨胀到难以置信的高度。咬上一口，就像舌尖轻碰云层的感觉。”杰克边说边咂嘴。

我心不在焉地搅拌着燕麦粥，希望放入一些醋栗来增加甜味。想到醋栗时，各种形态各异的干果都在我眼前晃动。我在汤布里奇的市场上见过。那里有大堆干瘪发亮的梅子和葡萄干，橘子皮裹着白色的糖浆，苹果圈则像质地柔软、色泽暗淡的皮革。

“有一个专门装野味的储藏柜，里面有鹬、啄木鸟、野鸡、松鸡、珍珠鸡……还有一个肉库，里面存放着大块的牛肉和鹿肉，还有乳猪和全羊……还有一个炉子，可以同时烧 9 个炖锅，”杰克顿了一下，他的目光看向天花板，那里只有裂缝和污渍，角落里爬满了缠绕植物，继续说道，“你应该见见索耶大厨。他戴着红色贝雷帽，手指戴有橡子大小的钻戒，不管汤有多烫，他都会把手指插进汤里，连同那颗钻石，然后用舌头舔一舔手指。随后他就会摇晃各种作料瓶，多放点儿盐，多放点儿胡椒粉，多放点儿辣椒粉……直到味道恰到好处。”

“多好啊。”我喃喃自语，想象着那一幕幕戏剧性的场景，厨房就像一出木偶戏、一个童话故事，如果我和爸爸、妈妈从没有过那种强烈的饥饿感，厨房给人的感觉一定很好吧。一旦食物和钱变得匮乏，饥饿感就会偷偷向我们袭来。如果待在那样温暖如春的房间里，感觉一定很好吧。

“厨房里有许多女孩，而且都是漂亮的女孩。大厨说他不喜欢相貌平平的厨师。”杰克用火钳戳了戳快熄灭的火苗，打了个哈欠。

我把注意力集中在稀粥上，用勺子使劲去刮铁锅。一瞬间，我觉得好像有一扇巨大的门“砰”地一声关上了，就打在我的脸上。我确实长相平平，但我一直渴望能与杰克一起工作。我心怀这样的小梦想有多久了呢？哦，好几个月了，很久了。每天晚上入睡前，我都会想象着索耶大厨穿着白色的厨师服，而我站在他身边，搅打、切片、搅拌、品尝。我一定会学习到很多，我想。然而梦想只是梦想，仅此而已。我更加用力地搅动灰色的稀粥。妈妈睡着了，蜷缩在床垫上，躺在爸爸身旁，就像一对安详的猫咪。

“再多给我讲一些吧。”我恳求的声音听起来像老鼠的吱吱声。

杰克眯起眼睛，端详我，点点头，开始描述那些从他鼻下飘过的佳肴，从厨房送到温文尔雅的客人口中的全过程：包裹在葡萄藤叶子里的鸽子；酥皮糕点盒中的牡蛎；整只腌制的格洛斯特三文鱼；用酒和草药烹制的雅茅斯龙虾；层层叠叠薄如纸的黄油糕点，上面撒有西洋李子、杏、桃和樱桃，再配以一大团金色的奶油……

“好吧，”我说，“今晚我们喝粥，加一点儿盐和胡椒粉。”他把手伸进口袋，掏出一张油纸打开，我立刻闻到石楠花蜂蜜的味道。

“这是给你的，安。”他带有污垢的手掌中，有一大块正在渗出黏液的蜂窝状蜂蜡，像鸽鸟蛋一样大。

我高兴地拍拍手，贪婪地搅动舌头。吃粥时，我慢慢咀嚼那块蜂蜡，将它在嘴里转来转去，压在臼齿上，吸吮，最后才滑入喉咙——很甜很甜。直到我把碗舔得干干净净，牙齿上的蜂蜜也完全消失时，我才告诉杰克，牧师说我很“聪明、机敏”，他想帮我“找份工作”。

“如果妈妈不愿意去他说的精神病院呢？”杰克问道。我没有回答他，也没有说我才离开不到一个小时，爸爸就想掐死妈妈的事。杰克把碗放在地板上，这样塞普蒂默斯就可以把它舔干净。“那你怎么打算，安？”

“我想成为……”我顿了一下，然后脱口而出，“一名厨师。”

“一名厨师？”他的声音提高了一倍，然后大笑起来，笑得眼泪都流了出来。

“是的，”我回答，感到很受伤，“一个‘相貌平平’的厨师。”他指着他的空粥碗，又笑了一会儿，然后擦了擦眼睛，说他很抱歉，哪怕已在厨房工作了 3 年之久，他也才刚从翻动烤肉扦的职位上爬起来。我想提醒他，我会阅读和写字，而他不会，而且我怀揣梦想，抱有希望。但我忍住没有说，因为就算说了，又有什么用呢？

我的目光不由自主地转向书架，那里曾放有妈妈的书。这时我才知道自己多么孤独。一种被遗弃的奇怪感觉向我袭来，我仿佛站在地球的最边缘，决然的孤独。

第五章

伊莱莎
黑面包布丁

我把书从书架上逐一拿下来，每当看见特别漂亮的书脊或印有压花的意大利皮革装，就特意停下来用手轻轻抚触。华兹华斯、济慈、雪莱、柯尔律治……我用一张张旧报纸包好每一册书，然后小心翼翼地放进茶叶箱。我在最高层的书架上流连忘返：安·坎德勒的作品集，7 卷海曼斯夫人的诗集，还有 3 卷 L. E. 兰登的作品。过去，我时不时就来翻阅这些书页，如饥似渴地阅读每一本熟悉的旧诗集，感觉肩胛骨上宛如长出了翅膀。

当我把自己这座小图书馆里的书都收拾打包好后，我开始在床垫下摸索着寻找那最后一册——它用宝蓝色的丝绸紧致地装订成册，简洁，优雅。我坐在床边，凝视它：《伊莱莎·阿克顿的诗歌》。它看起来是多么纤细轻巧啊！我用手指顺着书脊滑下，再把书举到鼻前，吸入混杂着灰尘和羊皮纸的干燥气味。我打开它，与初次握着它时一样满足。整齐有序的印刷让原本隐含于诗句中的情愫发生了嬗变，经印刷形塑后的情感此刻更加清晰，这些诗句被赋予了质感和意义，与我发生分离，仿佛切断了脐带。彼时我欣喜，此时我亦欢欣。而当我更仔细地端详这本诗集时，却感觉到五脏六腑都在紧缩……“我的初恋，也是最后的恋情，都是你的，仅属于你，永别了！”我在心中向它作别。

这些文字现在看来是多么幼稚啊。也许母亲说得对，“情感夸张，文字过于细腻”，似乎一直如此持续了 10 年。我的新诗写得更好，更灵巧、更成熟。然而，朗文先生……他的形象再次浮现在我眼前：用他戴着戒指的肥手拍打着衣服口袋；金质怀表的嘀嗒声仍在他办公室里回响；他那张巨大的抛光办公桌，就像中国的万里长城一样横亘在我和他之间。他没有归还我的诗集，毫无疑问，是被他弄丢了，淹没在那一堆手稿中——传记、科学书、诗歌、哥特式小说……这些手稿每天从各地满怀希望的作家们汗水涔涔的手里飞来。

我把书塞进茶叶箱，环顾卧室：空荡荡的壁炉，从钩子上取下并折叠成整齐方块的锦缎窗帘，被卷起的土耳其旧地毯倚靠着桃花心木做的洗脸台。我们只打算带走基本日用品：床、亚麻布、两个高衣柜、榆木厨房桌和红木餐桌及配套的椅子。其他东西都将在拍卖会上出售：版画、油画、水晶、银盘、羽毛床垫、挂钟、地毯等。我把所有这些物品，包括我的每件珠宝都拿了出来，除了我拼命保留的藏书……看到我只留下书而不是珍珠项链、金丝钻石耳坠或紫水晶和玫瑰石英的胸针，姐妹们很是惊诧。

“伊莱莎！伊莱莎！”母亲的声音在楼下响起。

我把盖子盖在茶叶箱上，准备封箱，然后下楼。整个房子都乱糟糟的，家具的翻动声裹挟着卷地毯的声音，肖像画和地图正从画栏上移开，窗帘被拆下，瓷器、书籍、镜子以及我曾拥有的每一件装饰都正被打包装箱。所有这些现在只能用于美化装饰别人的家了。我们将在天黑后离开，前往我们新租的住处。这样不会被人看见，就像潜行于黑夜的小偷。

母亲出现了，她用手指摩挲着脖子上的黑玉十字架。“厨师的情况很糟糕。赶快到厨房去，伊莱莎。”接着，她转身对站在大厅里的一个男孩大声吩咐。

“厨房？”我已经好几个月没有下楼了。厨房、餐柜和洗碗间是厨师达勒姆夫人的领地，她不喜欢访客。前任厨师比较开明：在我小时候，她会把糕点切成橡树叶的形状，或者让我用小拳头捶打面团。但是达勒姆夫人明显不欢迎我，只有母亲和哈蒂可以走后楼梯，如果父亲想检查他酒窖里的东西，也可以走后楼梯。然而如今，酒被提前拍卖了，父亲也已经逃到法国。

厨师正坐在餐桌前，周围摆放着玻璃罐、盐罐、糖块以及装有鸡蛋和洋葱的篮子。她脚下是一圈麻袋，分别装有面粉、栗子、啤酒花藤等。“这些都不要了吗，伊莱莎小姐？”她眼圈红红的，脸上有泪痕。

“太突然了，伊莱莎小姐。在女主人告知前，我们看到《伊普斯威奇日报》上的广告了。”她从口袋里掏出一块破旧的手帕，捂住鼻子，粗声喘着气。

“但你要跟我们去汤布里奇。我们还需要一个好厨师，我们的……寄宿旅店需要。”我皱起眉头说出“*寄宿旅店*”这个新词。“寄宿旅店”，我不喜欢这个词在我喉咙里的感觉，或者在空气中的声音。我摇摇头。可那种感觉依然在喉咙存留着，就像未成熟的水果黏附在随风飘动的树枝上。“我们只留下了你和哈蒂，”我补充道，不确定母亲是否已经向她解释了什么，“其他仆人我们会在汤布里奇请。”如果我们有钱支付工资的话……但是这不可能了。

厨师点点头，又擤了擤鼻子。“那我该怎么收拾呢？我还没有收到任何指示……比如甜品模子，精美的玻璃碗，这些香料要带吗？很值钱的。”她挥着颤抖的手臂去取桌子上那些金属罐、玻璃罐和陶罐。突然，从北边射进来一缕细细的光线，这里顿时焕发出生机：冒气泡的玻璃罐里装着盐水青花椒、盐渍水瓜、墨黑色的香草荚、有些被腐蚀了的肉桂棒，都在空气中跳跃着，闪闪发光。这惊艳的美宛如调色板上的丰富色彩：赭石色、赤土色，以及色度深浅不同的泥土、沙子和小草——都泛出淡淡的微微颤动的光泽。关于经营寄宿旅店的想法霎时都烟消云散了。

我伸手拿起一个罐子，打开软木盖，闻到了树皮、泥土、树根以及天空的气味。刹那间，我仿佛身在别处。“神秘王国的气味。”我喃喃自语。罐子里却只有一颗颗棕色的球形颗粒物，并没有异国情调，如此平凡的东西竟然有如此迷人的芳香，多么奇妙啊！我不禁思量着。

“哦，伊莱莎小姐永远是女诗人！这只是多香果，”厨师淡然一笑，对着天花板做了个手势，天花板上的架子悬挂着一长串草药，有迷迭香、丹参、鼠尾草、荨麻、车叶草等，“要带上这些吗？整个夏天我都在收集这些植物，还没有完全风干。”

“可以把架子放低吗？”不等她回答，我就把架子往下拉，风干的草药直接呈现在眼前，农家庭院的甜香味道、木质树汁的香气，还有碰破了皮的苹果味道、作物成熟的土地味道以及压碎的蕨类植物味道。倏忽间，我恍如回到了昔日时光：松针划伤了我的皮肤，光线穿过头顶的树枝倾泻而入，轻柔的话语充盈我双耳……我迅速收起架子，问道：“你有家人要用这些草药吗，达勒姆夫人？”

她眼睛一亮。“有个事情，伊莱莎小姐。夫人说所有的书都要卖掉，但我自己的食谱一定不能卖。”

“我们有烹饪书吗？”

“只有几本，”她缓慢而吃力地走进储藏室，抱了一摞书回来，“有本法语书，是你旅行归来时带回来的，伊莱莎小姐。”

我拿起那本书，边角已经磨损，皮质封皮上有戒指的油腻刮痕，棕褐色的书脊上印有“宫廷厨艺”字样。又是一段不愿回想的记忆，我感到身体在痉挛。我放下书，匆匆翻阅另一本：《某女士的新式家庭烹饪法》。我的目光停在一份腌制牡蛎的食谱上，扫视，蹙眉。这位“某女士”的措辞多么凌乱啊，其中一些几乎让人无法理解。这些文字丝毫不能让人联想起吃新鲜牡蛎时美妙的感官享受——咸咸的气味刺激，就像拂晓时海边小水坑的气味在毫无戒备的舌头上舞蹈。“达勒姆夫人，这些食谱对你有意义吗？”

“说实话，伊莱莎小姐，我一点儿也看不明白。就算我超常发挥也不行。”

我又读了一份食谱，不仅语法差，内容也不诱人，都是些软弱无力、不成熟的想法。“如果我大声朗读这份食谱，你能告诉我作者想说什么吗？”

“你为什么要这样问呢？”她眼睛半睁半闭地看着我。

“我看不懂这些，但可能是因为我没有烹饪方面的专业知识。

不像你，是技艺娴熟的厨师，我不敢想象日后我们家没有你的境况。”

听了我这番安抚的话后，她点点头说：“我通常用自己的食谱，是历任厨师多年来收集而成的。”

我开始阅读。“黑面包布丁。半磅[①]不新鲜的黑面包磨碎，半磅醋栗，半磅羊油碎片、糖和肉豆蔻，与 4 个鸡蛋、一勺白兰地和两勺奶油混合。放在布里或者盆里煮 3 小时或 4 小时。”我读后有一种莫名其妙的恼怒感。如果有人写诗像这样表达含糊、不清晰，这位诗人肯定会遭到嘲笑和讥讽的。她能肯定是半磅肉豆蔻吗？还有，一勺是多大的量？我们该怎么分辨她说的是汤勺还是盐勺？

达勒姆夫人嘬着腮帮子，眼睛骨碌碌地转。“我自己的配方要好得多，”她说，“半磅肉豆蔻要花很长时间才能磨碎，而且很贵，食谱里没有提到要洗掉醋栗上的沙砾，也没有提到要摘掉醋栗的茎。”她不以为然地咂咂嘴。

“那她为什么说要煮上三四个小时？”

“可能想让人浪费吧，伊莱莎小姐。可能只需要煮 3 个小时，你却煮了 4 个小时，得浪费多少燃料呀，”她又咯咯地笑了，摇摇头，“这确实是糟糕的配方，但是我工作过的每一个厨房都有这本书的副本。”

我第 3 次浏览这道食谱，感觉有什么东西在啃噬着我。除了各种潜在的浪费和恼人的含糊表达之外，还有一些东西让我极不舒服。

---

① 磅，英美制质量或重量单位，1 磅等于 16 盎司，合 0.4536 千克。——编者注

与此同时，我的脑海中闪过这些成分：面包、醋栗、羊油、糖、肉豆蔻、鸡蛋、白兰地、奶油。

“这个黑面包布丁的味道如何，达勒姆夫人？”我合上书，不假思索地把它夹到手臂下面。

“如果是我，会加入其他食材。用盐带出别的风味……注意，一小撮盐即可。可能会加入些蜜饯果皮，还有，把新鲜柠檬果皮搅拌在羊油里以增加其风味。”

“很好，达勒姆夫人。非常好。”我轻声说。她当然是对的。这位神秘女士的食谱实在乏味，表述不准确，排版也不整洁。

听了我的溢美之词，达勒姆夫人心花怒放，开始在厨房里忙活。她从架子上取下草药，用麻绳把药捆起来。

我说：“你想拿什么就拿吧。”我急于带着那本烹饪书逃走，朗文先生的话又在耳畔响起：“回家给我写一本烹饪书，这样我们可能会达成协议。”我当时表现出的轻蔑，是不是太草率了？

“这些呢？”厨师举起一包书，“这些书我用不着。”

“我会带走的。”我回答，然后匆匆回到卧室。茶叶箱的盖子还没有被密封钉牢，我松了口气，赶忙把这本书塞进去，在上面放了一条叠好的披肩，然后下楼加入家人的争吵。

第六章

安
一盆竹芋粉勾芡的果皮汤

一个月后，我在教堂里，牧师朝我这边看了一眼，然后向祈祷室点了点头。“安……”在祈祷室里，他的声音很小，尽管其他人都已经离开。“是的，神父？”我努力让自己看起来很虔诚，脸上不显露出愉悦的神情。待在教堂是我每周最快乐的时光，现在我可以一个人去教堂，听着赞美诗，闻着祭坛上白色的百合花香，看着光线穿过拱形窗户的彩色玻璃照进来——我也安心地知道爸爸没有喝麦芽酒，因为他正和妈妈牢牢地绑在一起。然后我会步行回家，穿过玉米田和罂粟田。虽然行色匆匆，但我总会挤出时间咬一口山楂或蒲公英的叶子，或者采集一些浆果。我小时候就常做这些，当时妈妈（身着她去教堂时才穿的盛装）告诉我哪些叶子可以吃，哪些黑莓有魔鬼的唾液，不能碰。

“可能有一个职位适合你——当女仆，”他搓着苍白的瘦手，我看见他双手皮肤下面的骨骼在动，“这里新搬来了一家人……我不能向熟悉你家情况的人推荐你，这是自然。”他停下来，目光向上掠过我的头顶，我心想他在寻找神的指引。我明白，没有人想雇用一个有疯癫血统的女孩。他们也不想要这样的女孩：父亲是众所周知的酒鬼，母亲常常半裸着身子在田间游荡。新搬来的家庭则像一张崭新干净的油画布，他们还不了解我耻辱的家庭背景。

“他们是哪里人，神父？”我问道，同时试图制止自己一兴奋就咬指甲的习惯动作。没有人家想要一个咬指甲的女孩。

“他们是从伊普斯威奇搬来的。你对此有兴趣吗，安？”

“我有，神父。如果我能确保父母不会寂寞的话。”

他回答时仍然望着天空：“那就交给我吧。你这周能去趟汤布里奇吗？索普夫人有一件衣服穿不下了，她很慷慨，愿意借给你穿去面试。”

我的眼睛顿时瞪得很大，因为索普夫人从没有对我笑过，更别说和我讲话了。我很好奇她给我的衣服是什么模样，眼睛也因此瞪得更大了。索普太太的胸部很丰满，甚至可以赶老鼠在她胸脯上小跑。我低头看了看自己扁平的胸部，抬起头时发现牧师的目光也朝这边看来。他仿佛读懂了我的心思。

“你会织补吗，安？”

我点点头。

“好，好，”他又搓了搓手，好像感到冷飕飕似的，“你这样温和柔顺的女孩应该很适合他们。”

“神父，请问这家人的姓氏是？”

“阿克顿。”他指了指祈祷室的门，很绅士地让我离开。我向他行屈膝礼时，他说：“不要让我失望，也不要让上帝失望，安。”

“不会的，神父。”我回应道，但并没有想到慈悲的主，因为我脑子里满是别的念头。我去汤布里奇的这段时间，谁来照顾妈妈呢？光是走路就得花 30 分钟才到，回程也要 30 分钟。在这段时间，妈妈可以脱掉所有衣服，一路赤身裸体地跑到汤布里奇韦尔斯镇。爸爸也有可能掐死她，或者用拐杖把她打得失去知觉。我想问问牧师，谁会把妈妈送去精神病院呢？但来不及了，祈祷室的门已经“哐当”一声关上了，大铁锁的锁眼里传来钥匙转动的嘎吱声。

一阵风从田野吹来，摇动着树叶，灌木树篱也摇摇摆摆。头顶上方的天空已经变黑，雨点如针尖般刺在我的脸上。我提起裙子，跑起来。

家里没有爸爸的影子，塞普蒂默斯也不见了。我极度恐慌。妈妈在哪里？我的心像野骡子一样狂奔，那些穿上洁白的围裙，用长柄勺子搅动奶制品的想法都消失殆尽。我在想什么呢？我当然不能出去工作！

我停下来聆听——透过风声，隐约听见有人呻吟着呼唤我的名字，声音很轻，很悲伤。我冲到小屋后面，发现妈妈被绑在一棵树上。

“安，安！”她哀号着，双手揪着耳朵。我赶紧跑到她身边，摸索着绳结——爸爸确实把妈妈绑得很牢靠。

她却转过身来，恶狠狠地看着我，双眼像青蛙眼睛一样鼓鼓的。

“你不是我的安，”她喊道，“滚开，你这个无赖！”

她结痂的舌头喷出恶言恶语，这些话只有那些水手和酒鬼才会说。她的咒骂如雨点般落在我心上。我于是安慰自己说：“阿克顿一家，是体面的家庭。”我这样一遍又一遍地默念。

当我终于解开绳结时，大颗大颗愤怒的雨点倾盆而下。

“妈妈，我们必须进屋。”我说，温柔地恳求她。

“不！”她大声喊道，“我要等我的安！”她用手猛打我的脸，没有修剪过的指甲像刀片一样锋利，且凹凸不平。

“我就是你的安。”我恳求道。

“骗子！”她朝我的脸上吐口水。当我后退时，她说了一句使我感到刺骨般冰凉的话——“安已经死了。死了，死了，死了！”

这时，我明白了索普牧师是对的，我必须离开这里，否则我也会疯掉。我用双臂紧紧搂着她，把她引向小屋。我拽着她走，可以感觉她湿漉漉的裙子贴在我身上，谢天谢地，妈妈和我都很瘦。

爸爸从酒馆回来了，他的眼睛呈乳黄色，呼吸中有一丝麦芽酒的味道。“安，”他说，声音柔和，含糊不清，“我不能再这样下去了。感谢上帝，索普牧师说，只要我不喝酒，他就会给我一小笔津贴，让我负责打理墓园，让那里不要长出荆棘和荨麻。”

“那么你工作的时候，谁来照顾妈妈呢？”我语气故作轻松，不紧不慢地问道。

“啊，难就难在这里。”他的眼眶噙满银色的泪珠，试图用手背擦去。“她的疯癫症越来越恶化，”他快速地眨眨眼，“她再也认不出我们了，她变得和……动物差不多了。”

我试着说话，想告诉爸爸他错了，但我的喉咙卡住了，仿佛有个榅桲果般大小的肿块。

“牧师说疯癫无法治愈。他还说你很有头脑，安。你头脑灵活，他已经为你找了份工作。不是在酒馆里，也不是在农场里，而是在私人住所，和那些高雅的淑女们待在一起。”

我移开目光，盯着门闩上肮脏的泥印指纹印记，这些指纹环绕在门闩上，在干透之前必须擦掉。我还没有找到言语来告诉爸爸牧师说的那番话。不断谈论“工作”和“职位”只会把事情搞砸，令好事也像一阵烟消失。“是的，”我低声说，“我本来想亲口告诉你，但是……”

我看了一眼妈妈。她正坐在地板上茫然地看着我们，仿佛不是我妈妈，而是另一个人，她的眼神空洞，就像灵魂出窍了。我用手臂搂着爸爸，他那粗硬的胡须触碰着我的脸颊，身上有酒馆的味道——酒、烟草和木柴烟味，他这身衣服需要好好洗一洗、晾一晾。

“你的工作是繁重的活儿。搬煤打水、擦洗地板和捶打地毯。但不会比这里累，而且那里包饭。”他指了指火炉上的锅盆，我们都知道盆里不过是用一撮竹芋粉勾芡而变得黏稠的果皮汤。他长叹一声，很刺耳，充满浓烈的挫败感，我的内心也深深感受到了。

“我会得到报酬的，爸爸。我会把钱寄回家。”我用鼻子触碰他的胡须，想着我终于可以睡个好觉了，不用再把绳索扎进我的皮肤，或者把自己绑在妈妈的膝盖和手肘上了。和妈妈绑在一起时，她一刻不停地在与我较劲。

“索普先生是个好人，对上帝虔诚的人。”他说。我顺着他的目光穿过房间，看见妈妈坐在那里，很温顺。有那么一瞬间，我想知道我们是否都犯了可怕的错误。难道我不应该在这里照顾疯癫的母亲和瘸腿的父亲吗？如果这个阿克顿一家也好不到哪里去呢？村子里总是流传着一些故事，说一些可怜的女孩如何被主人殴打，或被主人锁起来。或者更糟，女孩们挺着大如鼓的肚子回来。“爸爸，你对索普先生要我去工作的那个家庭了解多少？”

“你会有两个女主人，一个寡妇和一个老处女，那户人家里没有男人。”当爸爸这么说时，我就知道他和我想的一样。

第七章

伊莱莎
海棠果果冻

虽然每天都有运鱼货车哐啷哐啷地穿过小镇前往伦敦，还有采摘啤酒花的人乘马车来到小镇，汤布里奇终归不像伊普斯威奇那样熙攘喧闹。母亲对这一点很满意，她经常夸赞说汤布里奇的居民和游客都比伊普斯威奇的强。她精明的眼光盯上了这些人：如果来我们邻近的温泉镇汤布里奇威尔斯泡温泉，衣着光鲜的女士和绅士们就需要“高级”客房。

我们租住的房子是新建的，门楣上刻着名字：*博尔戴克之家*。与高级寄宿旅店相称的是房子宽敞、家具齐全，而且远离镇上的露天下水道。但是，给人的感觉还是不对劲儿，就像穿了一件剪裁不当的衣服。也许是因为埃德加已经起航去毛里求斯寻求发财致富的机会，凯瑟琳和安娜则做了家庭教师——我们都在躲避流言蜚语和耻辱，而只有母亲和我在这座房子里啪嗒啪嗒地走动着。又或者是因为，没有任何优越感可以掩盖这一事实：我们将成为一家寄宿旅店的女主人。

清晨，我们待在房间（黄色的墙壁、配有闪闪发亮的布套的扶手椅，使屋子看起来就像一只超大的黄色菠萝）时，我终于鼓起勇气向母亲提出我的计划。3 个星期以来，我一直在为此努力，夜复一夜，在烛光下专心致志地阅读烹饪书，阅读，重读。几天来，当母亲忙于布置家具和刊登寄宿旅店的广告时，我却在书商那里闲逛，订购一些我们根本买不起的书。

“母亲，律师对我们的剩余财物有产权要求吗？”

“没有，亲爱的。我希望没有。但我们必须赚够足够的钱才能财务独立，”她从账本上抬起头来，“我们目前资金严重不足。我已经刊登了 3 份广告招徕寄宿客人，还与牧师和汤布里奇学校的校长谈过。我们的债务高达……”她停顿了一下，仔细检查了她的账本，“20 基尼[①]，也许更多，我们的财务状况现在一塌糊涂。也有可能是我糊涂了，到底是哪一点，我也说不清。”

“我们是不是雇不起达勒姆夫人了？”

“我们必须有人给寄宿客人做饭。”

“但我们现在没有寄宿客人。这房子又大又坚固，当然开销也很大。”

“好吧，亲爱的，可是我不会做饭，你也不会。”

我深吸了一口气，终于向母亲坦白：“朗文先生说过想让我写一本烹饪书。”

母亲抬起头来，吓了一跳：“你从来没有提过。他这样太粗

---

① 基尼，英国旧货币名，1 基尼等于 1.05 英镑，约合 8.4109 人民币。——编者注

鲁了！”

“我已经决定接受他的委托，如果协议还有效的话。”

“但是你不会做饭，伊莱莎。你从来没有做过饭。而且，淑女是不做饭的。”

“我决定要为家庭开支做些贡献。”

“你希望我解雇达勒姆夫人，然后由你接替她的位置？在厨房里？像一个用人？”母亲倔强地噘起了嘴。

“是的，”我很快回答道，“我将自学厨艺，然后撰写朗文先生要求的那本书。”

“你想在我们的客人身上练习厨艺？”

我低头看着自己的手，压低声音：“你忘了，我在意大利和……法国待过。”

“但不是在煮饭！”她脱口而出“煮饭”这个词，仿佛它很烫嘴，要赶快吐出。“无论你曾做过什么，你从没在一个连楼梯间窗户都没有的厨房里工作过，”她停顿了一下，眯起眼睛，盯着我，“对吗？”

“法国菜肴给我留下了深刻的印象。”甜甜的奶油香草味汇集在我的喉咙，仿佛身体记住了头脑却不记得的味道。然后母亲正了正下巴，我喉咙里的香草味瞬间溜走了。“我一直在研究烹饪作家的书，我可以比他们写得更好。其中有些人几乎不识字，他们的用料不精确，措辞欠典雅，表达不清晰，食谱本身更是索然无味。”我瞥了一眼母亲，她正双手紧握，咬牙切齿，没有说话。

“我不会成为一名厨子，但我将成为一名烹饪作家。这是完全得体的。”我从罩衣下拿出那本《某女士的新式家庭烹饪法》，递给了她。

她快速翻阅了几页，满脸怒容。“你的对开本诗集就已经够糟糕了，但这……”她用手指尖敲打着书的封面，“这……不合适！如果你想在经济上对家庭有所贡献，你应该找一个家庭教师的职位。以你的经历，在一个体面的家庭谋职应该没问题。”

我感觉体内有什么东西又冷又硬。我已经不再是那个曾经办过学校、曾经激励聪明女孩们要出类拔萃、曾经陪同富家女子观光旅行的伊莱莎了。不，我现在完全是另一个人，不可能再回到过去了。有时，我在想，过去的经历是否以某种隐晦的方式让我变得软弱，甚至虚弱，因为只要一想到再回到学校教室，就会让我恐惧得精疲力竭，而待在厨房里似乎反而更愉快……

“至少让我写封信给朗文先生，商议下条件吧？”

“当然，你可以匿名出版，就像这位‘某女士’一样。”

我轻声叹息。我知道母亲会因为我——我们与厨房工作相联系而感到羞愧。但我忘不了自己的诗集《伊莱莎·阿克顿的诗歌》，忘不了我曾多次用指尖触碰自己的名字。不是因为自负，也不是因为骄傲，而是因为它昭示了我是谁，因为它以某种奇特的方式，让我在这个世界中找到了自己的位置。

“如果朗文先生坚持出版的话。”我停顿了好一会儿才说。

她把烹饪书放在我腿上，继续看她的账本。“你总是这么争强好胜，伊莱莎，难怪你嫁不出去，”她拿起笔，在一列数字上戳了戳，“不雇用达勒姆夫人，每年可以节省 10 基尼，我们可以试一试……”

“谢谢你！谢谢你！”我从椅子上一跃而起，兴高采烈，把那本《某女士的新式家庭烹饪法》抛到了空中。

母亲说:“好吧，你到这个年龄了，不能成天精神恍惚地想着诗歌。你需要一个厨房帮手，一个洗碗女工，她可以和哈蒂同睡一屋。”

“我想找一个安静的女孩，而且要聪明。”一想到那种没有受过良好教育、喋喋不休、手指甲脏兮兮、没有基本常识、整天在我耳边唠叨的女孩，我就觉得自己无法忍受。“我必须和这个女孩保持适度距离，因为我需要独处的时间。”我在心里自言自语道。

“你可以自己选一个女孩，”母亲的弯眉朝我转了转，“可如果事实证明你确实没有厨艺，怎么办?”

我没有回答她，思绪已飘到别处：每天从东印度群岛和美洲运来的美味香料，来自西西里岛的一箱箱甜橙和苦柠檬，来自美索不达米亚的杏子，来自尼泊尔的橄榄油，来自约旦河谷的杏仁……我在市场上见过也闻过这些美味。但是哪个英国人知道如何烹饪这些食物呢?

我回想曾在法国和意大利的日子，所有的美味都在舌尖上掠过。然后又想起，我在汤布里奇的花园里曾看见：高高的花坛里种着苏木、生菜、黄瓜、马兰花和南瓜等；花坛边缘已经有了星星点点鲜艳的黑莓和玫瑰果，还有酸橙和酸果，带有盛开的花朵；树上挂满了青苹果和有斑纹的黄梨，还有泛着粉色和金色的欧洲苹果。我想，很快还会有带壳的新鲜榛子，新鲜、成熟的核桃，野生蘑菇，以及巨大的马勃菌。

我突然很想吃海棠果果冻，这渴望如此强烈，甚至感觉舌头都酸了。我转身回房间时，母亲还在低头看她的账本。

“第一次烹饪，我打算做海棠果果冻。”我宣布。

“你知道如何快速制作果冻吗？”

“用鼠尾草。”我想了想，补充道。是的，鼠尾草，我想。像鼠尾草这种健硕、朴素的香草，与那些紧实小海棠果的出奇酸味一定非常搭。

“伊莱莎？你听见我说话了吗？”

第八章

安
可口的柠檬水（薰衣草味）

今天我要去面试，穿着索普夫人淘汰下来的连衣裙，裙裾在我脚边张开。对我这种身材瘦小的人，这裙子实在太宽大。那是索普夫人第一次对我说话，她说我一旦在阿克顿小姐家里工作，我的体形会长大一倍。她还告诉我要称呼阿克顿小姐“女士”，不要向她透露我糟糕的出身。

我协助爸爸把他和妈妈用绳子绑在一起。她今天很安静，好像她也知道我在忙什么。我走了半小时来到汤布里奇，浑身颤抖，像一片飘零的树叶，口干得像满嘴都是锯末似的。穿着索普夫人的连衣裙让我更加紧张，因为担心弄坏裙子，所以必须把拖地的裙子拎得高高的。她说得很清楚，之所以把裙子借给我，是因为她丈夫是个大好人。其实是因为这条裙子已经很旧了，适合给那些收买破旧衣裳的小贩。

当我找到阿克顿小姐的房子时，我的身体抖得更厉害了，因为那所房子看起来非常大，很壮观。我悄悄通过马车入口，穿过酿酒屋、洗衣房和马车房。鹅卵石上已经铺上了新稻草，虽然没看见马匹或马车，所有的门都紧闭着。

我站在院子里，正在捋平头发，捋顺索普夫人的裙子。这时一扇门突然打开，一位女士走了出来，她身材高大，一头黑发往上梳起盘绕在发夹上。“我能帮你什么吗？”她问道。

“我是安·柯比，来找阿克顿小姐。”我的声音忽上忽下，短促尖细。

“我就是阿克顿小姐。”她说。这让我很吃惊，因为听索普夫人说淑女们一般都坐在客厅，避开阳光。她让我跟她进屋。走在她后面，我好好地看了下她的连衣裙，淡蓝色，面料柔软，领口处有花边。她没戴珠宝（耳朵和脖子上都没有饰物），不知道是不是为了防止我受到诱惑。索普夫人告诉过我，千万不要盯着女士的珠宝看，以防被当成惯偷。

“我们到厨房去谈吧。”她说。我点点头，但说不出话，我的嘴因为害怕而发僵。

厨房很宽敞，也很高，足足有我们小屋的 4 倍大。天花板垂挂着铜锅，墙上挂着各种尺寸的铜质凹槽模具。中间是一张大桌子，上面摆满了花哨的器具，我想可能是糖镊子、糕点夹子、饼干切刀、黄油模具，就像杰克向我描述的那样，如此精美，都是压花的、形状各异而闪闪发亮的。真想一直看着这些漂亮器皿。

“就是这儿了，我们即将在这里共度时光。”她说。而我被她的话弄糊涂了，我只是盯着她，没有说话。“我们”是谁？我四处张望，试图寻觅厨师的身影，我想她一定在花园或者去了市场。

“告诉我你在哪里工作过，安。”她声音轻柔，很温和、亲切，这让我不再紧张。随后她的话令我更加诧异：“请原谅，我还没有为你提供茶点，我真是无礼！要不要来一杯新鲜的柠檬水？”

我摇摇头，因为我觉得不应该由她为我倒饮料。我想，我会等厨师回来的。

但她催问我，说：“这是我今天早上自己做的柠檬水。我一直在做实验，这一款放了一点儿碾碎的薰衣草。”

我不想让她觉得我无礼，于是点点头，小声说：“好的，请给我来一杯，女士。”就像索普夫人告诉过我的那样。

她斟满一个高脚杯。我意识到她在等我喝这杯柠檬水，可索普太太没有提到过关于饮料的事情，所以我不确定怎么做才合适。

“喝吧！”阿克顿小姐发出指示。

我喝了一小口，这是我从未尝过的味道，又甜又酸、味道刺激，仿佛忽然闻到了薰衣草花香。

“你觉得怎么样？”她问。我凝视着她，忘记了索普夫人告诉过我不要盯着人看。

“嗯，快说吧。”她说。我想她并没有生气，因为她的嘴角露出了淡淡的微笑。

我没有告诉她这些问题使我紧张得颤抖，也没有说索普夫人叮嘱过我决不能发表意见。我更没有跟她说，这杯柠檬水有一种无法用语言表达的味道，是妈妈把薰衣草花切碎，与马鞭草碎叶和柠檬香膏混合在一起的那种味道……泪水在我的眼眶里打转，我感到刺痛，于是伸手去扶桌子，好让自己站稳。

“你不舒服吗？”阿克顿小姐走到我身边，把我扶到一张矮椅子上。我坐在那里，脸上热辣辣的，很羞愧。

“你多喝些柠檬水。”她说着，又给我倒了一杯。她在我身边弯下腰，拿着杯子的手停在我的脸旁，这次我看清了暗淡浑浊的液体，又一次闻到柠檬和薰衣草的气味。

“也许是天气太热，穿着精纺毛纱裙子让你不舒服。”她把杯子放在地上，离开了房间。我很清楚她一定是去给索普夫人写投诉信了，抱怨我所有差劲的表现：瘦弱、粗鲁而丢脸。毫无疑问，我糟糕的出身已经败露了。

我喝了那杯柠檬水，好像刚从一个灰色的梦中走出来一样，感觉美好的世界在我周围升起，心情也随之平静下来。当我听见她在大厅的脚步声时，我跳了起来，笔直地站在水槽旁，仿佛我已经准备好工作。

“你好多了。”她断言道。

“那杯柠……柠檬水，女士……”我结结巴巴地说。我想弥补一下，告诉她多么美味，但当我停顿时，阿克顿小姐插话了。

“是柠檬水让你不舒服吗？哦，那太可怕了！”她眉头紧蹙，眯眼细看陶罐里的东西，“我想，放薰衣草是个错误，也许冷牛奶和少许雪利酒可以改善味道……”

“不，女士，”我现在干脆大胆地说，“这是我品尝过的最美味的饮品，它勾起我很多美好的回忆，令我很陶醉。非常抱歉，女士。我平常强壮如公牛，女士。”

她看着我，眼光敏锐，神色庄重。这就是了，我暗想道。因为我的无礼言论，她现在要请我离开了。但是她没有。她仰头大笑，我看见她细长白皙的脖颈儿，一缕一缕的黑发在她耳畔摇曳。

“我想你和我会相处得很愉快，”她止住笑声后说道，“跟我说说，你还在哪里工作过？”虽然我对她所说的“相处”感到疑惑，但好在这个问题索普夫人帮我准备过，于是我立即回答道：“我一直在家照顾父母，多年来他们身体状况不佳，现在还是不太好。我父亲曾参军打过拿破仑的军队。女士，我会搬煤、运水，会清洗炉膛和用黑漆刷炉子，还可以给家具抛光、除尘，给衣物缝边。我还会洗菜，削土豆皮，砍柴生火。”

“你会读书写字吗？”她问道，把一本书递给我。

我点点头，然后她让我打开书看。

我翻开封面，是一本食谱。我突然感到一阵激动，仿佛皮肤下燃起了一团火。但这团火燃得太快，变成了惊恐。“女士，我已经有好几年没读书了。”

“随你喜欢，慢慢读吧。”她一直微笑着说，鼓励我。

我打开书开始读，速度非常慢，努力集中注意力。“给野兔去毛开膛……”我读道。

她点头、微笑，她的眼神让我感觉温暖而仁慈。

“把野兔用清水洗净，煮熟，放入冷水中，然后涂上猪油并烘烤。用红葡萄酒、盐、醋、姜、胡椒、丁香和肉豆蔻皮等混合做酱汁。把洋葱和苹果切碎，放入平底锅煎炸，再放入调好的酱汁，加少许糖一起煮沸，这样就可以食用了。”

当我读完，沉默了片刻，这时肚子发出了“咕咕”的声音。我的脸再次发烫，但阿克顿小姐只是笑了笑，问我是在哪里学习的，怎么读得这么好。

“是我妈妈教我的，”我说，“她特别重视这一点，让我一定要学会阅读。我哥哥不喜欢读书，但我很喜欢。”

“你母亲一定很优秀。”她笑容满面地说。

我突然觉得很累，仿佛刚才的阅读耗尽了我生命中的所有能量。

“我想你会做得很好的，”她说，“我们给你的报酬不高，每周 5 先令[①]，你能接受吗？”

我完全不理解她这个问题，像个傻瓜般愣住了。我并不是不信任她（这栋房子如此宏伟，他们肯定很富有），我是被她的问题弄糊涂了。索普夫人说过工资的事会通知我的，我要礼貌地回答：“谢谢您，女士。”但是当我记起这些时，为时已晚，阿克顿小姐又说话了，她看起来紧张不安，也充满关切。

“当然，工资会涨，因为你会越来越熟悉家里的活计。也许我们可以多给你一些。我知道，这不是一笔可观的工钱，但是……”

“5 先令很好了，女士。”我赶紧说，趁她还没有把这份工资撤回，还没写信给索普夫人告状说我多么厚脸皮。

“太好了。你想看看你的卧室吗？你将和我们的女仆哈蒂住在一起，她是从伊普斯威奇来的。”

我惊恐地看着她。又是一个索普太太没对我嘱咐过的问题。

“这样的安排很好，女士。”

“好的。”她说，然后把她的手放在我的手臂上，温柔地把我引向门口。这感觉很特别，因为已经太久，没人这样爱抚过我了。和妈妈在一起时，我总是被捆绑着，或者被她推搡。爸爸也一样，

① 先令，英国旧辅币单位，1 先令等于 0.05 英镑，合 0.3986 人民币。——编者注

我要么用肩膀承受着他的部分重量，要么拉扯着他，他呼吸透出的酒气也令我不舒服。阿克顿小姐却如此干净，如此温暖、纯洁和亲切。

“还有最后一件事。”当我们走进院子时，她对我说。我再次瞪大眼睛，身体变得僵硬，现在她肯定已经看清了我，还有我糟糕的家庭出身。

“是的，女士。”

她停顿了一下，说：“我们必须另找一种你称呼我的方式。”

“是的，女士。”我惊慌地说，不明白她的意思。

她又笑了，好像我说了什么很有趣的话。“你可以称呼阿克顿夫人——也就是我母亲为‘夫人’，你能不能就自在地叫我‘*伊莱莎小姐*’？”她又伸出那白皙修长的手指摸了摸我的手臂，动作敏捷而轻柔。

“是的，女士。”我很震惊地答道。她笑了，我这才发现自己是多么愚笨啊。“是的，*伊莱莎小姐*。”我改口道。我和妈妈说话时就是这种拿破仑式腔调，话语自动脱口而出。当我听见自己发出的腔调时，我用手拍了拍自己的嘴。但是伊莱莎小姐只是点点头，笑了笑。她的蓝眼睛闪闪发亮，就像阳光照耀下不舍退去的晶莹露珠。

我一路雀跃地回到家，穿过满地是茬的玉米田和橡树矮林，一切都沐浴在柔和的绿光中。当我走到最后一个拐角时，才想起索普夫人让我提一提关于杰克的事，还有他如何在伦敦的大厨房工作。哦，我真是个傻瓜！美丽的伊莱莎小姐令我着迷，她的柠檬水也令我陶醉，还有她的厨房是那么整洁光亮，像天堂一样美好，我陶醉得说不出话来，把索普夫人的指示抛到了九霄云外。我决定不把这些告诉索普夫人，也不会告诉她伊莱莎小姐如何像朋友一样抚摸我。我把索普夫人赶出了脑海（连同她那条拖地长裙，因为裙子的每条缝都令我的皮肤感到刺痒），匆匆赶回小屋，希望爸爸遵守承诺——没有喝酒，也没有谋杀妈妈。

第九章

伊莱莎
优质柠檬奶油

我清点篮子里的鸡蛋时，发现鸡蛋还是热的，上面粘着鸡毛。我从陶罐里倒出磨碎的糖，用一把新磨好的小刀，削着两个柠檬的皮。不知不觉间，周围的一切都好像消失了。我觉得自己的视觉、嗅觉、味觉都得到了充分的享受；我专注地削着柠檬皮，“嚓嚓嚓”，声音清脆如歌，我是多么心满意足啊。

我开始在原本奇奇怪怪的事物中瞥见诗意：从最粗糙的肉豆蔻到裂缝里塞满土壤的白萝卜。这让我很好奇，是否可以写一本包含诗歌之真与美的烹饪书？为什么烹饪艺术不能有诗意？为什么食谱就不应该是美丽之物？

在厨房独处时，我感到思维敏捷流畅，一边打鸡蛋，一边不知不觉把照着食谱烹饪比作在写一首诗。水果、草药、香料、鸡蛋、奶油，这些都是我的文字，必须以独特的方式融合它们来愉悦味觉。恰如一首诗之于读者，吟诵时悦耳动听，引人入胜。从原料中耐心摆弄出各种味道，就像诗人用文字营造出各种情绪和意义。再看烹饪写作，一道食谱就像一首诗，应该清晰、精确、有序，没有任何游离、松散或不准确的表达。然而，我手头这本食谱却像最糟糕的诗集：松散、杂乱、无序。

当朗文先生写信告诉我他的条件时，他泄露了《某女士的新式家庭烹饪法》的作者——那位“某女士”的更多信息。该书虽然很成功，却也令人深感沮丧，因为作者（其真实身份是玛丽亚·伦德尔夫人）已经去世好几年了。在她离世前，她的烹饪书已销售50万册，朗文先生在信中两次强调这一事实，仿佛在说这也是他对我的期望：50万读者！

我每一次浏览伦德尔夫人的食谱都会感到恼怒。这位夫人为什么不把原料列成简单的清单？如果我能自己把它们列出来，就不用一遍又一遍地反复看食谱了，烹饪也会更容易一些。

我决定用不同的方式撰写我自己的食谱。我会以清单式列出各种成分，给出配料的精确测量值。是的，缜密精准！当然，女性的脑子得一心多用，要盘算安排的事情已经够多了，不应该在劳作时再背诵食谱成分的清单，我这本烹饪书就是为女性而写的。朗文先生在这一点上说得很具体：“在不断扩大的商人阶层中，那些有抱负的女士们希望在晚宴等类似场合展示她们的家务素养，她们需要得到专业的厨艺指导；要劝诱她们亲自下厨以取悦丈夫，或招待丈夫的贵宾，从而给这些用餐者留下深刻的印象。”

我深叹一口气，朗文先生还没归还我的对开本诗集，虽然我已经问过两次，也接受了他的委托，同意写一本烹饪书。我把去皮的柠檬切成两半，再把每一半的汁液都挤进调和碗，然后将其压碎并挤出所有汁液，一滴不留，关于朗文先生的所有想法都随之消失了。我的思绪滑向了安·柯比，这个相貌平平、脸上有雀斑、骨瘦如柴但引人好奇的小女孩。她的锁骨在如同穿了气球一样的冬衣里突出来，弓背含胸，仿佛她短短一生一直在费力地拖着一袋袋的煤块。但是她识字，而且对我的薰衣草柠檬水反应灵敏，仿佛有一根诗歌之线贯穿她体内。她的神情虽然犹豫不决，甚至显得幼稚，却透出我喜爱的特质：诚实、好奇、聪慧。她身上还有一些别的品质，有一种我说不清道不明的辛酸。我们仿佛以某种难以言喻的奇怪方式联结在一起。当然，母亲反对我的决定，她一直纳闷我为何要雇用一个毫无工作经验的女孩。当我告诉她给安的工资多么低廉，而且是由一位牧师直接写信推荐来的，母亲就不再抱怨了。

“好消息，亲爱的伊莱莎！”母亲激动的颤音打断了我的思绪，“我们的第一批寄宿客人周一就到。马丁上校和他夫人，来自伦敦的斯皮塔佛德，他们特意来这里进行痛风的水疗。你准备好迎接他们了吧？”

一种紧张的兴奋感在我心里激荡。我正在尝试安排午餐吃炖野兔和柠檬奶油，晚餐吃五香牛肉、蒲公英叶子沙拉和苹果奶油布丁。我吮吸手指，柠檬汁已渗入手指上的伤口，不禁暗暗骂自己真是笨拙，双手在这些器皿上总打滑，这些面包锉刀、糕点花边滚轮刀、肉豆蔻磨碎器和香草切刀等。如果菜品尝起来不错，星期一我将再做一次。

“天啊，伊莱莎，你的手！都割破皮了！有着这样的手，谁还会娶你？”

我翻了个白眼。“我不指望任何人的求婚。”

“但如果马丁上校有一个合适的兄弟呢？”母亲用她的指尖拍拍自己头发。

“我宁愿做一个令人讨厌的老处女，也不愿意嫁给一个需要人伺候的痛风老男人。”

“哦，伊莱莎！一个老处女还不如一块烂泥值钱。你当然想受人尊重、有尊严，对吗？也许马丁上校有个没患痛风的儿子，”她吸了吸鼻子，上下打量我，“铁匠的妻子已经怀有身孕，据说她43岁了。43岁，她的头发就已完全花白，而你的头发仍然是可爱的栗色。”

“如果你让我宁静度日，我就可以写自己的烹饪书，我们就会有收入，根本不用依赖马丁上校以及他那些可能有的儿子、兄弟。”我在碗沿上打了一个鸡蛋，看着蛋黄和蛋清散开，没夹杂一丁点儿蛋壳碎片，一瞬间，这小小的成就令我开心极了。

“你打算设计你自己的食谱吗？还是盗用别人的作品？”

“我会自学烹饪，还会写信给我们所有的朋友和熟人，请他们分享各自最喜欢的食谱。”我的指关节在打蛋器下由于用力变白，蛋黄在碗里旋转得更快了。

“这样，所有的人都会知道你已经成了个……厨子？”母亲气急败坏地说。

“我将创作我自己的食谱。”我继续镇定平和地说。我没有告诉她我已经在脑海里组合好了搭配，混合各种食材：水果与香料搭配，鲜鱼与香草搭配，肉与野生树叶和奶油搭配……我怀疑她能否理解这些。

“好吧，亲爱的，当你给我们的朋友和熟人写信时，我建议你告诉他们，这只是因为我们需要为寄宿客人提供不同的菜单，不必再多说些什么，”她把双臂紧紧交叠在胸前，“至少这是对他们的尊重。”

“不，母亲。如果我使用了他们的食谱，我将在书中注明出处，除非他们愿意匿名，”我一直盯着鸡蛋看，把打蛋器高高举到空中，然后又把它插回碗里，直到我手臂酸痛，“你还有事情要忙，要为马丁上校和夫人的到来做准备。”我这样说，希望她马上离开。

“哈蒂在汤布里奇安顿得很好，”她说，“但我想，等洗碗女工来，她会更高兴，这样她就有朋友了。”

我想起了安……瘦弱的小安，她喜欢我的柠檬水味道，喜爱得无以言表。“我也会的，”我对母亲说，“我也会很高兴。”

第十章

安
阿克顿氏姜饼

周日晚上，我到了博尔戴克之家，但是没有见到伊莱莎小姐。一个傲慢的女仆把我带到阁楼上我们合住的房间。

“你叫我哈蒂吧，”她说，她看我的眼神就像一只饥肠辘辘的猫撞见一只老鼠，“我以前也做过仆人，这是我的第3份工作。我和阿克顿一家从伊普斯威奇来，这里由我掌管。”

“负责管我吗？”我一边问，一边环视这间阁楼的小房间。有两张床，非常窄，但床从地板上适当地抬高了些距离，有床单和毯子。窗户很小，能看见下面是马车入口。有一个盥洗台，放着一个脸盆和一个水壶。有一个箱子供我存放物品，还有一只夜壶，侧面有一只褪色的绿鸟。

“当然，”她说，“你的箱子呢？你以前没有当过帮佣吗？”

我感到非常羞愧，很想撒谎说我的箱子稍后就到，但是没说出口，我摇摇头，咕哝着，感觉脸发烫。我是唯一没有自己物品的女孩吗？连一件换洗衣服或一双换洗鞋子也没有。

“没有箱子吗？每个女孩都有一个箱子。”

“我的东西都在我的包里，”我指着那个脏兮兮的帆布包，那里面有我的梳子、一沓月经期用的破布，还有一个底部有裂纹的肥皂和一根削好的木质牙签，“我什么时候能见到厨师？”

“这里没有厨师，”哈蒂说，她得意地笑了，神气活现的样子，“只有伊莱莎小姐，她不会在这里发号施令的。”

我皱起眉头，先前没有箱子的羞耻感消失了，取而代之的是困惑。因为索普夫人很确定让我来这里是为厨师而工作。“没有厨师？那谁负责烹饪？”

“伊莱莎小姐。”哈蒂说。我困惑地张大嘴，还没来得及合上，哈蒂就让我赶快上床睡觉，说首批寄宿的客人明天就到，夫人要我们5点半就起床。

我一躺到床上，哈蒂就开始低声问关于我家里的各种问题：“你为什么这么晚才来当仆人，安？你母亲和父亲都健在吗，安？”索普夫人提醒过我决不能回答，所以我只是含糊不清地咕哝着，直到她开始问我一些不用撒谎就能回答的问题。

“你兄弟姐妹死了几个，安？”

“只剩我和我哥哥杰克，其余7个都死了。”我没有告诉她其中4个都是在同一个周末死于多汗症，现在我不想再回忆那一幕。

“你有喜欢的男孩吗，安？”

“没有。”

“为什么没有？”

“我也不知道。你有吗？”

“有，是一个在伊普斯威奇的男孩。他在制衣厂工作，我想要啥布料，他都能弄到，还有五颜六色的棉线。你在汤布里奇有熟人吗，安？”

“没有，除了牧师和他的妻子，我不认识别的人。”

“你在这里没有任何朋友吗？”

“只有我哥哥杰克，但他在伦敦。”

她告诉我以后必须完全按照她吩咐的做，除非我和伊莱莎小姐在厨房干活儿，就这样说着说着，哈蒂终于睡着了。我听着木椽下好像有动物在窜动，却也只能尽量忍着不叫出声。索普牧师今天把妈妈带走了，去了新的精神病院，他说那里的人都对主很虔诚。从明天开始，爸爸将在墓地工作，我将在博尔戴克之家工作，而妈妈会……妈妈会做什么呢？索普牧师说她会有自己的护士，受到惊吓时，护士会安抚她，撕扯自己的衣服时，护士会保护她行为端庄。最后我不再去想妈妈、爸爸和家，开始想伊莱莎小姐。她其实是个厨师，而根本就不是什么淑女，我不明白为什么索普太太没有向我解释这一点。当我的思绪不再翻腾时，我开始安静地倾听那只窜动的动物的声音，想知道它在哪里，但它已经溜走了。我以为熟睡的哈蒂会打鼾，或辗转反侧，或在梦中大喊大叫，就像我爸妈那样。但她只是躺在那里，非常安静。

第二天早上，我悄悄来到厨房。一切都很整齐、干净，擦得发亮的器皿摆放在合适的位置。杯子在架子上排成一排，大小不一，有的比我的拇指还小，有的我猜是用来盛果冻或葡萄酒的，杯子上有炫目的雕刻，边缘还蚀刻有蔓生植物。杯子上面一层摆放着陶罐和紫铜壶，与妈妈的陶壶不一样，这些壶有大的弧形把手。陶器没有裂缝或缺口，白镴做的酒杯闪闪发亮，我家的酒杯就没有这样的光泽。新上油的带有雕花把手的橡木勺子竖在搪瓷锅里。桌子上有3个柳条篮子：一个装有两打褐色的老母鸡蛋，另一个装着半打白色的小母鸡蛋，还有一个垫着红布和新鲜稻草的篮子里装有带斑点的蛋，只有我的大拇指甲大。这应该是鸻鹬蛋或鹌鹑蛋吧，我心里想着，突然感觉很饿。自从妈妈生病，我们为了给她治病而卖掉母鸡后，我就没吃过鸡蛋了。

但是，当我看见一个新式炉灶时，恐惧突然涌上心头。我小心翼翼地用手指去触摸，感觉像烤面包一样温暖。我呆呆地望着炉灶，纳闷自己之前怎么没有注意到它。这时哈蒂来了，问我为什么不把炉灶的炭灰除干净。

“哦，哈蒂，”我轻声说，“我之前从来没有见过这种东西。”我以为她会为此沾沾自喜，但她没有。相反，她跪下来拨弄炉灶，说夫人喜欢把炭渣从灰烬中分离出来再利用。“你必须把炭灰倒在花园的黑醋栗树丛，”她补充说，“要先把火炉围栏和生火用具搬走，扔进潮湿的茶叶以减少灰尘；然后用耙子耙出来再筛出炭渣，清理油污；最后把炉子漆成黑色、擦亮。”她打开炉膛底部的一扇门，指向里面。“铅、松脂和刷子都在里面。一定要趁炉子还热的时候早点儿做，这样炉子才有光泽。然后，把炉膛弄白，再生火。伊莱莎小姐喜欢用煤烧炉灶。你以前烧过煤吗？”

我摇头。在家里，我们用的是从公共场所拿来的荆豆和牛粪，我们的小屋因此臭极了，索普牧师说爸爸现在可以从他工作的墓地拿些荆豆花和松果回家烧火。但我没有告诉哈蒂这些，因为我不仅会感到羞愧，而且可能会被问及为什么牧师对我家尤其关心，我不确定她会相信爸爸的回答：牧师是一位对主虔诚的人。因此我选择守口如瓶。

“你家里还使用引火盒吗？”

我点点头。

“阿克顿家用火柴。我教你怎么划火柴。”

我从来没有划过火柴，当我刮起火柴棒时，它发出了红蓝相间的光芒，到处都是火花，有一股像烂鸡蛋一样的恶臭味冲进房间。

哈蒂说：“我不用再打扫这个炉子了，太高兴啦。”然后她告诉我，星期五必须起得特别早，因为要清理烟道。

“你什么都要做吗？”我问道，同时在想这栋房子有多大，所有的房间、壁炉和窗户都得保持清洁。

“在伊普斯威奇，我们一共有 7 个仆人和一个管家。但是发生了一桩可怕的事情，他们不准我说，总之现在这里只有你和我两个用人。不过夫人向我承诺过，等寄宿客人一到，就会有更多的仆人，就是今天，安！”然后她拍了拍手，对我笑了笑，好像寄宿客人的到来是赐给我们所有人的大礼物，“一对军队的上校夫妇，带了他们自己的女佣，这样就不需要我去收拾、擦洗他们的夜壶了。也许他们还会带一个男孩来。”说到“男孩”时，她朝我眨了眨眼睛。我感到一阵红晕从我脖子上掠过，向上蔓延到双颊。

当我清洗完炉子时（好像花了好几个小时，我的手也黑得发亮），钟敲了 8 下。哈蒂换好围裙，说她必须去找夫人了，又回到了那副颐指气使的样子，仿佛瞬间换了一个人。“别忘了，我是负责人，你要按我说的做，”她又补充道，“哦，早餐你可以吃食品储藏室的面包和滴下来的烤肉油滴，但不要吃太多，记住。”

我一直都很忙，几乎没有时间想妈妈，没有时间想爸爸在墓地的第一天是如何度过的，我的确也没有想到要吃早餐。但是当哈蒂离开时（她吩咐我去清洗洗涤室里的货架），我开始想，妈妈和她的护士或许正在精神病院的花园里散步，索普牧师说那里鲜花盛开。我告诉索普牧师，妈妈不喜欢陌生人或新环境，但他说我应该把信任交托给主。我这样做了，即使现在眼泪从我的眼睛里洒落，我依然相信主。

“安，你为什么哭了？”伊莱莎小姐问道，她的出现像仓鸮一样安静而突然。

我擦了擦眼睛，摇摇头。“哦，没有，伊莱莎小姐，我只是眼睛里进了灰。”我说。

“你在这里肯定感觉怪怪的吧？如果你感到有点儿悲伤，你会告诉我的，对吗？”

我该如何回答她？我应该继续撒谎吗？我点点头，什么也没说，只是按照索普夫人的吩咐看着自己的脚。但我的目光无法停留在我的靴子上，因为靴子上沾满了水渍，鞋带也已磨损，鞋底跟鞋面有点儿脱落。我抬起头，看见伊莱莎小姐正在观察我，那双眼睛让人印象深刻，她的睫毛又黑又长。

“我们今天会很忙，安，”她说，她的手放在她白皙的喉咙上，若有所思地触摸着，“炖小牛肉肩配布列特，再配上烘焙李子布丁，你对此有什么想法？”

她的问题令我困惑，什么是“布列特”？又怎么会要我对食谱发表想法？“听起来很不错。”我一边说，一边用手掌按住胃，想阻止胃里饥肠辘辘的声音。

“这对患有痛风的上校来说很完美，”她说，“而且这是我们一起工作的第一天，这也是完美的，因为食谱不是太复杂。咱们开始做李子布丁吧？”她看见我眼中的恐惧时，对我报以宽心的微笑。“找一块陈面包，去掉面包皮，把它磨碎。所有东西都放在那里，”她指了指食品储藏室，“我母亲早餐只饮中国茶，哈蒂会沏。你和我稍后一起尝尝一款姜饼，我希望听到你对调味品的看法。”

当我朝食物储藏室走去时，恐惧攥住了我的心。我为什么没像索普夫人说的那样只是在搬运煤和水？索普夫人从未提到过烹饪。更糟糕的是，她没有提到要对调味品给出什么意见。这时我想起之前索普夫人要我提到杰克。而伊莱莎小姐误解了，以为我哥哥把他知道的都教给了我。我正准备从储藏室里冲出来，想把一切都告诉伊莱莎小姐——我母亲是疯子，父亲是个瘸子还嗜酒，杰克只会转动烤肉架、剥兔皮，而我除了种土豆和擦洗夜壶等脏活儿外，几乎没做过别的什么……这时我注意到空气中弥漫着糖浆的甜美气息。香味来自一碗多汁的紫色浆果，浆果的花朵上爬满了沉醉于花香的黄蜂。一瞬间，我无法思考，只想尽情呼吸这些奇特浆果的芳香。

“你找到面包了吗？就在土耳其无花果旁边。”伊莱莎小姐大声问道。我盯着这些有深红色的缝隙的小果子。杰克曾告诉过我无花果的样子，说那些绅士食客们如何用波尔图葡萄酒和奶油炖无花果吃。在我的想象中，它应该是小小的、皱皱的，就像醋栗。

我终于找到了面包、磨碎机和一把小刀。但是，当我把面包放在磨碎机上时，我笨手笨脚地磨破了指尖，血滴进碗里，浸入了面包。

伊莱莎小姐要我称面包屑的重量，并在石板上记下数字。“涉及称重和测量时，我是很讲究的，”她说，“必须在每件事上都讲究秩序，做到精确。这样我们就能掌控生活中的混乱，你同意吗，安？”

我只希望她不要再问我的想法了，因为我很困惑，手指也在抽痛，还有那么多别的事情要考虑。她刚刚问的这个问题令我尤其困惑，因为她的生活分明是有序和美好的，我没看见一点儿混乱。我很想告诉她：当你的母亲不再认识你，当她无法掌控自己的心理活动，并且无缘无故地用小刀划破她自己的头，这才是混乱；当你的父亲要杀死你的母亲，你必须把他从母亲身边拉开，这才是混乱；当你已经好几天没有填饱肚子，当你的记忆里总是垂死挣扎的兄弟姐妹，以及每晚在睡梦中颤抖和喊叫的父亲，这才是混乱。但是我又想到了她那像天堂一样干净、整洁的厨房。也许这就是她的意思，也许这就是我一直梦想成为一名厨师的原因：从杂乱中理出可食用的食材，并烹饪成可口的菜肴。所以我回答道：“是的，伊莱莎小姐。”之后，我们就没怎么说话了，直到她从食品储藏室里拿出一块姜饼。“来自一份古老的家庭食谱，”她说，“我一直在试验丁香和牙买加姜的量。告诉我你的想法吧。”然后她递给了我一块。我试着不狼吞虎咽，尽管我正饥肠辘辘。

“制作这款姜饼最重要的是，要用木勺背一个一个敲碎每一种配料，”她说，“如果把所有的东西简单地一股脑儿扔进去，再粉碎，这样做成的姜饼就会很糟糕。我知道的，因为我试做的第一个姜饼像砖头一样硬，很难消化！”她露出沮丧的笑容，然后问我是否需要多放点儿姜。

我能感觉到那些又密又黑的面包屑在我的舌头上融化，嘴里暖暖的，满是香料味和甜味。当我吞咽时，一些刺激而不带杂质的东西似乎通过我的鼻子和喉咙向上蔓延，直到我头晕目眩。

“看得出来你很喜欢。”伊莱莎小姐看着我，微笑着。

然后我再次脱口而出了一些话，我知道索普牧师和他的妻子肯定不会喜欢听这些话。但为时已晚，这些话从我的喉咙里自动蹦了出来：“我尝到了非洲天堂的味道，像置身于一片遍布黑土和热气的森林。”

伊莱莎小姐脸上的笑容更灿烂了，她的眼睛也更明亮。这让我有勇气问一个与工作无关的问题：“是什么味道能这么敏锐地穿透舌头，就像在我的舌尖上奏出了高音？”

她凝视着我，那眼神令我难忘。“是两个新鲜柠檬的外皮轻轻磨碎后的味道！”

“非常美味。”我原本想说可以再加点儿姜，但这样说可能不礼貌，不是我该说的。我发现柠檬皮很特别，伊莱莎小姐非常高兴，所以她没有追问我对调味品的看法。

这一天剩余的时间里，我都在协助哈蒂为迎接寄宿客人做准备，然后协助伊莱莎小姐做晚餐。可以看得出她很紧张，她动作快速但显得焦急，而且她的脸有点儿红。“我的第一个真正的食客。”她说了好几遍，喃喃自语，当然不是对我说的。

她让我为小牛肉切迷迭香、鼠尾草和百里香，然后我给各种作料称重，用来配合她正在制作的甜酱，是为了搭配李子布丁。酱汁来自一道令她头疼的食谱，因为没有具体重量，所以必须估测，我倒入一杯马德拉酒，称黄油、糖和面粉的分量，然后把一个柠檬挤出汁，磨上一勺肉豆蔻。伊莱莎小姐用盐勺在炖小牛肉的锅中蘸了蘸，尝了尝，又加了一点儿辣椒粉、肉豆蔻干皮和一些盐粒，她低声自语着。在温暖的厨房里，我忙得不亦乐乎，从桌上飘来新鲜肉豆蔻的气味。我忘记了妈妈和爸爸。多年来我第一次感受到了喜悦，甚至比坐在安静的教堂聆听索普先生低沉的讲话，还有那些金色天使俯视我时的感觉还要好。

第十一章

伊莱莎
柠檬腌渍的烤牛肝

马丁上校和他的妻子有一点让我不太喜欢：他们的眼神透着冷漠。母亲则像一盘萝卜上融化的黄油一样护着他们。当我说他们缺乏温情时，母亲会厉声打断我，指责我装腔作势，说我已经没有资格装体面了。

“你可以待在厨房，”她傲慢地说，“但你要谨慎。我不能让寄宿客人觉得我们请不起正式厨师。”

听了母亲的话，我怒不可遏，我准备的食物难道不是和正式厨师做得一样好吗？“这是好事儿，我更喜欢待在厨房。”我回应得简短生硬。每天趁马丁夫妇坐马车去汤布里奇镇时，我边烹饪边写作，主要写食谱，其中一些我反复撰写，不仅要写得准确无误，而且要写得简洁典雅。有时我把食谱搁在一边，练习写一两行诗。正是在写诗和写食谱之间的不断切换使我保持头脑敏锐，听觉灵敏。无论诗句还是食谱，我都能捕捉每一行字的节奏和韵律。随着时间的推移，我越发文思泉涌。如此顺畅，我知道有别的东西在发挥作用了。当我突然意识到这点时，一抬头看见了安。我萌生了另一个奇特的想法：正是她，安，激发了我的创作灵感。

原以为安的闯入会带来混乱，打扰我的独处；相反，她的出现点亮了我的生命。她如此瘦弱，就像一粒扁薄的杏仁；她凸出的肩胛骨像发育不良的翅膀，但一双大眼睛神采奕奕，像教堂里点亮黑暗的烛火；她的靴子的鞋底脱落了，但她的味觉可以分辨最细微的味道……在我看来，她的音容笑貌和举手投足昭示了最微不足道的平凡事物所蕴含的意义。我对此说不清道不明，但真切地感受到了，这或许是不合时宜的情感，必须隐藏起来，以防被母亲窥见。

尽管如此，我们很快进入了例行的日常工作状态。要根据马丁上校夫妇的需求为他们准备好膳食，我们天一亮就得起来干活儿，有时一天内同一道菜得做两三次。然后安打扫卫生，我写作。我们一起工作的第一天，我在客厅撰写面酱的配方时，面酱烧成了焦炭，浪费了一磅上乘的牛腰板油。我神经紧张，才思枯竭，再加上母亲对着烧焦的油脂怒骂，我根本写不出来什么。于是我回到厨房，在松木桌前写作；安则在旁边擦洗和清扫。水的泼溅声、扫帚在石头上的刮擦声、沙子和盐的洒落声，这些声音却让我感到异常平静，所以现在我只在厨房写食谱。当我和母亲在餐厅用午餐时，我的心情又开始变得烦躁；下午我则和安一起准备晚餐。只要做菜不是太劳心费力，我的头脑就能在诗句和食谱之间自由游走。

马丁夫妇入住几天后，我决定把一首新诗投稿给一份文学年刊《纪念文集》，杂志封面的装帧优美可爱。当我用马车特快专递寄出去的那一刻，有一种……成就感，或是满足感。之后，当我匆忙写下柠檬腌渍的烤牛肝的简短食谱时，我看见了字里行间的诗意，感到一丝兴奋。我想，食谱是可以像诗一样美的，既实用也美好。食谱不一定非得是毫无优美可言的、干巴巴的指令清单，它可以是这样的："取一块品质上佳的肥牛肝，用优质的醋浸泡一夜，上面铺上洋葱片和香草荚……在清火上烘烤……"

这是自父亲逃到加莱后，我第一次感到生命有一种目的感，一种成为自己的感觉。仿佛自己得到了某种默许而"存在"。或许我并不是注定要过晦暗破碎的人生；或许创作食谱可以支持和滋养我，就像写诗一样；或许我不仅仅是一名"老处女"。

我专注地工作，坚守在厨房和卧室，几乎没有注意到马丁夫妇的存在，我完全忘记了他们那种冷漠的神态。后来我确实希望自己应该多关注马丁夫妇，不应该太痴迷于自己的"重生"，但当我意识到这点时为时已晚。

第十二章

安
一罐水

3 天来，伊莱莎小姐给我下达各种指示，我完全遵照执行。我把糖从面包上刮下来，把蔬菜上的泥巴和虫子清洗干净，用沙子清理水槽，把茶叶摊开晾干。我到集市去取回水、木柴和鱼。我把菜切片、磨碎食材、采摘果子。我烧火、扫地，把炉子漆黑。我清洗、晾晒、擦拭。当有片刻空闲时，我就吃东西。我吃烧焦的馅饼皮，焦得只适合猪吃；我吃已经凝结的奶油，这是为猫准备的；我偷吃了一勺过咸的酱汁，咸得我感觉舌头在口中萎缩；我吃残羹冷炙，舔着勺子，甚至用舌头舔面糊盆的四周。我总是这样情不自禁，因为我的内脏饱受饥饿的折磨，而且来到博尔戴克之家之前，我从来没有见过这么多食物。伊莱莎小姐全神贯注于她的工作，不会注意到面包屑是否少了或木勺是否被人舔干净。有时她会停下来，凝视我。但并不是因为她发现我在嚼食猪饲料里发黑的馅饼糊，也不是因为发现我在啃马丁上校吃剩的面包皮；而是她好像在思忖我为什么会出现在她的厨房，或者在想我是谁。

每隔一段时间，夫人就会出现，传达一些寄宿客人对我们的赞美之词。每每此时，我和伊莱莎小姐就会感到自豪。唯独有一次，腰子馅饼被退回来了，客人只吃了一半。伊莱莎小姐看见我贪婪地盯着它，毫无疑问，我的嘴角在淌口水。她把馅饼推给我，并说如果愿意，我可以吃。那肉汁真是香味十足，味道太丰富啦，有迷迭香、骨髓和红醋栗果冻，我感觉整个世界都消失了，只剩我的嘴。结果那天夜里，我的胃痉挛得厉害，还伴有胀气。我暗想，以后必须谨记，千万不要再暴食了。

一天晚上，我正准备把削下来的果皮放进汤锅时，夫人冲了进来，对我说："哈蒂生病了。安，你必须马上去餐厅，看看马丁一家需要的东西是否都齐全了。哦，伊莱莎，我们的仆人太少了，这不行！"

"穿上哈蒂的拖鞋，换上干净的围裙，"伊莱莎小姐告诉我，"直接到饭厅去给马丁夫妇加水。小心别洒了。"

她把一枝晒干的薰衣草塞进我的领口，说这可以遮掩我身上的厨房味道。她手一挥，示意我快去。

我去了餐厅，感觉极不自信。马丁夫妇正坐在一张圆桌前，桌上铺着一块亚麻布，亚麻布上摆着很有质感的银质餐具、各种尺寸的玻璃杯、条纹餐巾、一个装着牙签的小碟子，还有一些银色的调味品瓶。马丁太太非常奇怪地看着我，好像我是来偷她的珠宝的。然后她仔细审视她自己的手。马丁上校盯着我，上下打量，好像他在用眼睛为我新的连衣裙量尺寸似的。没有人教过我该如何与寄宿客人交谈。所以我拿起水壶，直接问道："水？"这个词说得比我预想中的更加唐突，那一排杯子让我很困惑。哪个是装水的，哪个是装酒的？马丁太太没有理会我，而是继续全神贯注地看着自己的手指甲。马丁上校则指着一个普通的直壁玻璃杯，朝我亲切地点点头，仿佛他知道我这是第一次进行餐桌服务。我开始倒水，非常小心，动作缓慢。突然间，我僵住了——我感到有东西在我的大腿后侧移动、摩挲、挤压着我的大腿。我一动不动，心怦怦直跳，我的手紧紧抓住水壶，在调味品瓶上方颤抖着。脑子里有个声音在告诉我："走开，绕过桌子，把马丁太太的杯子斟满。"但我没有这样做，因为我脑海中又冒出了另一个声音："不能冒犯，不要伤害寄宿客人的感情。"这时，上校把我从犹豫不决中"解救"了出来。

"倒满，姑娘。倒满！"他那只看得见青筋的肥手在玻璃杯上示意，他的另一只手（如果是手的话）则停留在我的大腿根部。他的手指已经不在我的大腿上摩挲了，我甚至怀疑这可能只是一个意外。也许他并没有意识到他的手放在了我的腿上，如果我甩掉他的手（就像甩掉一只狗或一只跳蚤那样），他就会意识到错误并感到尴尬，然后立即把手放回他自己的腿上。

我的手臂在颤抖，事实上，我整个人都在颤抖，就像一阵强风刮过后的水面。所以我斟得很慢，只专心盯着壶嘴，保持壶嘴在杯子上方的中心位置，玻璃杯在我手中摇晃得厉害。突然，我又感觉到他的手指在我的大腿根部爬行，还在我的背后划着圈。然后他用力一捏，水壶在我手中晃动，水从壶嘴急速涌出，有些洒到了桌子上。这一切发生得如此迅疾，我四肢僵硬，心怦怦直跳，脑海里冒出了很多细微的声音。我心里发慌，僵在那里，又聋又哑，像一根盐柱，吓傻了，因为洒出来的水已经渗入了阿克顿夫人最好的亚麻桌布。

“哦，你这个笨女孩！”马丁太太抬起头来，投来怒视的眼光。

“现在，现在，简，”马丁上校嚷道，他那只罪恶的手正炫耀地捋着自己的胡须，“我怀疑她是新来的。”他从衣领里拿出餐巾，擦了擦洒出的水，然后朝我挥了挥手，示意我到厨房去取一张新餐巾。

但是，我的身体还是无法动弹。我脑子里的声音提醒我必须道歉，但我的嘴却拒绝张开。

“快走吧，姑娘！去取一张新餐巾来！”马丁太太怒气冲冲地吼道，这句话让我立即清醒过来，于是我从上校手中抢过餐巾，朝大厅的亚麻布箱子跑去。

当我回来时，夫人正在和马丁太太谈论天气。我祈祷她没有注意到桌布被弄湿了，她匆匆走了，说要去地窖取酒。我笨拙地行了个屈膝礼，把新餐巾递给马丁上校。他指着他的衣领，把胸口靠在桌子上，想让我帮他把餐巾塞进去。我抖开餐巾，大拇指和其余手指都用上了。我伸出双臂，试图把餐巾的一角折到他的衣领里，像盲人一样摸索着，同时不知道他的手会不会又出现在我的腿上。好在这次他的手放在他自己腿上，所以我终于敢再靠近一点儿，把餐巾直接塞进他的衣领。我的手指擦着他的脖子，他的脖子又红又热，像个面团。餐巾被牢靠地放好，我正准备走开，眼角却瞥见了一个怪物——他的阳具从马裤里挣脱出来，在桌子下面硬挺挺地立着，粉红色的。我向后缩了缩，脸上感到灼热发烫。

就在这时，阿克顿夫人和马丁太太拿着一瓶酒回来了。马丁上校把餐巾从他的脖子上拽下来，十分镇定地把它丢在腿上。“她是新来的吗？”他朝我点了点头。我的整个身体都在颤抖。如果他投诉我怎么办？如果阿克顿夫人看见她最好的亚麻布上有了水渍会怎样？马丁太太眯起眼睛看我，眯得很用力，两只眼睛就像花椒粒儿。

“安通常在洗涤间干活儿，上校，”阿克顿夫人说，“但我们日常的餐桌服务女仆今天身体不舒服。我真希望安没有给你带来什么麻烦，你对一切都还满意吧？”

“哦，非常好。”上校说。

“我去拿个醒酒器。”阿克顿夫人说着走远了，只留下我和这位可怕的上校以及他那怪异的妻子独处。

“来这里！”上校向我招手。我小心翼翼地走过去，现在我知道哈蒂为什么“生病”了。“我的餐巾掉到地上了，我有痛风，行动不便……你能不能……？”他指着桌下皱巴巴的餐巾，我朝马丁太太的方向看了一眼，但是她正认真地盯着窗户。

我跪下来，捡起餐巾，目光所及格外小心。然后我站起来，把餐巾扔在他腿上，撒腿跑向厨房。

第十三章

伊莱莎
藤条叶烤鸽子

清晨我醒得很早，猛然睁开眼睛，脑子还迷迷糊糊的，我纳闷为何血管里的血液似乎正狂热地燃烧。我想起自己前一天晚上成功地烹饪了一顿考究的晚餐。马丁上校夫妇吃得精光，他们用面包片蘸着小牛肉肉汁吃得干干净净，又要了第二份李子布丁。上校满意地咂嘴，宣布我做的马德拉酱是他“吃过的最好的”。我得以知道这些，是母亲焦急地徘徊在餐厅门口时偷听到的。

我伸了个懒腰，自顾自地微笑。我没有告诉母亲这个酱汁配方几乎全是我们的创意：橘子皮、蛋黄，这些小点缀使它与众不同；安建议加入肉豆蔻，她是对的，这不但增添了色泽的浓度，而且使其带有香料的甜味……

温暖的橘黄色光线透过百叶窗的缝隙照进来，光线以条纹的样子落在床罩上。一瞬间，我感到无以言传的快乐，那是一种轻盈感：鸟儿在空中飞翔的感觉。我为什么不可以成为一名烹饪作家呢？我的食谱真的起作用啦，我的烹饪可以和写作一样优异。我认为寄给《纪念文集》的这首新诗是自己最优秀的作品之一。而厨房，我本以为会是我的桎梏，却以我未曾想到的方式给予我写作灵感。甚至以前那些厨师们写下的拙劣食谱也给了我启发，让我能研究出自己的拿手好菜。这种感觉就像一只狗嗅到了深埋雪地的尸体的气味，用它温暖的呼吸引诱尸体“死而复生”。

还有写食谱时那种纯粹的快乐，宛如在欢歌！我在想是否应该写一些以烹饪、食物或用膳等为题材的诗歌。但是，不，那将毫无希望，会被朗文先生当面嘲笑的。我甚至现在就能听见他拒绝的声音：“不，不，不……诗歌保留了人类美好的情感，而在厨房的人根本没有美好情感，阿克顿小姐。”

这个世界是多么奇怪啊，没有女人承认能从饭桌上的餐饮中得到乐趣。当然，她必须准备这些菜肴，但是不可以带感情。她必须吃东西（如果只是为了生存），但在吃的过程中却不应该表达任何快乐。对于我们女性，食物仅仅是功能性的。

这一连串的思绪让我回到了寄宿客人身上。我今天该招待上校和他那闷闷不乐的妻子吃什么呢？鸽子？还有像花儿一样芬芳的小豌豆，今年的最后一波当季豌豆。水煮马铃薯，找到最小的马铃薯，然后涂上黄油并撒上粗盐。我在被单下舒展身体，那种感觉又回来了：像鸟儿在空中自由飞翔，燕子展翅飞翔的感觉。只是这一次我也听见了自己的内心在欢歌：“我是……我是……我是……”

我起身推开百叶窗，让光线涌入。我突然有一种冲动，想用秋天的树枝填满我的房间：玫瑰色的野蔷薇果，杂糅猩红和金色的叶子，以及这一年最后一株翠绿植物。但是，当我环顾房间，快乐顿时烟消云散。房间虽然整洁，却感觉空虚，“老处女式”的空虚——这都在提醒我，“老处女”的身份就是活生生地承认自己失败。责备声在耳边响起：“你的诗、你的写作……都表明你自负、骄傲、毫不谦逊。毋庸置疑，今天你的诗就会被退回……骗子……骗子……”我的翅膀被咔嚓剪掉了，再一次，我因渴望听众的诉求而遭到了惩罚。

当我走进厨房时，安正跪在地上，用力擦洗石板上的油渍。她那带着露水的靴子鞋底松松垮垮、暗黑潮湿，桌子上有一篮子蔷薇果。她一定是在天亮前就起床了。我的目光看向炉灶，刚用黑漆刷过，炉膛被扫得干干净净。

“你摘了蔷薇果？”

“是的，伊莱莎小姐。我想你可能想做一种糖浆。妈妈总是在蔷薇果当季的9月做。”她抬起头，我看见她无神的双眼像两个黑洞。

仿佛一个尖锐的肿块在我喉咙升起，我咽下肿块，说：“为上校夫妇准备好早餐后，你直接去威廉·盖尔的鞋店吧，给自己买双靴子。”

安目瞪口呆地看着我。

“我知道你还没有拿到工资，我来给你买靴子，就当是送给你的礼物吧。”

“哦，不能这样……”她结结巴巴地说，“我不能接受这么慷慨的礼物，伊莱莎小姐……”

“好吧，可我坚持送给你。你会不听女主人的话吗？”

“那哈蒂呢？”

“她不需要新靴子，你需要。”

“我是说，她今天不用为马丁上校和夫人服务吗？”

我把蔷薇果倒进一只大碗，一边用舌头品尝其味道，一边在脑海中给它做搭配：拌入百里香或迷迭香，或者一丁点儿更具异国情调的东西？还是一根肉桂，一勺香草荚？我试着回忆达勒姆夫人过去制作的蔷薇果糖浆和一种浓郁的法国玫瑰果酱……是用了苹果和接骨木果吗？10 年前我曾品尝过。

“小姐，哈蒂今天会负责上菜吗？”

她打断了我的思绪，我轻声叹息。回忆各种味道，想象不同味道在我舌尖上融合，这需要专注力，一旦被打断，那味道（如此短暂的回忆）就完全消失了。“我知道你没有想到会去餐厅服务，这是小型私家寄宿旅店，我们必须齐心协力。连阿克顿夫人也必须克服偏见，在餐桌帮忙服务客人。”

“我……我觉得自己不太擅长这个。”安对着抹了肥皂的石板喃喃道。

“好吧，那咱们等着看看哈蒂是否已经康复。今天早上你看见她了吗？”

“我起床后没有看见她，伊莱莎小姐。”刷子挡住了她的面孔。

“马丁夫妇 9 点前不会下来，但你可以先去布置早餐桌。早餐要用瓷质餐具，不要忘记准备糖碗。”

“那晚餐呢？”

听见她问这个问题，我很开心。“我和你想到一起去了，安。你对烹饪很好奇，真让人高兴！昨晚到了一对鸽子，现在正挂在地窖里。你去拔掉鸽子毛吧。”我该如何烹饪这对鸽子呢？用杜松和鼠尾草？可能吧，还有苹果酱。或者，我可以用玫瑰果冻吗？

“这不是我该问的，伊莱莎小姐，但是……”安站了起来，单足跳换到另一只脚，仿佛站在烫脚的煤渣上。

“我在想，你知道怎样拔野鸟毛吗？”我的语气有些突兀，因为思考食谱需要集中精力，而安跳来跳去让我有些分心。

“是的，但……但是如何用藤叶包裹鸽子？我只在花园里见过藤蔓，还有……”她的声音渐渐小了，拎着一桶擦洗地板的脏水走向洗碗间。

凝视着她离去的背影，我仿佛看见的不是她，而是昔日的自己，一开始是无形的，然后充满了颜色、气味和声音……修剪过的葡萄树枝被点燃，燃烧……粗糙地钉合的铁栅栏……有人从百灵鸟、海鸥、鸽子等鸟类的身上掏出内脏……一篮子新鲜的绿色藤条叶子……我感觉肋骨下泛起一阵汹涌翻滚的疼痛。

安回来了，鸽子在她瘦弱的手上晃动，她惊恐地看着我：“你还好吗，伊莱莎小姐？”

“我在法国吃过用藤叶烧烤的肉。”话音刚落，我便立即感到后悔，我根本不想重温那段丧魂落魄的日子。在安继续提问之前，我赶忙说：“不提往事了。你为什么建议用藤叶？”

“我哥哥杰克见过。他在索耶先生那里工作，索耶先生是法国人。”

我盯着安良久，然后用手指慢慢绕着太阳穴打转，试图记住伦德尔夫人烹饪鸽子的指令：“去掉内脏后，要把头切掉，在第一个关节处切开它们的脚趾，然后去找些硕大的藤条叶子。”

安消失在洗碗间，她的靴子底啪嗒啪嗒地拍打着地面，我都看见她脚上的水泡了，她竟然没穿袜子！我想知道什么样的母亲竟然会让女儿光脚穿着旧靴子去工作。但是当我这样想时，我脑海中的一道门“砰”地关上了，仿佛是因为脑子太狭小，不能再纠缠这些想法。“还有袜子，”我随即喊道，“你买新靴子时，别忘记向盖尔先生要一双毛线长筒袜！”

我的思绪转向烤鸽子，又无拘无束地从鸽子轻松漫游到法国……一盆盆散发着蒜香的烤肉酱，沾满面包屑的鹅黄色火腿，像蛇一样蜷缩的血红色布丁，炖菜和肉酱，里昂和阿尔勒的香肠，煮熟的三文鱼，数以百计的奶酪在玻璃钟罩下熠熠生辉，芳香的甜瓜和蜂蜜杏子……我摇摇头，把脱缰的思绪拉回到烤鸽子上：每只鸽子都会被塞进一小块黄油，但应该给这一小块黄油滚上欧芹末还是辣椒粉？

第十四章

安
新鲜煮咖啡

与上校发生“冲突”后，我整夜辗转反侧不能入眠。哈蒂却睡得很香，没有任何生病的迹象。夜间她没有冒虚汗，也没有发出呻吟。她没有在夜壶上坐上几个小时，她的呼吸也没有疾病的气息。

但是第二天早上，当我在花园费力弄葡萄藤叶，暗自祈祷不要再被叫去餐桌服务时，哈蒂匆匆赶来，她的头发在帽檐下飘曳，手指摸着围裙带子。

“你没有忘记我是负责人，对吧？”她蹲在我身边，眼中闪过一丝兴奋。

“我以为你生病了？”

“我当然没病。”她漫不经心地甩了一下头。

“你的意思是还由你来负责伺候上校一家？”

她看着我，毫不掩饰自己得意扬扬的样子。“他让你看了他的‘香肠’和‘栗子’，对吗？”

我顿时如释重负，所有的恐惧和孤独都消失了。“这就是你逃走的原因吧？”

“是的！我知道他这种人。可能这就是他们并没有带用人来的原因。我必须为他们刷洗夜壶、生火、晾晒衣服、提水，所有的活儿都得干！”

我皱起眉头，感到困惑。“你假装生病是为了让我看他的……他的‘香肠’？”

“他们这种人喜欢干那档子事，”她说，她满脸通红，似乎事件的戏剧性发展令她有点激动，“这是他们的小把戏，我们必须怂恿他，直到他最终得到报应。”

我听了她的话如坠雾中，大惑不解，一边剪葡萄藤的叶子，一边想：她在说什么呢？

“没有寄宿客人，我们就拿不到工资，所以我们必须等他付完账，再教训他。从现在起，你的眼睛只需要看向桌子上面，不要害怕。”她的鼻子轻轻抽动了一下，我想起我家的爱犬塞普蒂默斯每当嗅到肉味时就是这样。

“我见过我爸的，”我说，不想成为她眼里幼稚无知的愚蠢村姑，“还有我哥哥的。”

“但肯定不像那样，对吗？”

“当然不是！但我还见过公牛和狗的。”

“但不是在餐桌上，傻瓜！”

她说得有道理。“对，但如果夫人看见，肯定会叫他滚蛋吧？”

“哦，他太聪明了，不会那样做的。他们只会向那些会被吓得要死的小用人展示‘香肠’。”

“那可怜的马丁太太怎么办？”我问道，有些同情和心疼他的太太。他胡来，而他太太就坐在那里，却对他的恶心伎俩一无所知。

哈蒂嗤之以鼻。“马丁太太才不可怜呢。”

“那她为什么不制止呢？”我不解地问，想到我和爸爸不得不把妈妈绑起来以阻止她在公共场合脱衣服，现在她已经被关在精神病院，而马丁上校却能在外面逍遥用餐，甚至还和来自伦敦的绅士淑女们一起享受温泉。

“不管怎么说，她装瞎子正好。从现在开始，我就得伺候他们了。”她站起身来，叹了口气，仿佛她先前的胆量全部溜走了。于是我问她，到底打算怎样做才能让他得到“报应”。

“我不能告诉你，”她把手指放在嘴唇上，“但是现在我已经有一个计划了，所以你只需要知道没什么好怕的。”

然后她靠过来，快速地拥抱了我。虽然这只是一件小事，却使我完全忘记了上校那档子事儿。当我拿着葡萄藤回厨房时，还是笑盈盈的。

“啊，”伊莱莎小姐说，“我看见你在大自然里很快乐。”

我不知道该说什么，但她笑得很灿烂，我也一直咧嘴傻笑着，像个小丑。我点点头，心想：*我有朋友了……我有朋友了……*也不用再伺候他们用餐了！

“马丁上校和夫人今天想喝咖啡，你应该去煮点儿咖啡，”她说道，“把炖锅架起来，高高的，放进咖啡豆，加热时要不停地翻动。”

我没见过咖啡豆，之前伊莱莎小姐用一只石罐子装满了咖啡豆，在火上烘烤时，一种奇妙的气味逐渐浓郁，盘旋、充溢了整个厨房。当她把咖啡豆放在特别的碾压盒里压碎时，我仿佛闻到了森林、皮革和蜂蜜的味道，很想尝尝。还有其他味道……我想是榛子的味道，就像妈妈曾经采摘后用两块石头敲裂的榛子。

伊莱莎小姐告诉我，在博尔戴克之家还没有人会正确地煮咖啡，真是很丢脸。“便宜一点儿的咖啡豆不必省着用……而且应该在最后一刻才放入烘烤和研磨，”她想了想，又补充说，“牛奶必须煮沸腾，用非常新鲜的冷奶油。”

我正想着妈妈敲打榛子的情景，这时哈蒂来拿咖啡壶，故意朝我眨了眨眼睛。随后听见砰砰的关门声和水蒸气声，哈蒂又消失了，而我感到一阵兴奋，身子不由得战栗了下。她要去干什么？

在我清理炖锅时，伊莱莎小姐将一些浓稠的黑色液体倒入一个瓷杯，这只瓷杯还没有我的小指头高。她非常缓慢地搅拌着，问我：“你认为索耶先生会往他烹饪的鸽子里塞什么？”

我仔细想了想，后悔杰克上次来时我没多问几句。“也许只是一些黄油。”我最后答道。

她对我微笑，是那种拂掠我全身的笑容，让我感觉仿佛正行走在一只充满玫瑰色空气的温暖垫子上。“我要给新切的小块黄油滚上一层辣椒粉，我想。或者也可以往鸽子里塞入小蘑菇，搭配蘑菇酱。我们应该用新鲜水田芥来做配菜吗？”

虽然我不知道她是在跟我说话还是在喃喃自语，我还是点了点头。她正喝完咖啡，发现我在盯着她看。“你想尝一口吗？”

索普夫人的声音涌入我的脑海：“*记住你的身份……记住你的身份*。”我没有理会这声音。“是的，请给我尝一口，小姐。”

她把小瓷杯推向我，看着我品尝。苦涩、浓郁的味道一下填满我的口腔，舌尖上稍有颗粒感。我的脑海中浮现出咖啡馆的样子；穿着彩色袜子的绅士们沉浸于交谈和阅读，空气中交织着他们翻动报纸时发出的沙沙声和烟斗的气味。杰克曾告诉过我咖啡馆和剧院的情况，还有绅士们乘坐着马车在伦敦街道上疾驰的情景，而现在我的思绪也同样急速翻腾着。

“你在想什么？”伊莱莎小姐问道，我告诉她我在想象一个咖啡馆。她笑了笑，用她那迷人的声音说道：“让我们看看这位好上校是否觉得咱们的咖啡合口味。他来自伦敦，毫无疑问，他习惯喝最上乘的咖啡。”

我在想他是否正对着哈蒂的脸挥舞他的“香肠”和“栗子”。我又想到马丁太太，在她丈夫举止变态的同时，她却干坐在那里，佯装不知情。我顿时感到一阵恶心。

哈蒂把咖啡壶带回厨房时说，上校要她帮忙转达对厨师的夸赞。伊莱莎小姐绕着餐桌跳起了优雅的吉格舞。

后来，我在把炭灰送到黑醋栗树丛的路上看见马丁上校和马丁太太正爬上他们挂有窗帘的马车。我盯着马丁太太，直到她那肥大滚圆的臀部消失在台阶上。我纳闷她会像我一样感到羞耻吗？——妈妈在田里脱衣服时我感到的那种羞耻。或者她有过我不能阻止妈妈乱脱衣服的那种无助感吗？索普牧师会给马丁太太什么建议呢？我很疑惑……马丁太太在车厢坐垫上坐稳后，忽然转头看向车窗外，看见我正站在这里，炭灰正吹到我脸上。她向我投来毒辣的目光，然后嘴唇一翘，把头转向了别处。我感到自己很卑微，正在被她鄙视。

伊莱莎小姐煮的咖啡味道忽然唤回了我的思绪，我回味着咖啡沫在我舌尖上酝酿的奇妙感受，心情就这样转好了。杰克曾说上帝就在面包皮里，我觉得杰克说得不对。我很不敬地想，或许，上帝在抿一小口的咖啡里。

第十五章

伊莱莎
浓奶油野生布拉斯李子蜜饯

我收到这封信后，把它塞进紧身胸衣，戴好帽子，告诉安我要去采集布拉斯李子。我不能在母亲窥探和贬损的目光下打开信，也不能在哈蒂多管闲事盯着我时打开信。我想在乡间小路上拆开信，那里只有成群的雀鸟会见证这个重要时刻。因为这是我的真相时刻：如果《纪念文集》要刊登我的诗歌，我会坚持写下去，也许我终将成为一名有著名作品问世的诗人；如果寄来的不是用稿函，我的诗歌生涯则会就此结束。

当博尔戴克之家在我视野中消失，小镇上乱七八糟的面粉厂、制革厂和砖厂都被抛在身后时，我撕开了信封。眼睛飞快地扫过那几行文字：“一首很迷人的诗，我们很乐意发表这首诗……通常许多女诗人要么署名‘某女士’，要么匿名发表……当然冠夫姓或婚前名字也可以……我们无法提供任何形式的稿酬……你真诚的……”

我仰头对着天空，如歌一般唱道："好！好！好！"一只受惊的鸽子拍打着翅膀，向上飞去，仿佛跟着我声音的气流在飞。我朝林间小路瞥了一眼，没人在场，于是大声吟唱："我是一个诗人！"这些话语是如此有分量，仿佛我只要伸手就可以从空中把它们摘下来。雀鸟从灌木树篱轻快地飞过，在一片鸟鸣声中，我似乎听见了自己的回声："我是……我是……我是……"

我的脚步如此轻快，仿佛踩在搅打成糊状的调和蛋白上。"迷人！"我想。我的诗作被评价为"迷人"。当狂喜的情绪退去后，我又看了看那封信。但这次阅读时，我注意到某样完全不同的东西。匿名？某女士？我的夫姓？"E. 阿克顿？"我想，"或者欧内斯特……埃德蒙……爱德华……埃德加。我是不是应该用哥哥的名字，埃德加·阿克顿？"一股生气和愤慨的情绪在我体内燃烧。为什么我写作时必须乔装打扮，蹑手蹑脚？为什么我不能自己露面？"我是诗人伊莱莎·阿克顿！"我大声说。仿佛是为了确认我的身份，雀鸟们也开始嘈杂地合唱："我是……我是……我是……"

当我回到厨房时，我不能再缄默了。走到洗碗间时，我看到安正在擦洗锅碗瓢盆，我把一篮子布拉斯李子放在水槽旁。"安，你喜欢诗歌吗？"

她眨了眨眼睛，从桶里取出一把新沙子，开始擦拭茶壶，说："我没有时间读诗。"

"不，不，"我急忙说，"你愿意学习诗歌吗？"

"学习诗歌，小姐？"她重复我的话，这天早上她好像有点儿反应迟钝。

"我有好消息要宣布，"我顿了一顿，鼓起勇气大声对她说道，

“我是个诗人！”此话直接脱口而出，没有任何修饰。

“你，小姐？一个诗人？”她的声音满怀敬意，这份敬意对我太具有鼓舞性，我都要匍匐在她脚下了，只可惜她的脚正踩在一摊冷水里，泛着油腻腻的光。

“一份叫《纪念文集》的年刊想发表我的一首诗。”我说这句话时情不自禁地流露出自豪感。

“那太好了，小姐。”她说，继续洗刷着。

“是的，没错，”我附和她，“我还想教你写诗，安。”

她点点头，问我打算怎么处理这些布拉斯李子。

通常在她问我这种问题时，我脑子里的各种作料和味道会立即交织在一起，但这次我仍然陶醉于自己诗作成功的喜悦中，只是挥了挥手，说：“哦，我会有灵感的，别担心！”

“小姐，把李子做成一道原味蜜饯怎么样？”

她用了“蜜饯”这个词，令我大吃一惊。这个词从她的嘴里说出来，发音精准，真是出人意料。我顿时感到词穷，诗歌创作带给我的自豪感也随之减弱了。

“还要涂抹一层浓奶油和肉桂粉。”她补充说。

“当然。”我说。我的嗓音显得无精打采，和她有关布拉斯李子的谈话仿佛夺走了我荣耀时刻的所有喜悦。

第十六章

安
普通海绵蛋糕

几天后，我被派去邮局领取两个包裹，其中一个又大又重，边角已经撑破了牛皮纸，我看出这里面是书。另一个包裹很轻薄，用非常雅致的手写体写了地址，所有字母都有手写花饰和墨迹尾纹。我赶紧回到博尔戴克之家的厨房，发现伊莱莎小姐正在一个小本子上写字，不知道她在写诗还是写食谱。她的面色宁静镇定，但是当看见那个薄薄的包裹时，她脸色一沉，眼里的光亮立刻消失了。她打开包裹，我则忙着整理我的帽子，帽子已经从头上滑落了一半。我从睫毛下看向她，她的双眸又亮了，美丽的嘴唇弯成了微笑，我松了口气。

“我的诗稿，终于寄回来了。”她说。

我等着，希望她大声朗读这些诗。但她没有，只是翻看了一下，脸上的笑容又一次随之退去。大厅里传来阿克顿夫人的高跟鞋踩在石板上的声音，伊莱莎小姐以最快的速度把她的诗稿放在了面包砧板下面。

“我有个好消息，”夫人拍了拍她总是戴在脖子上的十字架，对伊莱莎小姐说，“马丁上校夫妇对这里的环境和你的厨艺都很满意，要延长逗留一周。”

我的心一下子沉了下来，现在哈蒂必须更多地忍耐上校那只咸猪手摸她的屁股（她称为“屁股”）以及在餐桌下无休止的摸索了。如果他一直延长逗留时间，哈蒂怎么让他得到报应呢？接下来夫人又说了一句话，让我更加焦急。

“索普夫人今天早上要来拜访我们，我希望你能到场，伊莱莎，不要总待在仆人的工作区。”

伊莱莎小姐点头答应，我却很紧张。索普太太有妈妈的消息吗？或者爸爸的？或者更糟……最糟糕……精神病院是否拒绝了收留妈妈？她是否已经逃跑了，而且还没有被找到？所有这些想法如一股激流般冲进我的脑子。

夫人指着放在桌子上没开封的包裹，问道：“不会又是书吧？”

伊莱莎小姐拿起包裹，解开绳子，撕下纸张。即使我的思绪正飞速旋转，我也注意到她正在解绳子的手指，那么修长，那么白皙，指甲是淡淡的粉红色，像玫瑰花蕾。

“你没活儿干吗，安？”夫人对我说，“如果厨房里没活儿，你可以打扫客厅，收拾好迎接索普夫人。”

我其实有很多活儿要干，但起身去洗碗间拿了鸡毛掸子，我听见伊莱莎小姐在向夫人解释每一本新买的烹饪书。

“这一本是一位自称厨师的人写的……这本是亨德森先生写的……但是令我反感的是这些厨师用料太重。听听这个……一个普通海绵蛋糕，”她开始大声朗读，“取 24 个鸡蛋……有多少私人家庭需要这种规模的蛋糕？这些是为节日而制作的，仅此而已！”她把书合上了。

这时，夫人扯着嗓子问：“如果你不会用这些食谱，为什么还要买这些书呢，亲爱的？”“我从中学习，”伊莱莎小姐说，“我已拟订了一份名单，这些人可能会捐赠一道各自最喜欢的食谱。有一位女士，她的犹太安息日晚餐很出名，而且——”

夫人像铁一样冰冷地打断了伊莱莎小姐：“肯定不包括犹太食物吧？英国家庭不吃犹太人的食物，这一点我很确定！”

我从她们身边走过，低着头，手指紧紧抓住鸡毛掸子。气氛紧张，空气凝重得仿佛得用刀片才能划开。我冲上楼去往上校的房间，我知道哈蒂正在那里晾晒床铺。

“哈蒂，”我从牙缝挤出一个问题，“犹太是什么意思？”

“那是一种宗教，”她语气不是很肯定，“而且他们会把钱借给别人……甚至在安息日也借钱给他人。”

“他们的饮食习惯与我们不同吗？”我不解地问。

她用拳头捶打着枕头，满脸疑惑地看着我：“这个我不知道。但我知道没人会喜欢他们。你的问题很奇怪，安·柯比。”

我跑到客厅里，用鸡毛掸子掸了掸窗框。感觉自己的头像一个黄油搅拌器，而且刹那间，我希望自己回家，种一些萝卜，只需要想着如何让妈妈不迷路，而不用操心其他更复杂的事。

第十七章

伊莱莎
清炒脆欧芹鲈鱼片

索普夫人的衣着、鞋子，她耳朵上的象牙吊坠、身上的紫罗兰丝带，以及她胸前耸立的花边都散发出沉稳自信的优越感。她的姿态（炫耀戴着婚戒的手指，抬起已婚女士的下巴），所有这些都使母亲和我自惭形秽，感觉我们过着一种被她轻视的劣质生活。这一切都在提醒着我们，她才是生活这场剧的主角，而我们只是看客。

“这个房间很舒适。”她扫视着房间，眼睛骨碌碌转动着，看见铜质的挡板、厚重的天鹅绒窗帘、桃花心木柜子里的皮革鎏金书和布鲁塞尔地毯，问道：“都是租来的，是吗？”她的头扭前扭后，像一只昂首行走的鸽子。

“我们租下了博尔戴克之家，家具齐全，”母亲点点头，“很适合我们，不是吗，伊莱莎？”

“安·柯比让你们还满意吗？”索普夫人用手指头敲着她的裙子，似乎急于转向更有趣的话题。

母亲说:“她来这里不久，还不好说。”

“我喜欢她,”我说，努力让语气平静,“她不傲慢，也没坏心眼，很爱学习。”

“不错，不错。”索普夫人的手指又在动。

“我听说你是位女诗人，阿克顿小姐？”

在那一瞬间，我想告诉她我确实是个诗人，但是母亲用她那清脆的声音打破了沉默:“我女儿是一位女诗人，但现在她有一项重要的写作任务，受伦敦一家很重要的出版商委托。”

索普夫人噘着僵硬的嘴唇，似乎她不确定该如何反应，只说道:“哦，请讲吧。也许是一部中篇小说？”

“恕我们现在还不能透露,”母亲用食指按住她的嘴唇，一副不得不保密的样子,“但请放心，公开时您将第一个知道详情。”

一阵感激之情涌上我的心头。母亲其实一直在努力，以她自己也拿不准的方式来维护我，保护我们母女。她向索普夫人表明，我们绝不仅是枯萎的无夫之妇，仅仅经营着一栋租来的寄宿旅舍。自然，母亲不会坦白地承认我在撰写一本烹饪书，但是她的这番话还是令我们母女间的联结变得更如紧密。

“安·柯比的父母怎么样了？”我问道。

索普夫人瞪大了眼睛，下颌动了动，答道:“我不知道。我没有机会和我丈夫教区的每个成员都交流。自然，安·柯比总是参加他的布道，他的布道在全县闻名。”

她咳嗽了一声，然后语无伦次地补充说:“他的布道，是的。他的布道很有名。”

“我可不想失去她,”我对索普夫人挤出一丝笑容,“您还有别的什么事儿要和我讨论吗？”我感觉母亲愤怒的目光在注视我，但厨房对我的吸引力更大：我的新书，新鲜的鲈鱼在储藏室里闪闪发亮，一袋袋野生蘑菇、布拉斯李子和还沾有露水的点心苹果、卷曲的绿色欧芹，我要清炒欧芹直到它发脆……

“我只是欢迎你们来到汤布里奇，向你们伸出友谊之手，阿克顿小姐。”索普夫人的头在她的肩上摇摆不定，她的脖子泛起一阵红。

“请原谅，我还有事，先告退。”我离开了房间，感觉背后投来了母亲愤怒的目光。我几乎是跑到了厨房，直到停下才松了口气，也因背叛母亲而觉得内疚。我显然没有报答母亲今天一反常态对我的支持，反而选择了粗鲁无礼地离开。但是，刚才索普夫人看向我们所租家具的那种眼神已经足够嫌弃了。如果面对每一个来到我们客厅的自以为是的窥探者，我都得和他们交谈，我还怎么能成为一名作家、厨师兼诗人呢？

回到厨房，我发现安正在准备一碗布拉斯李子，用水果刀把它们一分为二，去掉果核。这已经是我们本周准备的第 3 批布拉斯李子果酱了，但是它们都不够好，要么太硬，要么水分太多，或者还没长到合适的甜度和酸度。我不知道是我的过失，还是布拉斯李子的问题，也可能是 8 月充沛的雨水让李子的水分过多。

“李子熟得很透，非常新鲜，伊莱莎小姐。”安说，仿佛读懂了我的心思。她递给我一颗李子，我用食指和拇指捏了捏，一股汁液在手上顺流。

“这批李子要多煮一会儿。”我漫不经心地舔着手上的果汁，有灌木树篱、阳光和秋叶的味道。

“索普夫人有没有提到我家的事儿？”安暂停了处理布拉斯李子的活儿，小刀高高举起，汁液顺着她的手腕滑进卷起的袖管里。

“你在等家里的消息吗？”

“没有，伊莱莎小姐。但这周能不能给我半天假？我想去看望一下父亲。”

我顿了下，她的确有权每周休息半天……但我一个人怎么能侍候好马丁上校夫妇呢？

“我已经相当依赖你了，安，”我最后说，“如果你能帮忙做好早餐，并在下午 4 点前回来，我就可以应付。”

“谢谢你，伊莱莎小姐。”她切开最后一颗李子，去掉果核，把果肉放在长柄平底锅里，赶走了一只昏昏欲睡的黄蜂。

“为什么你想去看望你父亲，却从不提你母亲？”

她在围裙上擦了擦手，她的舌头舔了舔上嘴唇，回我道：“我父亲独自在家。”

“所以你父亲在家，母亲不在身边，而我的母亲则一直待在家里，并且——”我唐突地中断了话语。母亲和我曾达成一致不提及父亲约翰·阿克顿，如果有人知道他破产了，我们在汤布里奇白手起家的新业务可能会受到影响，寄宿客人可能会被吓得不敢入住，屠夫和面包师也会拒绝给我们赊账。如果房东知道了，会发生什么，我们都不确定。每个人（包括我们的仆人）都必须相信我的母亲是一位值得尊敬的寡妇，与她同样值得尊敬的女儿一起生活。哈蒂当然知道内情，但是母亲贿赂了她，让她保持了沉默。

“我为你感到遗憾。”安迅速转身继续布拉斯李子的活计，但她动作不够快，我看见她的上唇在颤动。

有那么一会儿，我什么也没说，心里想：就让她像镇上其他人一样以为他已经死了吧。但是，生活中已经充斥了太多谎言，而我对友情的渴望（仅此一次），对那种不为半真半假的隐瞒所玷污的纯粹友谊的渴望，这一次在我内心占了上风，于是我鼓足勇气说："他还活着，住在加莱。只是我们不能提起他。"

"放心，我永远不会提他，"令我吃惊的是，安向我伸出了她那只指节突出的小手，"爸爸说过，在承诺时一定要握手，表示信守诺言。"她脸颊绯红，仿佛意识到自己刚才的手势过于急促，有些欠妥。

我握住她的手，仿佛握住了一只蝴蝶，随时可能会被我捏碎。我感觉她冰凉的皮肤伸展在小小的骨骼上，指关节像玻璃珠一样，上面还有粗糙的结痂、伤口和老茧。为什么我以前从未注意到它们？好像有什么东西开始在我内心深处倾翻，忐忑不安，我试着把这种感觉引开，走向储藏室，取了一条鲈鱼和一把削皮刀。

"你想听听我从新买的烹饪书里又学了什么吗？还有关于如何买鱼，安？每个家庭主妇都应该知道如何挑选新鲜的鱼。首先要看鱼的眼睛，"我指着鲈鱼头，"眼睛应该是明亮的，鱼鳃是很清晰的红色，身体坚硬，肉质结实但触感有弹性，而且气味不难闻。"鱼身应该是闪闪发亮的，鱼鳞像有年岁的金子，我想。

第十八章

安
德式鼠尾草水煮鳗鱼

今天，我又被唤去侍候马丁上校夫妇用餐。哈蒂之前在翻动床垫时肩膀受了伤，夫人担心受伤的哈蒂会把热咖啡洒在她最好的爱尔兰亚麻桌布上。

我围上干净的围裙，快速擦亮伊莱莎小姐让我买的新靴子。这双靴子像油一样闪亮，我的脚放进去不大不小，被很匀整地包裹着，脚趾间不再潮湿，也不会有风从我的脚踝四周灌进鞋子。然后我告诉自己，上校是个肮脏的老混蛋，他即将得到报应，我没什么好害怕的。

我一直低着头，把银色的咖啡壶和奶油壶端到桌上。马丁太太坐得很直，她所有的肌肉似乎都很僵硬，收得很紧，她仿佛正期待着什么。她一定是患有严重的消化不良，我暗想。我无意中抬起头，看见了她咄咄逼人的目光。她的眼睛像冰冷的黑色弹珠，甚至她周围的空气也在试图逃离，于是她仅仅置身于刻板的小空间，四周尽是她自己思想的毒药。我正全神贯注、小心翼翼地把锅子放在编织垫上，上校说："给我们倒杯咖啡，只放三分之一的奶油。"

我听见马丁夫人在椅子上挪动时，她的真丝衣服发出沙沙声。"我自己可以倒，亲爱的。"她的声音极不自然。"我们花了大价钱来这里，简。我不会让你动一个手指头。"上校用他那只因痛风而红肿的手拍了拍咖啡壶，另一只手却不见踪影，毫无疑问，是在桌下摸索他的裤子。我举着壶嘴正准备倒咖啡，就看见他那只患有痛风、肿胀的手在缓慢爬行。他的手移向糖碗，而糖碗离桌子边缘很近，很危险。这时我突然意识到一定是他故意把糖碗放在这里的，因为哈蒂和我总是把糖碗放在桌子正中央，紧挨着银色坩埚。我瞬间看穿了他的把戏。我把糖碗推回到桌子中间，然后把咖啡壶、他的杯子和茶碟都放到了旁边的桌子上（那里没有什么可以分散我的注意力），端起他的杯子，在那张桌子上利索地倒好了咖啡，一滴也没洒在碟子里。他显然很生气，因为我看见愤怒的唾沫星子在他嘴角冒泡。

"你可以在这边的桌子上给我倒咖啡，不要奶油。"马丁太太沉着脸对我说，然后转向上校补充道，"古罗马的奴隶就是这样给他们的主人下毒的，不是吗？"

我非常困惑和害怕，说不出话，只是站在那里，像一棵失去根系的树。蓦然间，有一些话涌入我的脑海，仿佛是上帝的旨意。"女士，请原谅，咖啡壶嘴奇形怪状，倒咖啡时容易洒，这是阿克顿夫人最好的亚麻桌布，我必须小心。此外，如果我想在咖啡里下毒，我在厨房就可以下了。"

他俩都震惊地盯着我，眼神充满愤怒。然后，马丁太太做了一件非常怪异的事。她站起来，把上校的咖啡杯拿到正敞开通风的窗前，把咖啡从窗户倒出去洒在了街上。

“给我丈夫重新倒一杯咖啡！”她一边说一边把沾有咖啡渣的杯子放在马丁上校面前。他的手还在桌子下面，手腕和手肘极其用力地移动着，好像正要挣扎着解开马裤的纽扣一样。

我照她的吩咐倒了咖啡，非常缓慢，眼睛紧盯着壶嘴。我试着去想哈蒂说的“不要害怕”，但我的手臂抖得厉害，咖啡从杯子溅到了碟子里，然后又从碟子溅到了阿克顿夫人最好的爱尔兰亚麻桌布上。

马丁太太正端着杯子小口喝咖啡，她的眼睛盯着那幅挂在壁炉上方的油画，画中是一个女孩和一只狗。她突然放下杯子，伸出手肘，盐瓶被打翻掉到地上，正好落在上校的脚边。“把它捡起来。”她命令道，那双黑眼睛里有一道闪闪发亮的光束直射我。这时我才知道她根本不值得我一丝一毫的同情。我想起哈蒂的话，我的眼睛必须远离“它”，不能露出一丁点儿助长他们威风的恐惧，我把自己弱小的身躯扩展到最高。我很想用新靴子的后跟打人，但我没有，因为我必须保住工作，而他们说话永远比我更有分量。

我手脚并用地爬到了亚麻桌布下面。这里有烂鱼的味道，还有绅士身上的古龙香水味。我紧闭双眼，摸索着寻找盐瓶，用手指快速地卷住它，爬起来，显得非常镇静。我把它放在胡椒罐旁，然后我说出了一句自己会永远后悔的话——“你要不要再来点儿没毒的咖啡？”

“什么？”马丁太太喘着气，她开始用手指在脸上扇风，仿佛快要昏倒。

上校的脸涨得通红，他的眼睛在眼眶鼓起，瞪得很大。我知道这次是我做得太过分了，我移开目光，对自己的无礼感到惊愕。但是，上校嘴里发出了像猪叫一般的奇怪声音，然后，他把手从桌子下面拿出来，在空中挥舞。“现在，现在，简，”他喘着粗气说，“咱们不要打乱愉快的早餐，烘烤的鲭鱼快上桌了。”

“快把我丈夫点的鲭鱼端来，姑娘，多涂些黄油！”马丁太太不再假装头晕，她唐突无礼、恶声恶气。她向我挥了挥手，但我不敢直视她的眼睛。

我跑去找哈蒂，她正在盥洗室熨枕头套，空气里弥漫着熨斗发出的嘶嘶作响和蒸气。她一开始也认为我做得太过分了。“但你让他看到了，”她自豪地补充道，“你让他看到你是多么无所畏惧！毫无疑问，这将阻止他的肮脏行径。”

“我会失去工作吗？”

“他们很可能什么也不会说，他们不敢泄露，但你也必须只字不提。我们必须在夫人发现之前把桌布浸泡在浓盐水里。”

“为什么马丁太太一点儿都不觉得他可耻呢？”

“面对我们，她不会，因为我们在他们眼里是无名小卒。只有被上流社会的淑女们发现，马丁太太才会感到羞愧，但她们不会发现的，对吗？”哈蒂轻轻捏了一下我的手，“我在教你认识这个世道并不总是美好的，现在，你负责这些，我负责鲭鱼。注意下次不要乱说话，安·柯比，因为在他们的游戏规则里，我们很难打败他们。”

后来，伊莱莎小姐和我在费力地处理一条鳗鱼时，我想起哈蒂的话，我感到一种无法言说的野蛮感。这条鳗鱼和我的手臂一样长，不停地在桌上扭动。伊莱莎小姐正在看她的烹饪书，我负责抓着鳗鱼滑溜溜的身体。

“首先我们必须用叉子把它固定在一块木板上，”她读道，“从颈部劈开鱼皮，一气呵成。”

当伊莱莎小姐用烤面包的叉子刺向鳗鱼的头时，鳗鱼疯狂地扭动着身子。她身体颤抖，脸侧向一边，仿佛要被迫刺伤一个孩子似的。“这真是太残忍了，”她喘着气说，“如果先把它煮熟，肯定更人道一些。”

“我可以的，伊莱莎小姐，”我大声说道，“这只是一条池塘生物！”她非常急切地把叉子扔给我，可能认为我曾杀过蠕动的鳗鱼。我其实没有杀过，但哈蒂的那番话让我的血液像液态的火焰一样喷涌着。我咬紧牙关，想到了马丁上校，立即把叉子狠狠地插进了鳗鱼的身体，它终于停止了挣扎，静静地躺在那里。

伊莱莎小姐退后一步，惊恐地看着我。“干得漂亮！为什么，安……你（明明）这么瘦小？”她欣慰地笑了，“你的个头几乎还没有这条鳗鱼大。”

我冲她眨眨眼，身体在围裙下颤抖。

“你满是惊奇，”她说，“你去剥皮吧，然后把它切开，洗干净，再切成手指长短的块状。它和鼠尾草搭配很好吧，你说呢？”

我没有告诉她，只是因为纯粹的愤怒，我才毫不费力地杀死了这条鳗鱼，仅此而已。当她的脚步声渐渐远去时，我暗自责怪自己，现在她以为我有杀死鳗鱼的真本事，所以我还必须完美地剥皮。我把手放在鳗鱼身上，琢磨着怎样才能最得体地剖开并清理这条鳗鱼。这时，鳗鱼突然抽搐了一下，抬起头，我惊慌失措地跳起来，靠在洗碗间的墙上。为什么这条该死的鳗鱼还没有死！我抓起一只铜质平底锅，一次又一次地打向它，直到汗水流进我的眼睛。当我停下时，一种奇怪的平静笼罩着我。我的肩膀从耳边回到了原位，我胃里的喧闹声也消失了。我感觉自己精疲力竭，就像一块被拧干的抹布，但我没有时间休息。鳗鱼躺在木板上，了无生气，我必须开始剥皮了。我用刀尖刺穿它的颈部，试图抓住鱼鳃。鳗鱼从我手中滑落，在手指上留下黏液。沮丧和疲惫的泪水刺痛了我的眼睛。忽然间，我很想念妈妈，渴望知道她怎样了。而我在这里做什么呢？与鳗鱼和肮脏的老上校以及他邪恶的妻子作斗争吗？我本应该照顾妈妈的……

我正想着，伊莱莎小姐回来了，看到鳗鱼已经滑过了半个桌子。

她说："咱们来一起对付这头野兽！"她站得很近，我可以闻到她手指上新采摘的鼠尾草的味道，她洗过的衣服上留下的薰衣草味道，还有她皮肤上的柠檬清香。

"你抓住，我来拉。"她从鳗鱼的脖子上撕下松动的皮，往下移动，完全剥了下来，就像一张悬挂的兔子皮一样。

"下次我们还是水煮鳗鱼吧，就像煮龙虾一样，这样仁慈些，"她说，然后转向我，弯腰，使她的头和我的头平齐，"安，你在这里快乐吗？"

我点点头，热泪盈眶。上一次有人这样问我还是10年前，是妈妈问的，之后再没有人问过我是否快乐。我吸了吸鼻子，告诉她，我正处于月经期，所以不舒服。

她非常专注地看着我，然后让我必须去休息一下，她会给我一些暖胃的东西。我立刻为自己草率的谎言感到后悔。可我还能说什么呢？说我妈妈是个疯子？说马丁上校喜欢用他的“香肠”和“栗子”吓唬女仆？说我毁了夫人最好的桌布？实际上，在伊莱莎小姐的厨房，我感到了从未有过的快乐，汤锅不断冒着泡，稻草篮子里一直有鸡蛋，炉子上方的托盘里晾晒着桑葚，还有整齐铺开的榅桲和枸杞。每一天，只要看到这一切，我就知道我不会饿着肚子去睡觉了。不止如此，是“她”，她的出现令我心花怒放，我的心像春天的鲑鱼欢欣雀跃。为了留在她身边，我愿意承受一切，无论上校做什么，我都不会被吓跑。

“痉挛已经过去了。”我撒谎说。

“很好！给我拿一把锋利的新刀，咱们一起清理这条鱼吧。”她说道，额头上的皱纹消失了，皮肤又恢复了瓷器一般的光滑。

第十九章

伊莱莎
大米布丁

我给母亲送早茶时，她正靠在堆积如山的枕头和垫子上。她的睡帽在头上甩来甩去，像一朵苍白枯萎的花。我知道有什么地方不太对劲：她的眼下冒出了黑眼圈，嘴唇又薄又紧，肩膀僵硬地绷着。

她抬起手臂，不让我说话。“上校和马丁太太昨晚跟我说了，我几乎一宿没合眼。”我立刻想到了我们借来的钱。如果马丁夫妇不愿付账，我们只能全部逃到加莱。“是他们不能付账了吗？”

“别傻了，伊莱莎！”

我盯着她，不太明白。“那是发生什么了？”

“安必须离开，他们很坚持，她必须立即离开。”

“离开？”我重复她的话，目瞪口呆，“为什么？”

“她太放肆了，不可原谅。我们不能雇用一个威胁到咱们生计的仆人，伊莱莎。”

“她做了什么？”我伸手扶着床柱稳住自己，母亲的话简直太荒谬了。

“她说我们在咖啡里下毒了，马丁太太很难过。她整天被胃痛困扰。所幸，上校说服了她，说安只是在开一个品位很差的笑话。我可以补充解释一下。但是伊莱莎，我们不能再这样下去了！”

“你确定要相信他们？”

“他们为什么要撒谎？”她向后靠在垫子上，眼睛紧闭，脸色凝重，“我听说过类似的故事……她们厌恶女主人，想尽办法搞破坏。如果我们允许安这样做，我们就会重蹈法国人的覆辙。在法国，仆人会砍掉每一个男女主人的头。”

“只是听了一面之词，还没听见安的解释，你怎能这样说？”我摇了摇头，感到困惑。在所有这些谈话中，没有一丝安的气息，但母亲继续诉说着。

“我见过你和那个女孩在一起，伊莱莎，我看见你如何宠爱她。我不认为这是……”她停顿了一下，好像在寻找合适的词，“健康的。”她终于说了出来。

我咽了口唾沫，让自己数到“3”才回答。我的指关节因为紧紧抓着床柱而发白，我太愤怒了，红色的怒火在我脑海里翻滚。“她是个好仆人，妈妈。她是我所知道的最好的仆人。没有她，我根本无法完成我的烹饪书的撰写。”

“没有寄宿客人，就不会有书。你认为是谁在支付厨房费用、原料以及你宝贵的时间？”她睁开眼睛，看了看天花板，叹了口气，“马丁夫妇态度很坚决，他们在伦敦是有权有势的人。”

“哈蒂可以服务客人，我们可以把安留在厨房，”我努力使声音保持镇定，但带有恳求的口气，“眼不见心不烦。”

“如果安·柯比对我们第一批寄宿客人的态度就是这样粗鲁，她对下一批寄宿客人又会有什么不同？汤布里奇韦尔斯的温泉浴可是个小地方，这样会有流言蜚语的。你父亲犯错后，我们不能再有大的过失，我们担待不起了……”她的声音越来越小，她把手背挪到眼睛上方，又叹了口气，“如果我们失去寄宿客人，就只能被迫去接收学生。这是你想要的吗？整天为那些不守规矩的男孩制作大米布丁？”

我咬着嘴唇。诗句从遥远的地方传来，从过去飞驰而来，盘旋在当下。

黑暗里，黑暗里，厄运的翅膀
在你身上卷起沉沉的乌云
慢慢地，慢慢地，正在聚集……

“如果没有男寄宿学生，我们就会一贫如洗！”母亲厉声道。

“我要去问安。如果不是她的错，我建议请马丁夫妇离开。”我挺直肩背，转身离开，佯装一种反抗的姿态，但我其实并没有反抗的感觉。自我厌恶和自我怜悯的情感苦涩地混杂在一起，翻滚蔓延至我的全身。我想，自己应该更加勇敢地保护安。但是母亲说得对：我们需要获得寄宿客人的好感，没有他们，我们或将被迫逃往毛里求斯的丛林，双膝跪地，爬到哥哥埃德加家里，或者爬向已婚妹妹玛丽家，寄人篱下。然而，没有安，我怎么能撰写烹饪书呢？

安正在给炉子生火。我进来时她刚好转过身来，她的脸被火烤得通红。“要不要给你泡点儿茶，伊莱莎小姐？”

“你和马丁夫妇之间发生了什么？”

她看向远方，咬着下嘴唇。

“你必须告诉我真相，我不能容忍对我撒谎的仆人。”我紧握双手，疼痛从手腕蔓延到手臂。安的小脑袋低垂着，我这才注意到，她的颈背是斑驳的粉红色。在寂静中，我听见她咽了口唾沫，火苗正从炉子打开的门往外喷出，火花四溅，火星一个接一个地在壁炉上熄灭。

“上校有个怪异的习惯，”她低声说，“他喜欢……暴露自己。”

“暴露自己？”我重复一遍，“什么意思？”

“暴露……他身上除了马丁太太之外，其他人不应该看到的部位。”

“他曾让你去他的房间？”我非常震惊，嘴巴张得很大，嘴唇忍不住颤抖。

“没有，小姐。他一般在早餐或晚餐时暴露。哈蒂也见过，但她比我更习惯。”

“在用餐时？”这太荒谬了，我气愤得甚至不禁想大声笑出来。

但安的脸因羞愧而变得绯红，我明白那种羞耻的滋味。“所以你威胁说要在他的咖啡里下毒？”

“没有，”她停了下来，我看见她的眼里涌出了泪水，“我可以今天就离开，伊莱莎小姐。”

然后我做了一件事，一件任何女主人都不会对厨佣做的事。我把她抱在怀里，抚摸她的头发，拍着她的背。“我很抱歉，安。我很对不起你。”我轻声说。我在心里将她想象成苏珊娜，我的苏珊娜。

第二十章

安
面包和洋葱

我在潮湿的白雾中走了半小时回到家，一路上思绪翻来覆去。谢天谢地，我双脚干爽，新靴子很舒适。这真是我的靴子吗？她们会如何告知哈蒂这件事呢？我该怎么对爸爸说？一个女孩该如何对付像上校这样的人？一个个问题在我的脑海中乱窜。我想起夫人领着我从后门进屋时说的话："他没有伤害任何人，但你的傲慢无礼却伤害了我们所有人。"她说得没错，这让我心如刀割。是我的离开伤害了哈蒂、夫人和伊莱莎小姐，现在她们必须再另找一个洗碗女工。我也伤害了自己，也将伤害爸爸和帮我找到这份工作的索普牧师，还有索普夫人，是她把旧连衣裙借给我穿着去应聘这份工作。我感到他们对我很失望，就像一桶桶的凉水浇在我背上。

但我想得最多的还是伊莱莎小姐，想着她那散发着柠檬清香的黑色头发，和她哽咽着说不出话的样子。我可能再也找不到像她这样好的女主人了。我的胸脯剧烈起伏，泪水再次涌出。我当时为什么这么蠢？一个男人想在早餐桌下展示他的私处真的是一种罪恶吗？

我突然闻到被擦破皮的苹果散发的味道。在那一刻，我仿佛又回到了伊莱莎小姐的厨房，烹饪气味四溢：烘烤咖啡豆的味道，炉子上水果糖浆的香气，新切柠檬的酸味，裂开的香草荚的暖甜味道，碾碎丁香的土腥气。还有她，伊莱莎小姐向我展示如何将蛋黄和蛋白分开，如何握住刀刃，如何剥番茄皮。一滴眼泪滚落在我的鼻子上，一滴又一滴，不停地滚落。

当我回到小屋时，心情很沉重，差一点儿就转身离开。爸爸这时可能正在墓地干活儿，我还有时间让自己振作起来。塞普蒂默斯飞快地跑到门口，我用它喜欢的方式挠它耳朵，然后我跪下来，把脸贴到它的脖子上。

“谁在那儿？”我听见爸爸含糊不清地问道，我的心顿时下沉，像石头一样沉重。

“是我。你为什么没在墓园？”

“安？”我听见他用拐杖撞击墙壁的声音，他在黑暗中蹒跚走来。我往里看了看阴暗处。小屋散发着臭味，像一只啮齿动物死了，被丢弃在角落里腐烂。我把门向后推开，然后拿起挂在窗前的抹布。爸爸边咳嗽边咒骂。

“发生了什么事？”我小声说。

“没什么，安，没什么。”他抓着我的胳膊，我看到他的手沾满泥巴，他的指甲沾着一圈泥土，似乎是个好迹象，他一定在墓地干了活儿。

“但我自己很艰难……”他呼吸很重，还带着啤酒味。

“你今天要去墓地吗？”

他摇摇头，发出一声长长的尖利的咳嗽声，全身颤动。“我不舒服。”他笨拙地躺在床垫上说。

“家里需要清洁了。”我环顾小屋。角落里有一堆被啃咬过的骨头。炉灶空空的，只有一根烧焦的木头，下面还有一层薄薄的炭灰。床垫上没有被褥，干草从单人枕头套里冒出来。妈妈的物品都不见了，家徒四壁。

我发现炉灶后面有一只死老鼠，苍蝇在上面爬来爬去。我想着是否可以用它做顿饭，但这想法太离谱了，所以我拎着老鼠尾巴将它扔了出去，越远越好。我把床垫翻过来，扫掉壁炉上的灰，在角落里挥动树枝，清理掉蜘蛛网。我又从小河装了一桶水，擦洗小屋的地板，擦拭墙壁，换了好几次水，来来回回装水和提水，累得胳膊酸疼，冻得手指麻木，饿得饥肠辘辘，但这里没有食物，哪怕连一个陈土豆也没有。我拍拍口袋，检查伊莱莎小姐给我的 5 先令还在不在。

“我得去买些面包，”我说，“面包和洋葱当晚餐，就像以前一样。”爸爸点点头，开始咳嗽，他胸口有体液咯咯作响。“在我走之前，告诉我妈妈怎么样了。”

“我怎么知道呢？”他咳得嗓子都沙哑了。

“我……我以为索普牧师一直与精神病院有联系的……确保她安顿好……”我声音渐渐小了，显得空洞且半心半意。我为什么会有这样的想法？索普牧师是个大忙人，要管整个教区。而我却整天只是在琢磨如何开膛剖鱼，给猪排加香料，做最松软的马德拉蛋糕是用 4 只还是 5 只鸡蛋。一阵自我憎恨感向我涌来，我双腿无力，倒了下去，挨着爸爸。床垫潮湿，不知是雾气，还是他的汗水，或是溢出的啤酒，我不能分辨。在那个瞬间，爸爸很诧异，伸过手来，紧紧抓住我的手。

“你为什么在这里，安？”

我看着他微红的眼睛，不知道该如何向他解释。沉默了整整一分钟，我告诉他我得去买些食物，然后去看望妈妈。我问爸爸：“你有地址吗，精神病院的？”他摇摇头：“问牧师吧。”他放开了我的手，躺下来蜷缩成一团，像个婴儿。

“你会和我一起去吗？你可以靠在我身上。”

爸爸摇头，我这时意识到有些事情不对劲，他肯定失业了，就像我一样。

“索普牧师给钱了吗？”我轻声问，“你干活儿的工钱？”

他摇摇头，然后猛烈地咳嗽，咳得全身从头到脚都在颤抖。

“你应该去看看医生。伊莱莎小姐给了我一些钱。”

爸爸摇摇头，对着枕头低沉而沙哑地说：“不，拜托不要。”

我找到一张小毯子，盖在爸爸身上。当我亲吻他胡子拉碴的脸颊时，感受到他身上的湿热，他好像发烧了。我怀疑他可能患了肺结核，我感觉我的心在下坠，直直地掉到我脚上。为什么索普夫人什么都不说？为什么没有人告诉我爸爸生病了？我想，我会去看望妈妈。这意味着我必须去教区，向索普夫人要地址。虽然索普夫人是我此刻最不想见的人。

第二十一章

伊莱莎
黄瓜配烤野鸭

屠夫家的男孩把 8 个羊腰子和两只野鸭送到后门。“野鸭已经被饿了 6 天了，”他说，“我还要告诉你，这些羊腰子像雏菊一样新鲜。”鸭子倒挂在他血迹斑斑的手上，他欢快地摆动了一下鸭子，光线落在深绿色的鸭头上，闪闪发亮。

“我希望这些鸭子的身上没有蛆虫在爬。”我今天没有心情去听哈蒂怒气冲冲的尖叫声，这女孩没有一点儿安的务实和坚韧，我已经要神经崩溃了。

“告诉那个女仆，要在一个深桶里拔鸭毛，否则一阵风吹来，房子里会到处是毛。”他用袖口擦了擦口水，转身回到他的小推车旁。

我把鸭子带到洗涤间，烦躁地跨过洗涤间前面一字排开的夜壶，哈蒂为什么不把它们倒掉？洗涤间散发着臭气，水槽塞满了没洗的平底锅，泡在油腻腻的水里；水槽旁，未擦洗的芜菁和萝卜横七竖八，还带有泥块；剥去糖纸的塔糖上爬着黄蜂；鸡蛋篮子是空的；面包碎屑在我脚下噼啪作响；丢弃的洗碗布更是堆积成一个湿堆。

厨房的情况也好不到哪里去。烹饪鸭子需要旺火，但哈蒂还没有备好炉火，木篮和煤筐都是空的。我感到很挫败，气得咬牙切齿，满腔怒火。但是，如果没有哈蒂，可恶的上校和他那目光锐利的妻子就没有晚饭吃了，所以我虽然怒火中烧，还是尽力安静了下来，重读今天的食谱：羊腰子和黄瓜配烤野鸭。这是当季的最后一波黄瓜，皮很粗糙，籽又超大，这些都没有助益。我用的食谱似乎是为宴会准备的，需要 20 根黄瓜。我还必须减少所有的配菜：黄油、欧芹、小牛肉汤、面粉。我刚开始削黄瓜皮，哈蒂这时突然飞奔进来。

“伊莱莎小姐，我必须和你谈谈！”

我正要责骂她太懒散，看见她狂野的神态，我暂停了。我把削皮刀放在一边，露出和善的微笑。“关于安。”她继续说，她的手在帽檐颤抖。

我点点头，面无表情，因为不能让任何人看出愧疚和愤怒已经让我两夜辗转无眠。“夫人说要刊登招收洗碗女工的广告，但这不对。这，”她顿了一顿，朝厨房四处大幅度地挥动手臂，“这是安的职位，不是别人的。”

我正准备向她解释，阿克顿夫人——这所房子的女主人已经做出决定，我们必须遵从。但哈蒂从一只脚换到另一只脚，她开始单脚跳，非常激动地说：“为什么没有人问过我，伊莱莎小姐？因为这是我的错……都是我的错。”她的手又回到她的帽子上，拉扯着帽子的扇形边缘，好像想把帽子直接盖在脸上。

“那你现在可以解释一下。”我轻声说。在我的肋骨下，像是有东西在跃动，仿佛疾驰的微风落在快要熄灭的炉火上，重燃了火焰。

“上校总是那样，在早餐桌下，想让我们看他的……”

“是的，是的。”我不耐烦地朝她挥了挥手，除了这一点，我还需要更多的理由说服母亲把安还给我们。

“我告诉她，有些绅士会这样做，他们喜欢以这样的方式吓唬女仆。在那以后，我就觉得她特别勇敢，我们大多数女孩都有母亲或姐姐来帮着解释某些绅士的行为，”她稍顿了下，喘口气，继续侃侃而谈，“新来的女孩，如果没有这样的条件，很可能会得到厨师或管家的指导。但这两个条件博尔戴克之家都没有。所以你看，这不是安的错，小姐。”

我感觉喉咙像是有肿块，不得不使劲儿微妙地咳嗽，但那肿块卡在了喉咙，尽管如此，我也必须发声说话。“你有和绅士相处的丰富经验吗？”我在“绅士”上顿了下，事后想想，自己显然误用了这个词，“像这样的人？”

“哦，是的，小姐，还有比上校更糟糕的人。那些人更粗鲁更放肆。我妈妈警告过我，那些人诡计多端，所以我知道什么时候该离开、怎样逃掉，同时又不伤他们的面子，但安……”

“但是安没有母亲。”我这时伸手去拿削皮刀和黄瓜。我必须让自己的手忙起来，必须削皮、切片。“这把刀很钝，哈蒂。把它磨锋利。”

她把刀刃放在磨刀石上敲打。“我觉得安·柯比根本不了解绅士，小姐，而且不管怎样，说出在咖啡里下毒的不是她，是马丁太太自己。”

我喉咙里的肿块变得又冷又硬，只能低沉而沙哑地说：“哦？”

哈蒂小心翼翼地把指尖放在刀刃上，然后把刀放在我面前的桌子上。“是的，她的手当时在颤抖，她不想让咖啡洒在夫人新铺的爱尔兰亚麻桌布上。那块布很难洗干净，只有滚烫的水才能改变桌布的质地，而且要在盐水里泡几个小时再搓洗，手都会搓破皮。”

当我挖出黄瓜籽时，哈蒂解释了安和马丁太太之间发生的所有事情。一个接一个的问题在我的脑海里翻腾着。当我用盐浸泡黄瓜、切开腰子上的脂肪时，我在想我们是如何虐待安的。如果她有母亲，如果有一个正规的厨师指导，如果她在一个有“管家”的旅馆工作，这一切都不会发生。

“她从来没有对我说过这些。”我说，切开的腰子散发出腥味，切成薄片的羊腰子渗出血液，并散发着血腥味。但我知道这是我的错。因为我没有敦促过安详细解释，而且我没有在母亲面前为她充分地辩护。我把刀放下，在围裙上擦了擦手，然后去了客厅，母亲正在客厅审查家庭账目。

她躬身坐在账本前，但当我进去时，她挺直了身子。她嘴唇上挂着一丝微笑，鉴于我们目前的境况，我觉得她的笑容很奇怪。

“我有好消息，”她说，“极好的消息！”

“安·柯比不在这里，就不可能有好消息！”我大声道。

她看起来生气了，笑容从她的嘴唇上消失：“可能是的，但你忘了你自己，伊莱莎。”

我不想浪费时间解释或辩解，也不想听她的“好消息”，因为很可能只是她想出的有关节省开支的一些小把戏。“哈蒂已经告诉我关于安和马丁夫妇的真相。我们对安太不公平，我想让她回来。”

母亲蹙起眉，合上账本，推到一边。

“我希望能给她更多的钱，雇一个洗碗女工在她手下工作。”我顿了一顿，用手背擦了擦前额。在这个年龄还要和母亲进行这样的对话是多么疲惫、多么耻辱啊。最后我怒气冲冲地补充道：“如果不按我的条件把她还给我，我就去别的地方写我的烹饪书！”

“我们不要争吵，亲爱的。如果你结婚了，有自己的家，关于仆人、家具、票据等事务你都可以自由决定……事实上，家务管理的方方面面都是你的事，是你一个人的事。”她尖锐地看着我，仿佛这段曲折的对话是在刻意引导着什么，而我太桀骜不驯，看不出她的用意。

“我知道自己只是个老处女，既可怜也讨人厌，我必须服从你的意志，”我咬牙切齿地说，“但我想让安回来。如果有必要，我会亲自为马丁夫妇服务。”我转过身想离开，因为这个房间已经变得没有空气且十分压抑，仿佛我们两个人的存在令这个空间不堪重负。

“耐心点儿，亲爱的！你的脾气很不合适。你难道不想有你自己的家吗？到时你想雇怎样的安·柯比都可以！”

“当然，”我回过头说，“你的嘲讽很伤人，你肯定很清楚。我想讨论的是安·柯比，而不是我是否结婚。”

“亲爱的，你可以让安回来。马丁夫妇现在不会再延长逗留的时间了，但他们慷慨地表示愿意支付全部费用。”

我顿感轻松，紧接着又是一阵恐慌。如果安已经找到新工作了怎么办？如果她拒绝回来呢？"那额外的工资呢？女仆配备不足怎么办？"

母亲捻着她的结婚戒指，很明显在炫耀。"你必须找到这笔钱，伊莱莎。我听说有厨师会把羽毛和骨头，或者不要的牛肉碎卖给收破烂的人，这些都能赚到钱。我还听说，即使是变质的脂肪也可以卖了制成肥皂。"

"你希望我这么做？"我惊愕地问道。因为以往这类事情会让母亲感到羞愧，甚至比她女儿是名厨子还要令她羞耻。

"不，不，不！"她把手挥向空中，"安·柯比可以那样做。她必须自己挣她的额外收入，至少在我们的财务状况稳定之前需要一直如此。"

"你很清楚，我们什么都用上了，我是整个肯特郡最节俭的女主人。"我冷冷地说。但母亲不理会我的嘲讽。

"你不想听听我的好消息吗？"笑容又回到她的嘴边，仿佛她根本无法抑制住似的，我终于明白为什么她刚才看起来那么高兴了。

"是你父亲的一个老朋友。你父亲的生意可能已经崩溃，但这个阿诺特先生的企业却扩展到了天涯海角，"她顿了下，似乎是为了达到某种效果，然后补充道，"而且他是一个鳏夫！"

我的脑海中浮现出阿诺特先生的形象：老态龙钟、弯腰驼背、秃头、下巴在脖子上堆成团，肚子上的肥油在他的马裤边抖动。"他要来泡泉水澡？有痛风？肾结石？"

"我不喜欢打探，但我们要实际一点，伊莱莎。至少要保持开放的心态。"她把戒指又明显地转了一圈。我能读懂她的这种心思：

他年老多病，但很有钱。只有一件事能胜过成为一名富有的妻子的前景：成为一名富有的寡妇。想到她的这些阴谋诡计，我感觉自己的内脏都在萎缩。

我离开时，她在我身后喊道："你还没问问他管理的是什么企业呢！"

我没有心情问。因为我还有鸭子要烤，还有黄瓜要煨，还要用欧芹、百里香和盐翻炒黄油腰子。

以及，我必须找到安·柯比的地址，趁现在还来得及。

第二十二章

安
一片面包

我的头发被吹得乱七八糟，可索普女士没有评论我的头发，没有夸赞我已布满尘土的新靴子，也没有询问我为什么没在博尔戴克之家。她也没有邀请我进屋，连进洗碗间都没邀请。我们站在后院，看马厩的男孩和屠夫家的男孩走过来在我们四周活动，她一只眼睛盯着他们，一只眼睛盯着厨房女佣，她们正在运送一堆死兔子。

“我不知道你母亲在哪里，”索普夫人不耐烦地说，“我很忙，你也看见了吧？”

“求你了，夫人，索普牧师可能知道，”我坚持着，眼睛却温顺而谦卑地看向地面，“有人告诉我，索普牧师把她带到了那里……”

“把她带到了哪里？”她不等我说完就转过身大声嚷道，“我希望那些兔子是新鲜的幼兔，我不要超过4个月大的兔子！弗洛伦斯，你听到我说的了吗？4个月！”

我看着弗洛伦斯，一个很可怜、忍耐的人，瘦骨嶙峋。但我心里竟有种乐滋滋的感觉，因为伊莱莎小姐从未这样对我大喊大叫过，对我说话时也从没有把我看成从地板上刮下来的尘土。想到这一点，我感到自己在变得强大，在成长。

“在哪里可以找到索普牧师，夫人？”我直视她的眼睛，很胆大妄为。

“我丈夫可能在任何地方，很多人都需要他。你在这里等着，弗洛伦斯会给你一片面包，然后你就可以走了。”

“不用了，谢谢夫人。我只需要见我母亲。索普牧师把她带走了，我没有地址。”

索普夫人恶狠狠地呼出一大口气：“我，已经，告诉过你！”她朝我拍了拍手，好像我是一只流浪狗。然后她暂停了，眯眼盯着我：“你为什么没在博尔戴克之家，安·柯比？”

我脸颊发热，所有的胆量都消失了。“我被解雇了。”我低着头说道，就像一只因胆怯蜷缩着的狗。

“被解雇了？还是我去通融才为你争取到这份工作的！”

她的愤怒像一道冰冷的火舌。

“就像你父亲一样，安·柯比！我可怜的丈夫不得不解雇你父亲，就在他上班的第一天！我们已经为你们柯比一家尽力了，这就是你们家对我们的回报？”她摇了摇头，转过身去，好像不能再忍受看见我。我觉得自己比甲虫还小，仿佛已经被自己的耻辱吞没。

她向教区长的住所走去，但我不能动，即使屠夫的儿子在旁边呆头呆脑地凝视着，我也不能动。走到门口时，她转身回头道："巴明希思精神病院，你母亲关在那里很安全，你们柯比家的人都应该被关在那里！"她说完就走了，在她身后，门"砰"的一声关上了。

"但那是在哪里，夫人？在什么地方？"我哭了，但我知道，在那扇紧闭的大门后面，她听不见我的声音，泪水在我的眼眶打转，但我不会让眼泪流出来，我不能在屠夫的儿子面前流泪。当他策马经过我时，我努力绷紧脸上的每一块肌肉，随后他回头喊道："离这里不远，小姐，巴明希思精神病院靠近迈德斯通，大约距离15英里[①]。"

"15英里？"我回应道。我可以轻松步行15英里，只是不清楚具体方向。

"你可以沿着河边走，或者你可以和磨坊主琼斯一起骑马，"他补充说，"他有个淑女朋友在那里工作，琼斯经常去拜访她。"

一束希望在我体内跳跃。"谢谢你！"我说，"谢谢你！"

① 英里，英美制长度单位，1英里合1.6093千米。——编者注

第二十三章

伊莱莎
长满杏仁刺的苹果刺猬布丁

我擦去身上的厨房污渍，穿上结实的靴子，肩上围着彩格布披巾，走向教区长居住区，脚步轻快。卑鄙的马丁夫妇已经结账离开了。在他们吃完最后一顿早餐后，狂妄的上校进入了通往厨房的过道，要求吃冷牛肉、科钦鸡蛋、面包屑松饼和烤蘑菇，说是“为旅程养精蓄锐”。他就像一个恶棍一样潜伏着，我猜他是想来确认我们是否已经解雇了安·柯比。

“我来是想夸赞一下厨师，”他假笑着说，“我们猜测厨师是一位法国人，是这样吗？”

我对着领口哼了一声，随即恢复了常态：“是的，先生，她是一位出色的厨师，我将转达你的好意。”

“哦，只是一名普通的厨师吗？看来我们猜错了。”说罢，他迅速转身，我在想他可能会被他那光亮的鞋子绊倒。

不用说，听了他对“*法国大厨*”的赞美后，我的脚步更加轻快了，就像今天早上步行去取邮寄包裹时一样。包裹里有两本年刊：《文学报》和《友情奉献》。今天没有寄宿客人，所以不用烹饪，我也不想太早到达教区，这样我就有时间可以自由阅读。我在客厅坐下来，享受赫门兹夫人、豪伊特夫人[①]和朱斯伯里小姐[②]的文字带来的愉悦。还有，哦，令人惊叹的是L.E. 兰登，当我读她的诗句时，我似乎在由文字组成的镜子面前观察自己，仿佛她能洞见我的内心并理解我。不知不觉间，我大声重复一些诗行，将其铭记在心，以便日后写作时可以援引，还可以教安学习这些英格兰最美的诗歌。

L.E. 兰登深刻的话语现在又回响在我耳畔……

数小时的宁静快乐
你的歌声和形象交融；
我别无选择，认定你是
一名熟悉的老友。

因为这就是我对女性诗人的感觉。她们就像我的知己密友，总在我最需要的时候陪伴我。

当我到达教区长住区时，脑子里充满了L.E. 兰登的诗句，令人敬畏的豪伊特夫人的诗句也在我的脑海萦绕，一同飞舞的还有我自己拙劣的诗作。乱纷纷的文字、意象与启迪，让我很兴奋，虽然

① 豪伊特夫人指英国19世纪女诗人玛丽·豪伊特（Marry Howitt，1799—1888）。——编者注

② 朱斯伯里小姐指英国19世纪女作家杰拉尔丁·朱斯伯里（Geraldine Jewsbury，1812—1880）。——编者注

我也意识到自己的诗句并不合格。我拉起铜制的门环（一个狮子的鬃毛头）极坚定地敲门，整栋房子都回响着敲门声。然后传来了脚步声、钥匙在锁眼转动的吱嘎声。门在抹过油的铰链上打开了，出来一个女仆，她眼神惊恐，向我行了屈膝礼后就匆匆去向主人禀报我的到来。

索普夫人出现时，难掩惊讶的神情。她脸颊和嘴角周围的肌肉都在抽搐，好像不确定该呈现何种面部表情，最后，她淡然微笑着欢迎了我。

“我来问安·柯比的地址，”我说，“我们之间有点误会，现在我必须请她回来。”我一如既往地直截了当。索普夫人的眼睛立即变得冰冷和浑浊，就像死鳟鱼呆滞的眼睛。“索普夫人，你聪慧能干，肯定能找到她。”我急忙讨好地说。

她表情变柔和了些。“我们一起喝杯茶吧，也许你更喜欢咖啡？”她从裙子的褶层取出一个带雕饰的银铃，摇了摇。那个小女仆来了，晃了晃，又消失了。索普夫人把我带到客厅，墙纸上有玫瑰花蕾图案，壁炉上方的墙上挂着一幅索普先生的油画像，一对椅子上有绿色皮革面的装饰。

我们开始讨论天气，谈到今年春寒造成的严重破坏和伦敦东区不少人来这里收割啤酒花，也谈到如今很难寻到一位好仆人。后者正是我刻意给出的暗示，我就像一只猛扑向猎物的饿猫。“一个愚蠢的小误会，”我一边解释道一边故作庄重地看着茶杯，零星的茶叶像被淹死的昆虫一样漂浮着，“完全是我的错，我必须把她找回来，如果还来得及的话。”愿上帝保佑我的挽回没有太晚，我想着，又一次很遗憾地叹气。

索普夫人听了我的话后，趾高气扬地把茶杯放在桌上，一束光照到她的婚戒上，光线落定，戒指闪耀。她小心翼翼地让手一直被那束光线照着，短暂的沉默之后，她说："是的，她有可能加入了采摘啤酒花的队伍。"

我喉咙发干。索普夫人显然知晓事情的一些缘由，她知道我来得太晚了。一行行诗文在我脑海中回旋："感情的链条被粗暴地掰成两半……希望破灭，友谊消失……她被忽视，被抛弃在异邦，在那里没有爱……"

怪异的是，我脑子里突然闪现出自己当下的情绪食谱：1 磅新鲜的绝望，3 配克[①]坚实的挫折感，5 盎司[②]纯粹的内疚，一抹新切的遗憾，还有几粒自怜。

"你还好吗？"索普夫人好奇地凝视着我，戴着戒指的手指拨弄着挂在脖子上细长的金十字架，我认为她这个动作是希望我知晓她的婚姻状况和她虔诚的信仰。

"我想拜访安。"

她双眉紧蹙："你不需要得到我的许可。"

"是的，但我没有她的地址。"

"你雇用她的时候没有记录吗？"她瞪大眼睛，显得理直气壮，仿佛我的低能超出了她的想象。

"哦，我在这些事情上不太有经验。"我试着回忆安说过的关于她家的情况。我曾问过她什么呢？我对她的所有了解汇集起来实

① 配克，英制容量单位，1 配克约等于 554.8 立方英寸，合 0.009 立方米。——编者注

② 盎司，英美制质量或重量单位，1 盎司等于 1/16 磅，合 28.3495 克。——编者注

在少得可怜，这真令我懊恼。

索普夫人噘着嘴，似乎在思考什么。“也许你应该等我丈夫回来后再来，我们可以讨论你的诗歌。但我必须告诉你，我亲爱的丈夫并不喜欢涂涂写写的女士，特别是未婚的涂写女士，我也大致同意他，但你或许可以动摇我的想法，阿克顿小姐。”我大吃一惊，有一瞬间说不出话来。我想告诉她，至少已有 13 位牧师订购了我的处女作诗集。伊普斯威奇的科博尔德牧师、伍德布里奇的弗莱彻牧师、萨福克的柯比牧师，以及肯特的莫蒂默牧师都说他们收到了诗集并给予了赞赏的留言，尊敬的柯比牧师还对我诗歌的真诚和魅力赞不绝口。然后，我记起一本被退回的诗集，塔廷斯通教区的布尔牧师简短生硬地写了不喜欢的留言。我手臂上的汗毛竖了起来，仿佛一股强劲的冷空气刮进了房间。

我把布尔牧师那阴沉、带有敌意的语言从记忆里抛开，站起来，昂首挺胸，腰板挺得笔直，像屠夫的刀刃一样不屈不挠。“如果你不能给我安·柯比的地址，我也会在其他地方找到。”

我的举止或语气最终使索普夫人改变了主意。她叹了口气，从裙子的褶层里掏出小银铃。一种极其不可思议的胜利感涌上心头：我赢了！我长舒了一口气。女佣被吩咐去拿纸、笔和墨水，索普夫人用她最好的铜版体写了 3 行指引的文字。

“但我不会告诉你到了那里你将看见什么。”她在极不情愿地把折叠的便条纸递给我时说。

我蹙眉，琢磨在安的家里我将看见什么。但是当我离开教区长居住区时，天空是那么高远、湛蓝、干净，索普夫人酸溜溜的话立即被我抛到了九霄云外。我经过“玫瑰和皇冠”咖啡吧，经过酒店和书店，经过机械师的店，经过砖厂和造纸厂，走到水边的草地，穿过啤酒花藤花园，在10月阳光的照射下，金色和绿色混杂在一起，模糊不清。空气中弥漫着谷物的气息，到处是厚厚的谷壳，地里也到处是采摘者：赤脚的孩子、黑发的吉卜赛人、老态龙钟的男人，还有头上裹着头巾、弯腰驼背的妇女……所有这些人在一排排的啤酒花藤撑杆之间，或下蹲，或弯腰，或伸展身体。

路上我一直睁大眼睛留意安的身影，却看见一只刺猬缓缓地潜入低矮的灌木丛，这是一次很意外的瞥见，因为刺猬很害羞，是夜行动物。不知怎的，这步态和刺毛，竟使我在脑海中构造出了一道甜美的菜肴：刺猬布丁！可是怎么做出“刺猬”的“刺”呢？把焯过水的杏仁叉在硬的白色糖衣里？在热烤箱中烘烤，重新做成赤褐色？在糖衣和杏仁的保护层下面……是用马德拉海绵蛋糕，还是黏稠的牛奶冻？……当我思考如何制作“刺猬身子”时，我注意到一棵苹果树，它的枝丫上已经没有果实，树顶上只有一个裂开的苹果。就做一道苹果刺猬布丁吧！将浓稠的苹果泥慢慢沥干水分，直至变干，再加用柠檬调味的杏子酱。我想象着安在我身边，我们一起制作这道苹果刺猬布丁的情景，然后用双手拎起裙子，笃定地朝着她家的方向快步行走，几乎是跑步向前。

第二十四章

安
结晶蜜李

在前往巴明希思精神病院的路上，磨坊主话不多，我很高兴，因为这样我就可以自由观察路边的黑莓、牛肝菌、未熟的小苹果和蟹肉苹果，我想象着用这些可以做成什么漂亮菜肴，我想知道伊莱莎小姐是否正在做黑莓果冻或大红灌木果冻。当一只野鸡咯咯咕咕地从路上跑来时，我在想厨房里现在是谁在拔野鸡毛，哈蒂太胆小了，伊莱莎小姐一定新雇了一个女孩吧。但我不愿意想起伊莱莎小姐或哈蒂，因为这让我感到空虚，仿佛我内心匮乏得一无所有。

“精神病院是一座新建筑，”磨坊主非常自豪地向我介绍着，好像那是他自己建造的一样，“和梅德斯通监狱是由同一个人设计的。”他满意地点点头，用手里的柳条指着前方，他一直把这根柳条当作鞭子抽打着老马。

铁门隐约可见，门外有一条路。在路的尽头，我可以看见一座建筑，很宏伟，深灰色。我的心不禁跳了一下，我很快就要见到妈妈了！还有她的护士，她的医生，她的房间……

“还在建造中。”磨坊主补充道，同样流露出骄傲。

当我们走得更近时，我看到精神病院确实非常雄伟，有一只精美的时钟、一根巨大的墩柱，还有又长又细的烟囱指向天空。灰色的建筑物周围有铁栏杆，上面有钉子，在铁门两边分别配有一个门房，门房的方形小窗里闪烁着油灯。

“那里有几百个人，”他说，“都是胡言乱语的疯子。”

他把我送到门房，告诉我他将在4点整来接我。当老马踢踏踢踏地离去时，我感到一种强烈的孤独感，仿佛所有人都已死于瘟疫，只剩下我活着。这种感觉很奇怪，我在博尔戴克之家时从未有过这种感觉。这时，墙壁上的一个活板门打开了，探出一张脸看着我。这张脸像牛排一样殷红，布满了水痘痕。

“先生，我是来见简·柯比夫人的。”我抬起下巴，振作精神说，就像伊莱莎小姐和夫人说话时那样。

“这里已经关门了。”活板门拉上了。我顿时下巴松塌，没精打采。

为什么没有人告诉过我精神病院会关门？我以为它们像教堂一样，会一直开放。我用指甲敲打着活板门，大喊：“求你了，先生！我大老远从汤布里奇赶来，就想见见我母亲……”

他把活板门拉开，动作很利索：“今天不是探视日。”

“我不知道有探视日的规定。”我声音沙哑地说。

他叹了口气，问我是否有东西给他，他的手指抓挠着鼻子上的结痂。

“我有工资，先生。”我说，松了一口气，因为我把所有的钱都带来了。虽然我这样做只是为了不让爸爸有钱买酒。

“多少钱？”他问道，礼貌地移开目光，“你给的钱我还得和护士们分，把你妈妈带来见你要让她们觉得值才行，因为不是正常的探视日。”

“把她带来见我？”我皱起眉头，但那人面无表情，我接着说道，“我想看看她住在哪里……她的房间。”

他笑了起来，好像我开了一个非常有趣的玩笑。“她的‘房间’……”他说，用一块脏兮兮的手帕擦拭他的那对见风流泪的眼睛。

“我有差不多 5 先令，”我说，“但我必须留一些给送我一程来这里的人。”

“3 先令怎么样？”

我点点头，想快点儿摆脱这个贪婪的人。我把自己辛苦赚得的工资推到活板门窗口，他一把夺了钱，关上窗。在他离开时，我再一次审视着这座灰色的大房子——紧闭的窗户、报时的钟楼、一排排枯瘦的紫杉树树苗。忽然，我看见一个身影在 3 楼的一个窗户旁用拳头敲打玻璃，然后就不见了，就像木偶戏表演“庞克与朱迪”的庞克被木偶大师从舞台上拉走一样。这一幕让我深感不安，我再次把目光对准窗户。但窗户处什么都没有，所以我告诉自己只是我的脑子在作怪。

最后，看门人回来了，他用手抓挠着他的裤子。“简·柯比夫人没有女儿，”他说，“她对这一点很确定。”

“我是她的女儿！我发誓……她已经失忆了，所以她才会在这里。”我声音越来越高。然后我想到：如果我想有机会见到妈妈，或者想拿回我的3先令，我必须表现出顺从。“拜托，先生，我是她唯一的女儿，是想来祝她生日快乐。”

“她没有提过女儿或生日。”他怀疑地说。

我冒出了一个奇怪的想法：也许他们故意不想让我见到妈妈。我想不出为什么会这样，但有一个小小的声音在我脑海中说话，柔和而狡猾：“他们阻止你见她，即使给了3先令，他们也不让你见她。”

“4先令！”我很绝望地说。

但他还是摇了摇头。“这不是我能决定的，小姐。他们会让她在探视日准备好见访客。我会让他们知道简·柯比夫人将有一位访客。”他从口袋里掏出那带着温度、油腻的3先令，还给了我，然后拖着步子回到了门房。

哦，我的上帝，我暗想。他甚至拒绝了4先令……他们究竟对她做了什么？我胃里像有一瓶苹果酒翻腾着，后背直冒冷汗。我再次拍打着小窗，他推开小窗时，表情很不耐烦。

我问：“先生，请问探视日是什么时候？”

他告诉我，下一个探视日是两星期后的星期六，并补充说：“给护士一点儿甜头总不会错的，要我告诉她们对此有所期待吗？”

“是的，我也正想感谢你的善意，先生。”我一边说，一边把1便士[1]塞进小窗，我在想他是否想吃一小方块的结晶蜜李，要是我能买得起一小袋里斯本糖果多好，要是我能收集到足够的荆豆花做燃料并且有明亮旺盛的炉火多好……在我和磨坊主碰头之前，还有

① 便士，英国等国的辅助货币，1便士等于0.01英镑，约合0.08042人民币。——编者注

一个小时。我想，我要去找些引火柴。

我回头看了精神病院最后一眼，那些空窗户像一双双无法闭合的空洞的眼睛向我张望。烟囱顶上，以腐肉为食的乌鸦在空中盘旋，拍打着翅膀。时钟下面有一个带闩的小窗户，我看见一张脸从窗户里探出来。是妈妈吗？尽管距离太远，看不清面部特征，但我还是尽力微笑着挥了挥手。可我一眨眼，那张脸便消失了。

第二十五章

伊莱莎
茶壶肉汤

索普女士给我的方位指示完全正确，我只用了不到半小时就到了她所说的酒馆，而且“先闻其声”：清嗓子的声音、叫卖声、咳嗽声、高声说话声。一群散乱的挖土工、短工和旷工的啤酒花采摘工在此懒散地消磨时光，到处是灰尘，他们或端着酒壶和白镴酒杯喝酒，或吸着黑黑的小烟斗，他们装模作样地脱帽致敬。有个人大声吐痰，另一个人则用最粗俗难听的语言喊叫。我加快了脚步。但当我经过时，有人向我的后背扔来一个小小的、又硬又圆的东西，一只沙果，还是一块石头？随即他们粗鲁的笑声在我耳边响起，我匆匆走到拐角处，我的衬裙在腿上缠绕着。出于节俭不得不步行，我对自己感到生气，我应该花钱坐马车的。

在我前面是一片低矮的榆树林，入口处有一间简陋的小屋，由泥土砌成，还没有博尔戴克之家的洗碗间大。这真是安的家吗？虽然我曾透过马车窗见过很多类似的住所，但要把这间简陋的小屋与和我有感情的人联系在一起，还是令我感到震惊。我曾期待看见的是一栋村舍，最起码有一扇像样的窗户，鸡在打理整齐的小菜园里扒着土，也许还有一只正在大口咀嚼草料的山羊。

但眼前所见并非如此。茅草屋顶已经破旧不堪，还有裂缝，稀疏的稻草从屋檐垂下，东倒西歪，乱糟糟的。小小的烟囱已经裂开，倾斜在一边，看起来很危险。常春藤凌乱地爬在唯一一扇窗户上，所谓的窗户只不过是墙上的一个洞，塞满了破布。前门上的油漆成片剥落，门没有锁。这里没有山羊，没有鸡，只有一只肋骨突出的狗被绑在柱子上，正吠叫着向我扑来。

我试着叫了叫安的名字。这条狗绷紧了拴它的绳子，叫得更凶了。

“柯比先生？”我推开门，手指甚至陷进了松软的木头里。里面是一个单间：天花板很低，屋子散发出陈啤酒的味道、霉菌味和最廉价的油脂味道。一张四角冒出稻草的床垫躺在一摊浅水里，水似乎是从脚下踩的泥土地面渗出来的。房间有一个打开的壁炉，上面挂着一根铁杆，石头做的炉灶上放着一个铁水壶、一个平底煎锅和两个锡盘。一块破旧的油布被当作地毯铺在坑坑洼洼的地上，上面有从破茅草屋顶掉落下来的鸟粪痕迹。

我闭了一下眼睛以适应这里昏暗的光线。我注意到角落有一只凹陷的金属箱子，是面粉箱吗？我轻松地打开了生锈的箱盖，里面有 4 个带瑕疵的苹果，一个带盖的水壶，一罐猪油，两个小鸡蛋（蛋壳上有鸡粪的纹路），一盘黑莓和一碗面粉（面粉粗糙得更像路上的沙砾）。我合上箱盖，想到了博尔戴克之家的储藏室，以及从那里溢出的鱼肉香，以及黄油、奶油和糖的味道……我想到马丁上校漫不经心地要求用奶油和精盐烹制的鸻鸟蛋和黑斑鳕鱼，也想起马丁夫人把半只烤鸽子和三文鱼布丁最好的部分剩在了她的餐盘里，还想到各地有钱人的厨房里铺张浪费掉的大量奢侈食物……

我感到一阵恶心，一行诗句翻滚着进入脑海："子非鱼，安知鱼之痛：富人不明白穷人要拥有基本的食物是何其艰难……"为什么我会允许母亲解雇安？为什么马丁上校可以凯旋离去，而安却只能极不光彩地离开？有那么一分钟，我迷失在自己的思绪里。然后我把自己强行拉回到当下，扫视整个房间，寻找有关安的亡母的任何迹象，却徒劳无功。挂在墙上钉子上的衣服是一个男人的，所有的衣服都有补丁，破损不堪。房间里没有摆放鞋子，没有书，墙上没有画，没有亚麻布，没有灯，更没有好的瓷器或玻璃器皿。床垫上有一个扁平的枕头，包裹在一张磨平的毯子里。也没有洗衣盆——她如何洗碗、洗衣服、洗澡？我感到眼眶在突突地抽痛。

我从口袋里掏出自己在博尔戴克之家写的字条，放在门前的一块石头下。狗又开始愤怒地吠叫，露出黄牙，散发出一股恶臭。

我看了看小屋后面，傻傻地想，也许安或柯比先生这时正在打理菜地。那是粗挖的一小块窄窄的菜地，比一把扫帚长不了多少，挤在小屋和一圈木栅栏之间。栅栏外是牧场，一片生机勃勃的绿色，一群肥壮的小公牛满足地吃着草，甩着尾巴，好奇地朝我缓缓走来。我想知道是谁拥有这块土地，是谁向安家收取地租，给予他们的却如此稀少？

回家的路上，尽管我的头骨一直在突突地痛，我还是决定去看看那家酒馆。也许安会在那里，我想。酒馆一进入视线，我就能听见里面的工人们高声叫喊和咒骂的声音。他们仍然蹲在灰尘中，我大步走过去，低头进了酒馆。这里与我父亲曾经开的任何一家旅店和酒馆都不一样，被烟熏得发黑的横梁擦碰着我的帽顶。屋子中间有一张桌子，上面好像有一个星期前的啤酒和烟灰的残余物，烟灰积成了小堆，好像是从许多烟斗里拍出来的，一直没有清理。油渍从动物油脂做的蜡烛上滴下来，像一小股支流穿行于烟灰和啤酒之间。

沸腾的动物内脏、骨头和脂肪的气味从悬挂在微弱火堆上方的铁锅中飘出，在酒水、烟雾和脏衣服等混杂的难闻气味中又增添了臭味。我的眼睛被烟草的烟雾和烟囱里浓厚的油烟味熏得发痛。

一个女人从阴影中出现，她夹着一支烟斗，对我皱着眉头，面带怒容。我想问问她的饮食起居，但她的表情显然并不希望我提问。我四处张望，本能地寻找最近的出口，这里只有前门，现在被一群肮脏半裸的孩子堵住了，他们瞪着汤碗般的大眼睛看着我。外面，工人们开始唱一首关于老处女的粗俗曲子，他们已经注意到我没有戴结婚戒指。

“你想喝点儿什么吗？”那个女人透过她的烟斗一边问，一边指着桌子下面的一只木桶，里面泛起浮渣。

“不，谢谢。”我说。我突然间有点担心自己的安全，是什么促使我踏入了这个巢穴？我迅速走到门口，但孩子们骨瘦如柴的身体挡住了出口。

“那就来碗茶壶肉汤吧？用最好的羊骨头熬制的，”对我说话的还是那女人，她在围裙上擦拭着双手，围裙上有硬硬的已变干的血迹和污垢，“只需半便士，女士。要不，再加一份萝卜皮儿？”

一个工人一边拍打着一个孩子的头一边把他推到边上，穿过人群，走到桌前，把酒杯浸入肮脏的桶里，嘴里发出一连串咒骂。目睹他的失礼，我把一先令扔在桌子上便迅速冲向门口。我已经看够了。事实上，我在这一小时目睹的穷人生活早已超过我过去30年的见闻。我离开时，他们下流的歌声依然在持续……“来自汤布里奇韦尔斯的老处女，在旧贝壳上铺好床，邀请我去她那里，我毫不在意地脱下马裤，她跳起来，我把她按住……”他们一直唱，一直唱，直到我走远了终于听不见了。这时，我才想到也许柯比先生就在那群醉醺醺的毫无教养的人群中。索普夫人那句神叨叨、酸溜溜的话不祥地浮现在我的脑海:“但我不会告诉你到了那里你将看见什么。”我想，我不再需要答案，我只想让安回来。现在我已经目睹了她那破旧不堪、冷冰冰的家，我更加下定决心要把她找回来。

第二十六章

安
榅桲果冻

今天我回到了博尔戴克之家。我起得很早，在爸爸醒之前就起来了，我感觉自己像云雀一样快乐。太阳也似乎在迎接我，阳光洒在啤酒花藤园、果园及采摘工人身上，工人们正踉跄地从帆布帐篷里走出来。我真是太高兴了，甚至当那些朝乌鸦扔石子的男孩把几颗卵石打到我身上时，我都只是笑着把卵石扔了回去。回汤布里奇的一路上，我纵情高歌，唱民谣、摇篮曲、童谣和儿歌，唱得我喉咙直发干；我又开始跳舞，跳吉格舞和乡村舞，直到我抵达小镇郊外的采石场。我努力变得严肃冷静，让自己像个厨房女佣似的——现在是厨房女佣安·柯比为伊莱莎·阿克顿小姐工作。

她在我家门阶上留下了书写极为漂亮的字条，好心地请我回来做厨房女佣，每周有 6 先令的工资。我发誓字条底层有香草精华香水的味道，她画了一个 3 层的蛋糕、一个模具果冻、一个凸起的馅饼，还有一个放在大盘里的煮熟的布丁。看到这些，我连续笑了 3

个小时。当爸爸回家时，他看我笑得龇牙咧嘴，显然不太高兴；但当我告诉他我的工作又找回来了，而且是当厨房女佣时，他也咧嘴笑了。我没有心思告诉他精神病院的事，他也没问。

我开始在博尔戴克之家厨房里的灶台上工作，漆黑和擦亮炉子，直到它像煤一样闪闪发光。直到我停止哼唱和擦拭时，才听见从洗碗间传来的声音，似乎是有人在摆弄平底锅。我愣住了，那会是谁呢？我蹑手蹑脚地顺着通道来到洗碗间，非常谨慎地把头伸到门边。我看见一个瘦小的姑娘，她眼神惊恐，正在擦拭着铜盘，几只兔子和一对野鸡就在她头顶上方的架子上晃动。

“我是安，”我松了一口气说，这孩子一定是新来的洗碗工，“你叫什么名字？”

“玛丽，当然。”

我呆呆地看着她：“为什么是当然？”

她看起来不再害怕，而是很困惑：“所有的洗碗工都叫玛丽，但我的真名是丽兹。”

“我是在你之前的洗碗间女工，”我轻声说，“我的名字一直是安，伊莱莎小姐喜欢叫我们的真名。”

她害羞地笑了笑：“比起玛丽，我更喜欢丽兹。”

“你今天要拔野鸡毛，剥那些家兔和野兔的皮，对吗？”我问道，想知道伊莱莎小姐今天在构思什么菜肴。

她点点头，我在想她多大了，10 岁，还是 11 岁？

“今天有位寄宿的先生要来。”她补充说，好像这解释了为什么洗碗间有小动物晃动。

“你经常给动物拔毛和剥皮吗？”

她点点头，我注意到她的手擦破了皮还生了茧子，几乎没有指甲。她的出现使我感到自己很特别，好像我变得高大了，更有经验和智慧了。其实并没有，但我没有时间多想，因为忙乱中，阿克顿夫人进来和我打了招呼，很简短，只说伊莱莎小姐已经去买鹿腿肉了，吩咐我必须把火烧得旺旺的，还要我从储藏室里拿出4磅榅桲，给温桲去皮并把它们一切四。

可以看出丽兹很兴奋，因为她的手指一直在她的戒指、袖口和领口上打转。当我在厨房生火时，她在厨房里忙来忙去：开窗、关窗，移动碗橱上的东西，用手指在托盘和砂锅上掠过，眯着眼看雪利酒杯，检查是否有指纹和灰尘。

我到储藏室的餐柜去取榅桲，看见餐柜里满是食物时，惊讶地停下了脚步：几篮子的野蘑菇；几筐子的绿色苹果和黄色的梨子；一个金属鱼缸里有两只粉红色的螃蟹；一块块新搅拌的黄油，像蒲公英花一样明亮；几块浅黄色的奶酪轮，足足有我的头那么大；一陶瓷碗欧洲榛子；一条火腿肉浸泡在水桶里。谁能吃完所有这些食物？在我看来，这里的食物足够一个国王奢侈享用了，为什么伊莱莎小姐还去买鹿腿肉？

“本周我们有多少位寄宿客人，夫人？”我知道以自己的身份不应该问这样的问题，但我太好奇了，没憋住话。

“阿诺特先生今天下午到，”她答道，她的手指飞向领口，反复地整理衣领，“他从伦敦来，只吃最精美的食物。不要让我失望，安·柯比。”她的目光越过我的肩膀上方，看向这些榅桲，我感觉她呼吸的气息顺着我的颈子下沉，而我却可能剥不开这些树瘤一样的榅桲。

“那把刀洗干净了吗？”她问道，“阿诺特先生去过法国，法国绅士不喜欢刀的金属味。其实阿诺特先生哪儿都去过，他游历广泛，我们不能显得太乡土。”

我其实想问她，“乡土”是什么意思。我却问道：“伊莱莎小姐怎么烹饪榅桲，夫人？”

她没有回答，因为这时她的眼角余光似乎看见了什么，并且令她大发脾气。她的手臂扑向碗橱上的一只盘子（那是一个镶有橡树叶和橡子的瓷盘），从它后面取出一本书，这本书装帧非常漂亮，用深红色的水洗丝绸装订，粉色和白色丝带缠绕着封面，我的眼珠子都快瞪出来了，这是我见过的最优雅、最时尚的书。阿克顿夫人把书扔到桌子上，然后开始移动碗橱台上的所有瓷器，一会儿看看盘子和砂锅后面，一会儿又打开抽屉，在亚麻布中翻找。我想努力专注于剥榅桲皮，但根本做不到，因为我面前有一本优雅的丝绸装帧的书，而阿克顿夫人正在我身后像公牛一样喘着粗气。

几分钟后，她胜利地大叫：“啊哈！”她从抽屉里拿出一本巨大的书，那是伊莱莎小姐用来储存带骨柄的盒装餐具的抽屉。我瞥见了那本书，它真的太美了，我渴望打开它，看看里面的内容。绿色的皮革封面上刻有缠绕的花朵和胖乎乎的小天使，图案还镀着金边。连我都能看出这些暗褐色的小牛皮材质的书并非伊莱莎小姐的烹饪书。阿克顿夫人却迅速把这两册书夹在手臂下，愤然离去。我惊讶得目瞪口呆，直到小丽兹蹑手蹑脚地走进厨房，她的眼睛四下环顾着。

“你需要帮忙吗？”我问。“不，”她的声音又小又嘶哑地回答，我怀疑她是不是喉咙不舒服，“伊莱莎小姐上周都教过我了。”

“你已经来了一个星期？”

“是的，所有人都在谈论今天来的这位寄宿客人。我只是来跟你说一声……”她又悄悄回到洗碗间，剩下我全力对付这些榅桲，想尽量不留下刀的金属味道。但我不能不去想阿克顿夫人的怪异行为——她没收了伊莱莎小姐珍爱的书籍。我深陷于自己的思绪，没注意到伊莱莎小姐，直到看见她步态优美地走进来，双颊红润，两眼放光：“太好啦！你回来了，安！”

我在想她是否会像以前那样拥我入怀，尽管那时的情况和现在完全不同。她没有拥抱我，但我知道她很高兴，因为她美丽的脸庞笑容灿烂。“是的，伊莱莎小姐，能回来真好。谢谢你。”我频频点头以表示感激。

“我们今天会很忙，”她说，“母亲已经把阿诺特先生逗留期间的食物预算增加了一倍。不要为这位寄宿绅士节省。”

“今晚吃什么？”我问。

“野兔汤，带壳的热螃蟹，还有拌着肉汁的烤鹿肉，甜食是梨子蛋白酥，这些我已经操练了整整一星期！”

我的脸涨得通红，因为突然想到伊莱莎小姐已经去过我的家了。在她烹饪的精美食物旁，却想起我家的画面，这让我很羞愧。我突然觉得自己很不配，不配为她工作，不配为博尔戴克之家工作，也配不上我们现在必须准备的食物。

“夫人让我给这些榅桲去皮。”我这样说是为了掩饰自己火辣辣的羞愧感。

“哦，是用来做榅桲果冻的，它们必须在果冻袋过夜。”

然后她靠我很近，说：“我母亲希望给阿诺特先生留下好印象。

所以一切都必须尽善尽美。”她弯起眉毛，眼睛骨碌碌地转动着，这让我感到困惑。仅仅为了一个寄宿客人，为什么要这么努力，做这么多的山珍海味？

“等你把榅桲煮好，”伊莱莎小姐说道，“我有一些书想和你分享，确切说是想借给你看看。”她的眼睛闪闪发亮。

一阵激动的震颤爬上我的手臂，我最爱看伊莱莎小姐新买的烹饪书了。我想象着书中有布丁、蜜饯、酱汁和肉汁、糖果和冰块，还把自己想象成一名优秀的家庭厨师，切片、搅拌、品尝以及调味。但伊莱莎小姐并没有伸手从她放烹饪书的架子上取书。相反，她在碗橱前，打开抽屉又关上，在盛主菜的大盘和在银质托盘后面查找什么。

“真够奇怪的。”她喃喃自语道。

“夫人把书拿走了。”我紧盯着手中的削皮刀说。

她转过身来：“真是让人忍无可忍！每每这时，我都会向上帝许愿真希望自己是女主人。”

“那是本很漂亮的书。”我把榅桲放进锅里，从面包上刮下一些糖。伊莱莎小姐要给我看的是刚刚那本优雅的丝绸装帧的书吗？但那些并不是烹饪书呀。

“你有一手，我也有一手。”伊莱莎小姐嘀咕道。虽然不明白她的意思，但我还是“嗯”了一声，我此刻必须全神贯注于塔糖上，因为塔糖像岩石一样硬。

“正好我为你背诵一首诗。想听吗？”她开始背诵，一只手放在胸前。

我的心呀在厨房，这儿没有我的心，
我的心呀在厨房，追逐着亲爱的，
想着烤肉，思忖油煎，
我的心呀在厨房，无论会看见何物。

她拍拍手，大笑起来。见我表情茫然，她说：“这是对彭斯先生诗句的戏仿。”我不知道彭斯先生是谁，也不知道“戏仿”这个词是什么意思，但我还是笑了。能回来，我真是太开心啦。

“我决定教你诗歌艺术，安，”她说，“我们将边做饭边学习，但也许要等到阿诺特先生离开之后，我们才能正式开始，那时将不再需要为某位绅士准备 5 道菜的盛宴。”

索普夫人对她的女仆弗洛伦斯大喊大叫的画面突然浮现在我面前，似乎我的每一寸肌肤都在生长、扩展，欣喜地绽放。然后我听见一个声音在我的脑海中挣扎、膨胀，直到把索普夫人挤到边上，那是妈妈的声音。我努力理解她的吟诵：“继续发出声响，你这黑暗里从不沉睡的大海！……你这只波峰上的海鸟……”她是在对我朗诵吗？这些词语似乎很熟悉，但我不能确定。

“诗歌对我来说是最大的慰藉。”伊莱莎小姐这时避开我的眼睛，我知道她想到了我的家，那间简陋的小屋。

她把石板和粉笔递给我，说：“我想让你重新记录食材重量、尺寸大小和烹饪时间。”接下来我们花了几个小时准备晚餐，阿诺特先生要求在 5 点用餐。事实证明，伊莱莎小姐的确已经把这些菜做了好几遍，有哈蒂和小丽兹帮忙，现在我只需调整烹饪时间、调味料等。她把一切都写在了笔记本上，两个小时里我只听见她笔尖划过的声音。最后，当我把冷却的榅桲倒入果冻袋时，她抬起头说："如果你能把煮榅桲的时间和测量值写下来，再补充一些观察结果，我会很感激你哦。"

我皱起眉头，问道："什么观察结果？"

"例如，我上周炖榅桲的时候，汁液几乎是猩红色的，但你炖的榅桲汁液有光亮的金色调，所以你做的牛奶冻更漂亮。这是为什么呢？"

我脸红了。"你说要炖一个小时，但半小时后榅桲就软了。所以我从炉火上稍微早点移走了榅桲，请你原谅，伊莱莎小姐。"

"真了不起！"她说，"这正是我希望写进我们的烹饪书的观察结果。"

我们的烹饪书？我们的？我激动得说不出话来。可我立即意识到，她当然是指阿克顿夫人。我真是个傻瓜！这将是一本她们母女合作的烹饪书。我仿佛现在就看见书的封面了：阿克顿夫人和小姐穿着她们最华丽的衣服，身后是最精美的德累斯顿瓷器，野鸡和野兔从天花板垂吊下来，就像伊莱莎小姐其他食谱书里的卷首插图一样。

我感到一种揪心的痛，我又想起妈妈了。突然间，我仿佛回到了 7 岁那年。妈妈正在用一把铁皮漏勺过滤榅桲籽儿，她切开果肉，把果核给我，我吮吸着金黄色的果核，品尝着那入口即化般的柔软，香香的汁液像奶油一样滑入喉咙。

"我妈妈总是把榅桲泡在酒里一整夜，"我试探地说，"带着籽儿和果核一起泡，她说，这样榅桲能又快又紧实地沉在酒里。"

伊莱莎小姐看了我良久，眼睛一眨不眨。过了一会儿，她告诉我应把这个细节添加在记事石板上。我希望自己的拼写足够好，可以记录这些观察结果，我暗想，庆幸自己曾在很多个晚上睡觉时都往围裙里塞了一本烹饪书。当她背对着我时，我双手合十，喃喃自语:“亲爱的上帝，请保佑我把单词拼对。”

第二十七章

伊莱莎
大黄梨酥皮

当阿诺特先生到达时，我已换上天鹅绒的连衣裙，搭配丝绸紧身上衣和珍珠纽扣。我擦掉了手指上的洋葱和大蒜味，用薰衣草水冲洗了头发，还在手腕和喉咙上涂抹了玫瑰精油。母亲吩咐我扮演女主人的角色，要我以这些美味佳肴居功，但不要承认是我做的，也不要表现得太热情，以免暴露我的喜好。关于诗歌，我只能承认自己阅读和欣赏诗，除此之外禁止谈诗。而那本烹饪书呢？“一个字也不能说，”她嘱咐我，“没有一个男人愿意娶一个胸怀雄心的女人。”

“那么，我们究竟该如何交谈？”我问她，话里带刺。

“对他的生意表现出兴趣，”她说，“这样应该不会太难。”

“那他是做什么生意的？”

“我已经跟你说过好几次了，伊莱莎！”她说，对我很恼怒，“你整个星期都充耳不闻，他是个香料商人，从世界各地进口香料，还是一位游历甚广的绅士。”

“一个香料商人？”我重复道。就在这时，我突然想到阿诺特先生可能是我获得自由的关键人物。一位经常出国的绅士，可以和他讨论各种香料和食物……我又听见了那个微弱却诱人的希望之声：*有机会拥有自由、受到尊重并成为一名母亲？*母亲的话突然打断了我的思绪：“是的，一个年长的商人，但还不至于太老，只是不能生育了，亲爱的，和你一样。”

我从后窗眯眼望去，他是乘马车来的，院子里到处是欢腾的马匹，毛色油亮，还有穿着长外套或大衣的男人们。我一边看着他的脚夫拎着旅行箱，另一半心思则惦记着厨房此时的情况。安会照应好的，我暗想，我不能既当厨师又做端庄娴静、善于交谈的淑女。我在袖口嗅了嗅，确认没有烤肉或碎洋葱残留的气味。还好，我只闻到淡淡的洗涤碱液和玫瑰油的味道，这是母亲坚持要我用的，无疑是为了掩盖任何来自厨房的难闻气味。

令我惊讶的是，阿诺特先生下马车时动作相当敏捷。他满头银发，但很浓密。当他转身时，我看见他有着榛子色的皮肤，身材修长，衣着时髦：一件深色的燕尾服，一条斜纹丝绸领巾，身着有拉链的瘦身长裤，还有一双闪闪发亮的鞋子。他并不是我想象中的模样。我将手指快速伸向头发，把松散的发丝从脸上拨开。母亲疾步出去迎接他，吩咐我在客厅等他，给他斟茶、招待他吃新鲜出炉的蛋白杏仁饼干并和他交谈。我想他多半不会来客厅，毕竟旅途可能太疲惫。但是，不，我听见他和母亲走过来，门开了，我看见他来了。

他一坐下来，我就开始观察他。他的脸刮得很干净，很英俊，尽管他不可能小于60岁。燕尾服的布料是爱尔兰斜纹软呢，走动时，燕尾服下面一道金色的亮光在厚重的表链上闪过。每当他抬起手，袖口上的钻石饰钉就会向我眨眼示意。当然，我们要讨论的是他的旅程、天气、汤布里奇韦尔斯小镇以及那里有名的温泉水，我们还会谈及他和我父亲相识的那些昔日时光。

哈蒂用托盘端来了茶。阿诺特先生拿起一块蛋白杏仁饼干，咬了一口。“味道极好，”他说道，“一定是用了约旦的杏仁。”

“的确。”我说，饶有兴致地看着他。

“你们的厨师技艺精湛，”他补充说，“如果我没有弄错的话，杏仁是先在慢烤炉中烤熟至褐色，这样做出来的蛋白杏仁饼干才能味道宜人。”

母亲突然插话道：“我们很幸运，有一个技艺不错的家庭厨师，但她只是完全依照我女儿的指示工作。您在这里吃的每样食物都是伊莱莎指导厨师做的，如果您想有个伴，伊莱莎会很乐意和您一起用餐，她可以和您聊聊食谱。”

我不以为然地看着她。我如果好几个小时都坐在阿诺特先生身边，还怎么准备一桌有着 5 道菜肴的盛宴呢？

“我想享受陪伴，也喜欢得到指导。”他说道，眯着敏锐的眼睛打量我。

我一怔，笑容僵硬了，因为惊恐而感到喉咙紧绷。

母亲刚把阿诺特先生带到他的卧室，我就冲向了厨房，将所有的端庄礼仪都抛到了脑后。安正安静地按照我展示的方法制作蛋黄酱，把油一滴一滴地拌进蛋黄。得知她必须独自一人准备和装饰每一道菜肴，而我不会花哪怕片刻时间和她一起烹饪时，她身上的安宁消失了。她的眼神充满恐惧，手也开始颤抖，油滴快速落入蛋黄。

“我们可以应对。螃蟹不用趁热端上餐桌，可以直接上凉的，所以我们可以一起准备和安排。熬制野兔汤时，你只需用盐和辣椒粉调味，然后趁热送上餐桌。鹿肉已经放在烤肉扦上，但你必须切下鹿肉并准备好烤肉汁，”我顿了一顿，长舒了一口气，“咱们用兰开夏郡的方法来清煮土豆。大黄梨酥皮我们现在就可以做。”

“我不……不会切肉。”安结结巴巴地说，放下了搅拌器。

“我会教你的，就像我父亲教我的那样，”我回答，试图保持语气稳定以掩盖我快速的心跳，“镇定而得体地切肉是每个女人都应该掌握的技能。”

两个小时后，安变得平静一些了，但我却极其烦躁，为了不让手烦躁不安地摆弄不停，我不得不在餐桌下紧握双手，甚至在阿诺特先生津津有味地向我讲述他最近去阿姆斯特丹的有趣经历时也是如此。好像我只有一小部分的自己在餐桌旁，而大部分的我则仍在厨房里。

当汤锅上桌时，我用手指快速绕着汤锅的边缘转了一圈，聪慧的安记得把锅放在壁炉上加热了。而阿诺特先生似乎没有注意到我是多么心不在焉，他喝了一勺汤。我也喝了一勺，汤汁在嘴里流淌，温度正好，每一滴脂肪都已被撇去，恰到好处，不掺杂质，肉味浓醇，舌头上也不残留油腻。

“这汤简直完美。”他不停地咂嘴，啧啧赞叹道。

“谢谢你，”我说，松了一大口气，“这是我自己的食谱。你觉得这些香草用来调味怎样？”好像这些问题自动脱口而出。我马上就后悔了：他会认为我是在暗示自己的“食物喜好”吗？问得太仓促，我正在想该用什么措辞转圈时，阿诺特先生用力地点了点头，还问了一个问题，让我又惊又喜。

“你用了什么调料？”

“肉豆蔻干皮和辣椒粉。”我笑了，对他感到既欣慰亦感激。

“我决定扩大你们厨师对香料的使用范围，”他说，“我可以派人直接给你送来吗？”他接着告诉我关于构成咖喱粉的混合物和新鲜香料的好处，还说他正在进口带壳的罗望子。我听得入神，把厨房忘得一干二净，犯了女人不应该犯的大错——表现得完全不像个女人。他描述了小茴香的烟熏味、葫芦巴种子的浓苦味、新鲜椰肉的甜味，还有新鲜姜根强烈的刺鼻味。

哈蒂清理汤碗时，阿诺特先生正告诉我如何做他最喜欢的咖喱。我试图铭记在心，并重复他的话：“把两个椰子的果肉磨碎并煨熟，对吗？”

“必须新鲜，变质的椰子不行。看起来你似乎对我的生意很感兴趣，阿克顿小姐。”他的眼睛掠过波尔图酒杯注视着我，片刻后，我在想他是否在评估我的“食物喜好”。他的眼睛是如此坦率、明亮和诚实，于是我决定不再假装没有胃口。

“是的，”我回答道，“你对香料、咖喱和东方食物的渊博知识都给我留下了深刻印象。”

当螃蟹上桌时，我发现自己刚才几乎压根儿没去想安和她的服务。令我惊讶的是，安给菜肴加了一些修饰，螃蟹舒服地躺在粉红色的蟹壳里，旁边还有一碟整齐的绿色蛋黄酱。她是怎么把蛋黄酱染成绿色的？

“这还可以做成咖喱味的，”阿诺特先生说，“在马德拉斯[①]，咖

① 马德拉斯，位于印度东南沿海，是印度南部的最大港口。——译者注

喱海牡蛎是顶级美食，烹饪任何食材都可以做成咖喱味……鱼、禽类，甚至鸡蛋都可以。”

“鸡蛋？”我问，他再次激起我的好奇心。

“是的，就是鸡蛋，”他说，“鸡蛋煮熟，放在热的咖喱肉汁里，就可以吃了，非常美味。”

我检查了螃蟹里的作料，尝了尝蛋黄酱，想弄清楚安是如何把它变绿的，与此同时，我还试图记住阿诺特先生的咖喱鸡蛋配方。

“你觉得多一点儿柠檬汁螃蟹会变得更鲜吗？”我问，“或许应该放点儿辣椒醋？”

“螃蟹当然会很鲜，”他在舌尖上细品螃蟹的味道，“有海鲜味。”他突然转过身，把目光投向我：“我从来没见过一位女士如此迷恋食物，如此好奇，如此博学……真是与众不同。”

在他赞赏的目光下，我感到自我在膨胀，以至于哈蒂来清理盘子时，我几乎没有注意到她。但是片刻的自以为是很快就消失了，因为我最期待的鹿肉快上桌了，烤肉扦上的鹿腿肉可能会出错，即使配了清煮土豆、肉卤原汁牛肉汤或者波尔图葡萄酒，一切都可能出错。可阿诺特先生又一次分散了我的注意力，描述着他最喜欢的汤，他称之为咖喱菜，用西葫芦、黄瓜、苹果和他自己调配的咖喱粉混合烹制。他说那是最美味的汤，当然了，不包括我的野兔汤。我有点怀疑他是在和我调情，因为他一直含情脉脉地直视着我的眼睛。我极不情愿地移开目光。

鹿肉上桌了，又厚又湿的鹿肉块，土豆浸在融化的黄油中，用一点红醋栗果冻调味后的肉汁变甜了。看起来安没有漏掉什么，一切都恰到好处，我暗想。不过，美中不足的是，我触碰餐盘时发现餐盘有些冰凉。

我们的话题转到了黑斯廷斯[①]，那是阿诺特先生与我父亲相识并成为好友的地方。谈到父亲，我顿时松了口气，因为不必再挣扎着假装他已经过世。“在汤布里奇，我们必须假装我母亲是寡妇，”我迟疑地解释道，“我们要在这里立足，很伤脑筋。”

“是的，看得出来。”他伸手拍了拍我的胳膊。这个慈爱的小动作让我深感满足，鹿肉被拿走了，上了梨子酥皮。我们用长柄勺子吃着，甜甜的，入口即化，我心满意足。

“这是什么品种的梨？”他问。

“是大黄梨，”我回答，“烹饪所用的各类水果我都记得很清楚，我只用熟得极透的水果。”

他扬起眉毛，我立即意识到再次暴露了自己的“胃口”，一股潮热缓缓爬上我的颈部和脸颊。

“美味可口。”他停顿良久后说道。我看着古铜色的蛋白酥峰尖，感觉他的脑子在周密思考，似乎他正试图理解我。

哈蒂端着咖啡盘来了，母亲紧随其后。当我们啜饮咖啡时，母亲询问阿诺特先生的生意规模、他伦敦房子的位置、他的仆人们、他两个孩子的职业、他的健康情况，以及他的休闲方式。她进行全面盘问，没有丝毫的不好意思。他则耐心地回答这一连串问题，白色的亮光在转动，闪了一下，掠过桌子，是他的钻石饰钉。是的，我暗想，和阿诺特先生这样的人结婚也许不错。也许，只是也许——我的心已得到了修复，已经准备好进入婚姻生活。

① 黑斯廷斯，英国伦敦市属行政区域。————译者注

第二十八章

安
黄油芜菁

因为阿诺特先生要和亲戚一起过周末，不需要我们为他准备膳食，所以伊莱莎小姐给了我一天假。我猜她希望我去伦敦看望杰克，因为她一直问我有关大厨索耶先生的事。但今天也是肯特郡巴明希思精神病院的探访日，我要去看妈妈。我累坏了，伊莱莎小姐要陪着阿诺特先生吃饭，所以我今天既是厨师也是厨房帮佣。各种揉捏、搅拌和拍打后，我手臂酸痛；用力剁、切、磨的动作，让我手腕也痛；连续数小时的站立让我的双腿开始抽痛；双手满是切伤和烧伤，还起了水泡。平心而论，伊莱莎小姐也一直拼命工作。大多数情况下我早上 5 点下楼时，她已经在厨房里看书了。只要时间允许，我也会像她那样看书，甚至在哈蒂睡着后我还在月光下看书，哪怕困得几乎睁不开眼。无论我有多累，这些食谱总会从书页中跳出来，散发着各种气息和味道：牛奶甜酒和乳酒冻，炖菜和汤，煮布丁和烤布丁，罐装肉和馅饼，果冻和果酱。我对她做的菜看进行了润色，这让伊莱莎小姐感到惊讶。她总是走近我，愉快风趣地问:“你在那道菜里偷偷放了什么专业的调料，安?”我紧张的心顿时会发生极大的转变，长长地松一口气。

现在，阿诺特先生正用他那狡猾的方法引诱她、取悦她，这一点我比以往任何时候都更肯定。哈蒂说，他们眼里只有对方，看起来他向她求婚是迟早的事。虽然她说他们几乎没空注意我辛辛苦苦做的食物，但当伊莱莎小姐出现时，她总是夸赞我，眼神充满喜爱地看着我。后来每当我想起她的眼神时，眼泪都会在我的眼眶里打转。

最近，伊莱莎小姐有些异样。今天早上我下楼来到厨房时，她没在看书，却只是盯着碗柜，那里挂着日常用的各种瓷器。我等着她对汤碗上油腻的指纹发表意见，她却说:“当女人决定袒露心迹，这是很可怕的事。”她的语气充满渴望，我不禁斗胆问她这是什么意思。“我引用了诗歌，安，”她回答，“你知道这对我来说是多大的慰藉呀。”

我想知道她是否是指我昨天偷听到的那件事。我原本是想向她请教怎样把长脚秧鸡的翅膀和脚扎紧，长脚秧鸡又瘦又小，很难扎。但当我去客厅找她时，门是关着的，这并不常见。我听见了高昂而愤怒的声音——是伊莱莎小姐和夫人在大喊大叫，相当失态。我知道这是她们的私事，我本应该转身离开，但我还是站在门口偷听了。伊莱莎小姐询问起她的诗集和手稿的下落，而夫人却什么也不说，直到伊莱莎小姐提高嗓门，嚷道:“如果你不把它们还给我，我也不会对某些事情守口如瓶，你会认为那些比我写诗更丢脸。”之后便是长时间的沉默，我悄悄回到厨房，尽我所能地把长脚秧鸡的脚和翅膀扎起来。

她这是什么意思？为什么夫人这么快就把伊莱莎小姐的书和诗藏了起来？我渴望读到她的诗，但我意识到，那些诗可能有些不对劲，显然夫人不想让我们任何人知道。这个想法在我的脑海中越清晰，我就越好奇。我反复思忖，头都想疼了，我突然意识到，也许夫人已经把那本诗集卖掉了，或者把它埋了，或者……一段关于妈妈和爸爸的记忆，也是我并不想要的一段记忆，悄悄进入我的脑海：爸爸从一本书上撕下几页，把每一页都搓成纸捻儿，扔进炉火，大叫着说我们会被冻死、饿死，而妈妈则双手抱头啜泣着，她那双手骨瘦如柴、冻得又红又紫……一阵寒意向我袭来，于是我把这段记忆推开，努力告诉自己今天是一个多么愉快的明亮日子啊——我有一天假期，多么幸运！妈妈也正待在一座温暖的大房子里，到处都是食物，她看见我一定会很高兴。

精神病院现在就在我前面，矗立在平坦的田野上，一圈铁栏杆在秋日的阳光下闪闪发光。我有几先令，是给收容所的管理员和护士准备的，我还为妈妈准备了食物，是阿诺特先生吃剩的晚餐（一片粉红色的烤牛肉，在罐中用文火煨熟的蘑菇，涂着黄油的凉芜菁，一长勺白兰地酒浸长脚秧鸡）。看门人把小窗往后推开，面带怒容。

“我是来拜访简·柯比夫人的，先生。”我塞给他一先令，他热切地攫到手里。然后他去通知妈妈有访客，我必须等上很长一段时间。

看门人终于回来了，说妈妈会在底楼和我见面，他指着一棵紫杉树桩，说我妈妈马上就会出来。

我向他表示了感谢，顺便说了一句：“今天是探访日，可这也太安静了吧。”

“不如平常安静了，”他回答说，“精神病患者不喜欢访客，访客们也并不太关心精神病人。”

他的话让我觉得他很残忍无情，但我忍住了，没说出来，只是盯着在风中摇曳的紫杉树苗。当 3 个人从建筑物后面出现时，看门人打开门锁，让我进了大门。我向他们跑去，一只手紧紧握住给护士准备的硬币，另一只手拎着小篮子，篮里装着妈妈的午餐。我想跑向她，但有什么阻止了我。她的两边各有一个护士，都穿着围裙，卷起袖子，露出粗壮的手臂。她们似乎在引着妈妈向我走来，一路哄劝她。

“妈妈？”我说，“是我，安。”

她面无表情地看着我，她的眼睛很奇怪，毫无生命力，就像是一条死河鳟鱼的眼睛。

“她适应得很好，”一位护士说，“确实非常好。”

“她失忆了，”另一位护士说，她把声音提高到喊叫的程度，补充道，“连她最喜欢的护士也不认识了，是吗，简？”然后她靠近妈妈，捏了捏她的脸颊，好像妈妈是一个失聪的孩子。

“妈妈，是我。”我又说，伸出手抚摸她的脸颊。护士刚在妈妈的脸上留下了一道猩红的拇指印。我想起了给护士们的甜头，给了她们每人一先令。那个捏妈妈脸颊的护士把硬币在牙齿间咬了咬，然后塞进了她的衣服口袋。另一个护士则把硬币对着光照了照，又在她的围裙上擦了擦，然后咧嘴笑了。

“你把女儿培养得很好，简，”捏妈妈脸颊的护士叫嚷道，并稍微摇晃了一下妈妈的身子，“你有话要说吗，简？”

妈妈看起来很迷茫，她的眼睛闪现出暗淡的光：“我在这里很快乐。”她仿佛鼓足了一口气才说出这句话。而当她低声说完这句话后，她眼里的光消失了，消失得极快，就像倏然出现一样。

护士们满意地点点头，她们的手臂仍然放在妈妈身上。“哦，是的，她很幸福，很好。你每个探视日都会来吗？”

“是的，”我语气确定地说，“她很好，多亏了你们的仁慈。”我知道这样说显得很轻率，而且我的大部分工资都将落到这些女人手里。这些护士以及这个地方似乎有某种东西让我深感不安，而我却只能以这样的方式探望妈妈。

“好的，好的，”那位捏妈妈脸颊的护士低声抚慰我道，“我们会特别照顾好你妈妈的，对吧，弗兰？”

另一位护士点点头，斜睨着。“我们这位特殊的精神病人。”她附和说。

“我可以抱抱她吗？”

两位护士交换了一个我无法破译的眼神，随后，那个捏过妈妈脸颊的护士说：“你可以抱她，但我们必须拉着她。因为如果我们松手，她可能会伤害她自己。”

“也许她会逃跑，”弗兰咯咯地笑着，“这不就是她来这里的原因吗？”

“我们像待我们自己的女儿一样待她，对吧，弗兰？”

“比待亲女儿更好呢。”弗兰点点头，她方方的头在她厚实的肩膀上摇晃着。

我搂着妈妈瘦小的腰，感受着她全身的皮包骨头。到处弥漫着护士们呼出的难闻气息，是我极熟悉的气味：麦芽酒味。我感觉到触摸妈妈时她的身体在退缩，于是我把篮子递上去。“我为你准备了烤牛肉，妈妈，”我说，“还有涂着黄油的芜菁，还有白兰地浸泡的长脚秧鸡，配有肯特樱桃。让我像以前那样喂你好吗？用蛋勺……”

“哦，不，不，不，”捏妈妈脸颊的护士说道，她生气地咂咂嘴，“那些花哨的食物营养太丰富，她现在不能吃。但如果我们在正常用餐时间给她吃，她就会很开心。”她转向妈妈，在她耳边喊道：“你喜欢晚点吃这个，对吗，简？”

弗兰放下妈妈的手臂，从我手中抢过篮子，她贪婪地拿出用蜡纸包着的烤牛肉、一盆蘑菇、一罐长脚秧鸡和一盒抹着黄油的芜菁。她打开每个容器，使劲嗅着，然后她打开牛肉包装纸，又闻了闻。“哦，简肯定喜欢这些精美的食物，对吗，简？”

当弗兰检查食物时，我瞥了一眼妈妈悬垂的手臂。袖子虽然拉到最大的长度，但我可以看见她的手腕松垮地垂着。手腕内侧黄黄的，很奇怪。捏妈妈脸颊的人顺着我的目光看过去，非常突兀地说：“你妈妈的身体状况很好，我们都当公主待她，你可以确信这一点。你是怎么得到这些精美的食物的？”她朝我眨了眨眼睛。

“我在厨房工作。”我说，因为我知道她眨眼意味着把我当成小偷了。

“当然，你在厨房工作，”她说，点点头，露出一个假笑，“我们相信你，对吧，弗兰？”

弗兰点点头，把篮子勾在她的手腕上。“等你下次来时，我们会把篮子还给你。你妈妈会等得坐立不安的，对吧，简？”

弗兰拍拍她的背，说:“是这样的，简，是这样的。”

“我们现在必须把她带回去了，”捏妈妈脸颊的护士说道，“到了她每天看医生的时间了。”她转向妈妈，说:“你喜欢你的医生，对吗，简?”

“她每天都看医生吗?”我松了一口气，问道。

“每天都看，”捏妈妈脸颊的人点点头说，“像下雨一样规律，如果她迟到，我们就会碰钉子了，而你妈妈不希望让我们碰钉子，你妈妈希望我们开心，对吗，简?”

妈妈看着我，很困惑。她的鼻子抽了一下，她的眼睛在转动。有那么一瞬间，我以为她要对我说话。“妈妈?”我再次喊她。

但她摇摇头，动作快得像发狂，所以她的帽子滑了下来，向一边倾斜，遮住了一只眼睛。

“快，弗兰。她不想错过与医生的约会，她开始焦躁不安了。”两个护士转身把她送回了精神病房。我期待她会回头看我，她的眼神会认出我。但她没有，她一次也没有回头。

看着她们离去，我发现有一些异样，让我很不舒服——是妈妈的后脑勺，但被她的帽子盖住了，是不是头发掉了，还是秃了一块?我很想定睛看看，但是护士们带着她匆匆离去，我看不清妈妈的头。

我迷迷糊糊地走了15英里回博尔戴克家，不清楚该想什么。她的衣服看起来很干净，手和指甲也都擦洗过。她穿着合适的鞋子，鞋跟很结实。有两个护士，还有一位医生每天来探望她。她住在一座大房子里，院墙足有我的胳膊厚，窗户有玻璃，还有一座钟楼。然而我的心情却依然很沉重，妈妈成了她自己的幽灵。“但至少她没有半裸着到处乱跑，她很安全。”我心中理性的声音说道。她有安全的栖身之地，饥饿时有食物，不小心尿湿自己的时候也没有人会捏着她的脖子要掐死她。

“可是妈妈太干瘦，脸色蜡黄，太过顺从。”我心中另一个声音说道。过了一会儿，我再也无法忍受这两个相互冲突的声音，我让自己赶紧想一想博尔戴克之家。伊莱莎小姐在做什么呢？哈蒂和丽兹在做什么呢？我回去时餐柜里会有什么菜？我离开时，伊莱莎小姐刚刚拿到了一篮子新鲜的鸡蛋，还是热的，刚从巢箱拿出来的。是的，她会做蛋奶糕，我打赌，她会用肉豆蔻调味，或者用磨得很细的巧克力或柠檬碎屑调味，也可能用蜂蜜酒或香甜的德国葡萄酒调味。我加快了脚步，急切地要回博尔戴克之家——家。

第二十九章

伊莱莎
印度咖喱鱼

我已经连续 3 天与阿诺特先生共进晚餐了。他向我讲述了他的旅行经历，我听得饶有兴致；他还穿插了关于香料如何生长的描述和少量烹饪信息，我热切地、毫无淑女风范地吸收着这些信息；他教我如何避免买到混有砖粉或桃花心木粉而味道稀薄的辣椒粉；他解释如何用印度烹饪方法烹饪巴特那大米，而且不会结块；他还告诉我一些很辣的菜肴，辣得令英国女士们晕倒。随后，我匆忙回厨房做笔记，以免自己忘记。

之后，阿诺特先生去海斯廷斯探亲。3 天后返回时，他没有要求我去陪他用餐。母亲对此非常失望，她确信是阿诺特先生听到了关于我的流言蜚语。就在她深陷绝望时，阿诺特先生让男仆发出请求，邀请我陪他用晚餐。我承认，我的心在跳舞，这确实很是惊喜。

母亲从床上一跃而起，抱住我说："我就知道，亲爱的，你的智慧令他神魂颠倒，你的食谱也充满诱惑，如果你能引诱他向你求婚，我们就可以请你父亲从加莱回来，凯瑟琳和安娜也就不用再做家庭教师啦。”

她的话让我背脊战栗，因为我看清了她的所有计谋。我感到责任重大，那压在我肩上的重担，就是要由我来拯救深陷耻辱的阿克顿家族。而我要不顾一切地抓住机会。

“那么，可以把我的诗集还给我吗？”

她烦躁地挥了挥手，她一贯如此。仿佛我是一只刚被叉在炙叉上的猫，脾气暴躁，而且急需抚慰。“一切都正好，亲爱的。但是他的脚夫和男仆正在一旁窥视呢，我们不能冒任何风险。”

我没有坚持自己的要求，最近的争吵已经耗尽了我所有的能量。今天我需要发挥全部智慧，把厨师、女主人和未来妻子等所有角色融于一身。

厨房里气氛十分平静，不急不躁。安正在按照我教给她的方法烹饪一条鲤鱼。她很羞涩，试探性地建议用黄瓜酱。我说：“黄瓜过季了。”她告诉我储藏室里有一根昨天才送到的新鲜黄瓜。我不禁笑了，她这次回来后，已经如花儿般绽放，是一名合格的厨师，也是我不可缺少的得力助手了。

她开始刮鱼鳞，然后停顿了一下，指着储藏室说：“有一批香料是给你的，小姐，是从伦敦寄来的。”

我高兴地拍了拍手。阿诺特先生确实是一个言出必行的人，而且还是行动派。“我们能尝试做一道阿诺特先生最喜欢的菜吗？”

“请问你今晚是在厨房还是在饭厅，伊莱莎小姐？”她抬起头，我正好看见她眼睛上有一圈黑影，像紫色的瘀伤。

“我今晚要和阿诺特先生共进晚餐。”我回答。她顿时脸色一沉。

“别着急，咖喱要提前准备好，我们将烹饪咖喱鱼，阿诺特先生之前热情洋溢地描述过这道食谱。”

我打开箱子取出香料，黑色的瓷釉罐、小玻璃瓶、小麻布袋，每个都有手工的标签，摆在那里方便查看：丁香、姜黄、辣椒粉、肉豆蔻叶子、整粒肉豆蔻、生姜粉、干红辣椒、一罐腌制的辣椒、用麻线捆绑的木质肉桂卷轴、黑胡椒、盐水浸泡的青胡椒粒，以及阿诺特先生自己调制的各种混合香料。我挑出一个小罐子，上面贴有“阿诺特孟加拉咖喱粉”的标签。

“我们将用到这个，”我一边说，一边把罐子放在厨房桌子上，“如果成功了，这个配方就可以放在我们烹饪书的外国菜和犹太食谱部分。”除非母亲禁止，我暗想到。但随后我想象了一个崭新的未来：我是阿诺特夫人，不再需要顾忌母亲的强硬态度和陈腐的思想。在这个新未来中，我此前作为一个“老处女”所遭受的无数细微的侮辱都将被永远抹去。我举起左手，想象我的无名指戴着一枚结婚戒指。有那么一瞬间，我感受到曾有的空虚，我臂弯里还是空空如也，但这时，安用颤抖的声音问道：“你会是你们姐妹中第一个结婚的吗，伊莱莎小姐？”

这个问题把我吓了一跳，这再次提醒我，我和她之间坦诚相见的关系并不寻常。我们之间更像是厨师和厨房女佣的关系，而不是女主人和仆人之间的关系，这也是因为在博尔戴克之家，我更像个厨师而不是女主人，而她不正是拥有超越仆人的聪慧吗？但是安脸红了，向我道歉，说厨房里的流言蜚语都是关于我和阿诺特先生的。我正是喜欢她这一点：既坦率单纯，又羞涩谦逊。

“不需要道歉。”我轻松地打开那罐来自孟加拉国的咖喱粉，混杂着热气和香料的粉末在空中扬起，刺鼻而干燥。“我有一个妹妹已经结婚了，她丈夫是一名医生，”我把罐子递给安说，“阿诺特先生自己调制了这种混合香料，这对英国人的味觉来说可能太辛辣。”

“我先用盐勺少放一点儿，然后边做边尝，怎么样？”安说道。

我点点头，轻轻捏了捏她瘦弱的手。“你是个优秀的学生。”我说道，她的手指短暂地倚靠着我的手指。

我们花了一天时间准备晚餐，就像钟表运行一样默契顺利，洗涤间里传来丽兹嘶哑跑调的哼唱声，令我心烦意乱，但我把这搁置在一边，告诉自己：正是因为丽兹的存在，安才能绽放、才能成长为厨师；正是由于安的绽放，我才可能发挥魅力吸引阿诺特先生。当安忙着剁碎、切片、炒菜、搅拌、擦洗并让炉火保持火力时，我的思绪停留在阿诺特先生身上，想象着他会期待一个怎样的妻子呢？当然，我也有条件，微妙的条件，必须非常谨慎地提出。我还没和母亲讨论过这些条件，我还不知道如何提出，但我必须提出来。我的思绪翻来覆去，我一边记下安的烹调时间和她使用食材的分量，用她提供的勺子品尝，一边对调料和味道提出建议，同时对阿诺特先生念念不忘。

接下来晚餐时，阿诺特先生对我笑容满面。他说，汤布里奇韦尔斯的泉水正在发挥作用，他从来没有过这么好的状态。然后他直视我的眼睛说：“阿克顿小姐，我此刻如此欢快还有一个原因。”

我端庄地看着自己面前的这碗苹果汤，这碗汤正是用他赠送的生姜粉巧妙调味而成。“我为你高兴，先生。”哦，我原本是多么不喜欢装腔作势啊！为什么我不能直视他的眼睛，告诉他我是一个已出版了诗集的诗人，有一段浮沉交织的过去，现在正受出版社委托在写一本烹饪书？但是，不，我必须保持沉默，因为我已经答应了母亲，要挽救阿克顿家族的名誉。

“是你，伊莱莎，”他说，“我可以叫你伊莱莎吗？”

我点点头，全身心关注他能提供的一切：金钱、自由、尊重，可能有一个属于我自己的家庭。我是不是年纪太大，不能生育一个健康的孩子了？我的左手不由自主地放到肚子上，在桌下捂紧肚子，捂紧子宫。

“我的前妻，上帝保佑她的灵魂。3年前她在印度去世了。从那时起，我就埋头忙于生意，健康受到了损害，所以我到这里疗养。”

我开始与他对视，因为我在看见汤的表面有一道薄薄的油迹之后，我就不想再盯着汤看了。汤应该彻底过滤掉脂肪才对，我想到这一点时有点儿恼火。

“现在我感觉很有精神，我的健康状况在改善，”他停顿了一下，从衣领上扯下餐巾，扔到桌子上，仿佛为了显示他身体康复后的活力，“我想我可能已经准备好再次进入婚姻生活了。”

我瞥见汤碗中的油脂在漂移、滑动、缠绕，形成一个闪亮的卷须。一抹红晕滑过我的脸颊。这时哈蒂来清理餐桌，我很清楚，她跑回厨房后会谈论阿诺特先生如何用力扔餐巾的戏剧动作，以及我这张发烫的脸。

“我希望能和你共度余生，阿克顿小姐，”等哈蒂听不见我们的谈话时，他补充说，“如果你愿意和我……”

他直言不讳的求婚令我太激动，我一时竟无法呼吸，但是，如果我们要继续这样直截了当地谈下去，有些事情我必须告诉他，以便防患于未然。“我没有嫁妆。”我喃喃低语。

“一分钱也没有？”

“我父亲破产，失去了一切，”我说，“这栋房子是租来的。”

“我料到有些事实被掩藏起来了，但没有关系。我很富有。”他咳嗽了一声，似乎为了掩饰尴尬。现在他知道我是一个身无分文的老处女了，不知道他对我的看法是否变了。“让我们坦诚相见吧，伊莱莎，”他说，拿起餐巾纸抹了抹嘴角，“我需要一个妻子，可以管家，管理好仆人，监督厨房，招待我生意伙伴的家眷们，在我下班后还能激励我。你知道……”他漫不经心地在桌子上挥了挥手。

“那你对你的妻子还有什么期望？我的意思是指，她会有哪些自由？”我的问题没有任何技巧地脱口而出，像汤的水汽一样弥漫在空气里。

“她可以随心所欲地做任何事，”他皱着眉头说，“当然，只要不损害到阿诺特香料公司的良好声誉。”

哈蒂端着一盘印度咖喱鱼和一碗皮拉乌米饭回来了。她慢条斯理地将它们摆到桌子上，然后又花了很长时间重新摆放酒杯和调味瓶架，还把上菜的勺子擦得很亮。

我瞪了她一眼，她立即离开了。所有这些关于婚姻的谈话，只不过是一个略微令人讨厌的交易，但我更渴望沉浸于美食享受。我尝了一口鱼，瞬间获得一阵快感——黄油酱汁油腻丰富，味道层层叠叠，有大蒜、白姜、破皮的芫荽籽、柠檬汁和一点淡淡的姜黄根粉的味道；鱼片软软的，入口即化，但还是有嚼劲。有几秒钟，除了舌头上的酱汁，我什么都想不起来，而阿诺特先生还在说话。

“我相信自己是一个容易相处的人。我的前妻从不抱怨。她是一位理想的伴侣，你身上也有很多她的特质，所以我认为没有什么理由可以阻止我们一起长久幸福地生活，伊莱莎，”他一边品尝咖喱鱼，一边热情洋溢地说着，“味道好极了。和我自己的厨师做得一样出色，你以后也会喜欢监督他烹饪的，虽然他工作时不习惯被任何人监督。”

“是位男厨？”我问。现在轮到我吃惊了，因为只有在豪宅才配有男厨。

“是的，他的名字叫路易斯。他喜欢被称为大厨，但我更喜欢用英语叫他‘厨师’。”他放下刀叉，再次凝视着我，但我变得太慌张，无法与他对视。我突然想一个人待着，这样我就可以把注意力集中在味觉上，好感受香料是如何在我的舌头上展开的——如果多放点儿大蒜，少放点儿黄油，会不会更好？或者换一种鱼，用辣椒醋代替柠檬汁？但是我的思绪跳来跳去……一个3年没有被人监督过的法国厨师……有机会拥有一个孩子……婚姻之爱……我的不诚实……把父亲从加莱找回来……我混乱的思绪突然戛然而止，因为我听到门外的地板传来了嘎嘎声，显然是母亲在偷听。

“你愿意成为下一任阿诺特夫人吗？”他终于问了。大厅的地板又在嘎嘎作响，母亲这时显然无法控制她的兴奋之情。

“先生，我喜欢你的求婚。”我说。我突然意识到，他向我求婚，我确实非常开心，我想我已经厌倦了母亲，厌倦了贫穷，厌倦了衰老和未婚带来的无情羞辱，也厌倦了必须迎合马丁上校夫妇那样的人，厌倦了在 36 岁还要被母亲管束，厌倦了不得不忍受朗文先生轻蔑的信函——之前他又给我寄了一本字典，好像我不会拼写一样！我对这一切感到厌烦。

“你觉得我们订婚后很快就结婚合适吗？”他伸过手握住我的手，然后用双手捧着我的手。我瞬间意识到握着我这结痂的厨子之手，该是怎样的感觉。但是他轻轻握着，仿佛明白了我手心所包含的柔情，他毫不介意我手上的结痂。

“我明天早上会告诉你我的答案。”我说，但我的手仍留在他的手里，这感觉真好。

第三十章

安
毛里求斯酸辣酱

博尔戴克之家的一切都不对劲。伊莱莎小姐将成为阿诺特夫人；而夫人则像着了魔似的；哈蒂只谈论婚礼，别的什么都不说；甚至连小丽兹也很兴奋，虽然我不明白她有什么值得高兴的，她可要每天没完没了地洗几十只锅碗瓢盆。索普牧师已被请来讨论，索普夫人正在出主意——从婚礼礼服到教堂的布置，所有的事情她都要给出建议。

只有伊莱莎小姐显得很克制。一天早上，我发现她在厨房，坐在她平时写烹饪观察结果时坐的那张梯形靠背椅子上，但是她没在写作，她正盯着自己的手。不知道她是否因为手上的烫伤和切伤而烦恼，还是在想戴上戒指后的手的模样。几个星期以来，她的手变得有点儿像我的手，她的手原本白皙美丽，现在虽然并不红，也没有长茧，但有了一些刀疤，大拇指上有一处烧伤，呈现闪亮的鲜粉色。

“早上好，伊莱莎小姐！”我说道，为了让她高兴，我又说道，

“我们今天早上要不要试试做印度早餐？我专门留了一块漂亮的冰冻多宝鱼。”

“你想得真周到，”她说，“我想阿诺特先生会喜欢的，他今天早上要离开，你知道的。”

她笑得懒洋洋的，我觉得可能是我的眼睛在微弱的光线下没看清楚。一个新近订婚的女士不应该是最幸福的人儿吗？但后来（我真是个傻瓜）我意识到，是他的即将离开让她伤心。

我去食品储藏室找到了多宝鱼和他喜欢的巴特那米、黄油、辣酱粉，还有两个有斑点的鸡蛋，我知道这是他的最爱。当我回到厨房时，她仍然坐在那里，盯着她的手。直到我扒开炉子里的煤渣，但她依然没有动，最后我问她是否身体不舒服。

“我很好，”她说，“我一直在想我写的一首诗。你想听听吗？”我点点头，她开始用她柔和的声音朗诵，像一段旋律，像风在树上沙沙作响。

暂停！——如果你选择扣住锁链
可能不会再松开；
因为即便是金链
压迫的痛苦亦不会少。

“太美了，小姐。”我说，希望她能继续朗诵，因为这声音就像她抚摸我时的感觉，我想，我不那么孤独了，我并不是孤单一人。

但随后她皱起眉头，看着我，很忧愁：“我一直太兴奋了……

还没有给你发工资，是吗？”

“是的，”我说，“当时看你那么开心激动，我不想问工资的事儿。”我没有告诉她我其实一直惦记着工资还没发，因为我下次去看望妈妈时必须给护士送礼物，而且我还要给爸爸一些硬币，他还欠木匠钱，因为木匠帮他做了新拐杖。

“是我的失职，”她说，显得很烦恼，“非常失职，我向你道歉。”她站起来，走到碗柜抽屉前，钱罐就放在那里。她起身时，有东西掉到了地上。我想这是一本烹饪书，可她没有注意到这本书，而是忙着整理罐子里的先令和便士，把多出来的 6 便士硬币给了我，表示她很抱歉，然后用钥匙锁上了钱罐。

“我现在可以把我的工资拿去我的房间吗，小姐？”我不能冒险弄丢这些便士。她点了点头。我急忙跑到阁楼上，我认为把钱包放在床垫下面很安全。

当我回到厨房时，小丽兹已经到了，正在系围裙，但是伊莱莎小姐已经走了。我的目光落在刚刚那本掉在桌子下面的书上。她是多么心烦意乱啊，因为伊莱莎小姐向来很有条理、好整洁，绝不会把烹饪书落在地板上，一定是给我发工资的事让她分了心。

我弯腰捡起那本书，感觉心脏漏跳了一拍，这不是一本食谱，而是一本诗集，她的诗集！是自从我来到这里，我就一直渴望阅读的诗歌！接下来发生的事情，是我本不应该做的，但当时我无法自已——我没有把这本诗集放在伊莱莎小姐会找到的地方，而是塞进围裙下面，跑到阁楼上。哈蒂当时在盥洗台用冷水洗脸。我把书塞到床垫下，回到厨房，心像鸟儿的翅膀一样扑腾乱跳。

当我做完清洁并铺好炉子时，我的手指已经冻僵了，还被煤尘熏得发黑。我重新把煤筐装满并点燃炉火，对着火炉又捅又吹，直到火焰燃烧旺盛。我正准备把冰冷的多宝鱼切成片状放进盘子，这时伊莱莎小姐回来了，在厨房里四处张望着，十分焦急。

“安，你看到一本小书了吗？用蓝色丝绸装订的？”她围着桌子转了一圈，她的手在裙子上擦拭，眼睛到处瞟着。

现在是诚实地说出实话的好时机，但我的舌头不听使唤，我不知所措，我的大脑也变得模糊不清。当这些话从我口中说出时，就好像是别人在说话：“没有，伊莱莎小姐。”

“你一直都在这里吗？”

“我刚才一溜烟跑到我的房间去藏我的工资了，小姐。”我的脸一阵滚烫，幸亏此刻的厨房很昏暗，这里总是阴沉沉的，显得光线不足。

“哦，对，所以你离开了，”她开始开关碗柜的抽屉，“也许阿克顿夫人已经来过这里了。”她走到洗碗间，问丽兹夫人是否来过厨房，或者是阿诺特先生的脚夫，或者是阿诺特先生的男仆。我听到丽兹说她一直在洗涤间，一个人的影子都没有看见。

“我快疯了，”她对我说，“一定是我自己挪动后忘记了，都怪我刚才太兴奋。”

“挪动了什么，伊莱莎小姐？”哦，我这时多么恨自己，这些话从我邪恶的嘴里说出时，我是多么讨厌自己，我感觉身体的每个部位都在蜷缩。但已经太晚了，我是个小偷，现在还不能认罪。就在上个月，一个人因为偷了一蒲式耳的[1]的苹果就被判处终身监

---

① 蒲式耳，英美制容量单位（计量干散颗粒用），1 蒲式耳等于 8 加仑，英制 1 蒲式耳合 36.37 升，美制 1 蒲式耳合 35.24 升。——编者注

禁。偷书就更糟糕了，还有人犯了更轻的罪都被吊在绞刑架上。

“在你来厨房之前，我正在读诗，”她说，眉头紧蹙，她的手仍然紧紧抓住裙子，“我肯定把书放在一个安全的地方了，但忘记在哪里了。”

我点点头，说不出话来。我一时有一种想认错的冲动，想匍匐在她脚下乞求原谅。因为我不能冒险因此被送进植物学湾的监狱或被送上绞刑架，但是一想到她对我的失望就感到更加可怕，我不想让她对我失望。我于是下定决心把诗集悄悄还给她，我会跑到我的房间，从床垫下拿出诗集，然后放在一个托盘后面（或类似的地方）好让她可以找到。直觉告诉我，她是在担心诗集可能落入坏人之手，而这个坏人就是阿诺特先生。为什么会这样，我想不明白。难道男人不会因为自己的妻子是作家而感到自豪吗?

“毫无疑问，会找到的，最近我心事太多。”她紧张地笑了笑。今天早上她是多么紧张啊，我暗想，而现在我多管闲事的窥探和撒谎使她更加紧张。“亲爱的主，请原谅我的罪过。”我在脑子里默念道。

“我们必须快点儿准备烹饪鱼蛋烩饭，阿诺特先生希望我今天早点陪他用早餐。”

我随即伸手去拿石板，想在上面用粉笔写下观察结果，但她扬起手，说:“不要费心观察了，安，日后用不着了。”

我感到无比困惑，顾不上刚才还存留的愧疚和沉重的感受了。我突然明白了，不会有烹饪书了，这时我觉得自己的内脏消融成了液体，仿佛我整个身体都被吸干掏空了。

“哦，伊莱莎小姐，”我喘着气说，“等你成为阿诺特夫人，就没有烹饪书了吗？”

她叹了一口气，房间里回荡着这长长的叹息声，像从烟囱吹出来的风，让人无处可逃。随后，整个厨房一片寂静，我注意到自己撕开多宝鱼的手指在颤抖。

“我希望你能和我一起去，安。但阿诺特先生有他自己的法国厨师，不希望我插手烹饪……”

我突然看见自己的未来萎缩得一无所有。我喉咙发干，嘴里发出吞咽和窒息的声音，如果我不能和伊莱莎小姐一起烹饪，我还能做什么？我只想烹饪……

“哦，安，”她喊道，但随后她的声音变得非常坚定，“一切会好起来的，咱们不要矫揉造作。”

我不知道她说的这个四字成语的意思，所以我眨了眨眼睛，逃到储藏室里，好让自己振作起来。当我回来时，伊莱莎小姐恢复了她本来的样子，她轻快地打着鸡蛋，让我去找我们上星期做的毛里求斯酸辣酱。我们在沉默中完成了这次烹饪，虽然我们都沉浸在各自的忧思里。

我把一勺鱼蛋烩饭放进嘴里时，我的心立刻就平静了。多宝鱼在我的舌头上暖暖的，几乎是丝滑的感觉。米粒被涂上黄油，很光滑。热量和香料味带我进入了另一个世界：异域海岸线和异国的土地，吃人的老虎，耍蛇的人，骆驼和大象，戴着有珠宝装饰的头巾的拉贾斯人，尘土飞扬且气候炎热的平原。当鱼蛋烩饭从我的喉咙滑落时，杰克在伦敦听闻的东方的一切都浮现在我脑海。

“需要再加点儿盐吗？或者再加点儿辣椒粉？”伊莱莎小姐的问题把我直接拽回了现实，她说，“我们知道的，阿诺特先生偏爱辣味。”

我顿了下，想了想，说，“再来点儿辣酱粉，一盐勺的量，我估计。”

“好！”她拍了拍手，她的精神这时完全恢复了，“我必须去为阿诺特先生做准备了。把酸辣酱放在银色的船形调味碟里，记住他喜欢浓茶，所以要放很多茶叶。”

我点点头，思绪又回到我偷的那本书上。趁哈蒂还没发现，趁上帝惩罚我之前，趁我还没被当场抓获并吊在绞刑架上，我必须把书送回厨房。

第三十一章

伊莱莎
鱼蛋烩饭

阿诺特先生（我现在叫他埃德温）已获悉一些坏消息。虽然他不像平常那样幽默欢快了，但他对鱼蛋烩饭的喜爱还是和以往一样。我自己的状态也不好，我仅有的一本诗集被母亲私藏，我好不容易找到后自己又乱放，忘记放在哪里了。母亲坚持认为拿走诗集并藏起来是为了我好，她以为我不知道她把我的诗集藏在哪里，也不清楚她把秘密钥匙放在何处，其实两者我都知道。昨天晚上我非常渴望记住自己曾经是谁、现在是谁，其实只需看一眼自己写的诗行，答案就很清楚。

我本来好不容易从母亲那里找到了诗集，重新读起自己写下的那些微不足道的诗句，重温那段可怕的时光，正是写诗才使我不至于精神失常，可现在我又把这本诗集弄丢了。母亲却说阿诺特先生绝不能知道我在写诗这件事。但是这算什么婚姻？他可以不爱我，我也可以不爱他，但我们肯定要彼此信任，还要诚实！我有种奇怪的感觉：我人格里的一切，我的韧性、我的勇气、我的胆量，正从我身上被窃走、被抹去，我将再也不知道我是谁、我是什么。我似乎要嫁给一个并不了解我的人，在不能被他了解的空白部分，正潜伏着巨大的令人寒心的耻辱。

母亲是全然务实的，坚持说为了家人我应该嫁给阿诺特先生，并提醒我，婚姻会带给我金钱，受人尊重并有尊严，还会保护我，让我不再孤独。当说出“孤独”这个词时，她声音颤抖，噙着眼泪。“父亲快从加莱回来了。”我安慰她说。但她突然接过话头，提醒我说，我们仍然受制于父亲的债主，包括伊普斯威奇的酿酒师和屠夫，他们没能从那场拍卖会拿到钱，当时我们的全部家当都在那里，杂七杂八的人就像一群小嘴乌鸦任意挑选。“只有婚姻和金钱才能带来自由，伊莱莎，”她一边说，一边用手轻拭红红的眼睛，“没有它们，你会变老，变得很孤独很痛苦，成为令人讨厌的老处女，为了微薄的薪水不得不为他人服务。”当她说这话时，我又听见了那些粗俗下流的声音，从酒馆就开始跟着我，满是嘲弄和讥讽：“有一个来自汤布里奇韦尔斯的老处女……”

“伊莱莎，我亲爱的。”埃德温把他的手放在我的手上，多么温暖宽大的手，一丝震颤从我的脊柱上掠过，我渴望把头靠在他的胸膛，感受他稳定的心跳，被他拥入怀中。脑子里一闪而过的念头中，我把他想象成了一道食谱：一个有钱的鳏夫，配有两栋漂亮的房子和 3 家生意兴隆的公司，娶一位 36 岁的失败女诗人，她父亲已经破产，名誉扫地，还有一个善于理家却在欺骗人的母亲；撒上 3 个秘密撒播开来，紧压他，搅拌……

“是的，埃德温，亲爱的？”

“我想为你在伦敦的一家女裁缝店开一个账户，作为阿诺特夫人，你需要添置新衣。”

我低头看了看自己的穿着——透过他的眼睛看。那是一身过时的衣裙，陈旧、破烂，只有老处女才这样穿。

“还有珠宝，我还注意到你没有什么首饰。阿诺特夫人应该珠光宝气，挑你喜欢的珠宝就好。”我该如何告诉他，我曾经选择卖掉我的珠宝，却保留了我的诗集？我该如何告诉他，当我穿着棉布围裙，检查支架上的兔子或送来的新鲜鲈鱼时感受到的快乐？我必须告诉他，我必须诚实……

“请允许我做一些慈善工作好吗，埃德温？如果我不能帮母亲照顾寄宿客人，我需要做一些事情让自己充实。”

这正是我提及珠宝和衣服的原因。他拍拍我的手，说吃得太饱了，随即把只吃了一半的鱼蛋烩饭盘子推到了一边。他这漫不经心的动作，以及刀子在盘子上刺耳的刮擦声，使我感到一阵突如其来的愤怒。一条硕大的多宝鱼死后，要被小心翼翼地开膛破肚、清洗、去鳞、清蒸、切片，你才可以吃，我任性地想。我还回忆起安在一小时前品尝这道菜时的表情，几乎是狂喜、蒙受赐福的表情，毫无疑问，那是她第一次品尝多宝鱼。

我把自己的手从阿诺特先生的手中抽回，开始用餐。鱼蛋烩饭堪称完美，加了香料，味道浓郁，抹了黄油，润泽多汁。我的思绪飘忽不定，开始琢磨在我的书中把鱼蛋烩饭放在哪部分最好：外国菜还是鱼类？或者应该放在早餐部分？然后我想，我即将不是伊莱莎·阿克顿——一本综合烹饪书的作者，而是要成为埃德温·阿诺特的夫人。

在我添置好所有服饰后，我坚持问道:“我可以做一些慈善工作吗?”

“你那时会很忙，恐怕大大超出你的预期，亲爱的伊莱莎。我有许多雇员和商业伙伴，必须哄他们开心。作为阿诺特夫人，你的女性魅力将发挥得淋漓尽致，”他咯咯地轻声笑着，仿佛因为知道一些我不清楚的事情而偷着乐，他继续说，“自从我前妻去世后，我一直在这方面很懈怠，只在我的俱乐部招待客人，但那里没有家里的亲密氛围，”他停了一下，用餐巾纸擦了擦嘴角，“我担心我的商业对手们已经抢先一步，因为在俱乐部我不能接待女眷。而我最重要的竞争对手的妻子非常勤奋，她经常在家为女士们举办午宴和晚宴，已传为美谈……”

顷刻间，我看见了不是在裁缝店和制帽店的阿诺特夫人，而是作为女主人的阿诺特夫人。我看见自己身着最时尚最华丽的衣服，主持张罗一桌宴席，桌边坐着埃德温最重要的生意伙伴和他们精心打扮的妻子。我还看见桌子上蚀刻着波希米亚画风的玻璃器皿、价格高昂的旋转银质烛台、骨瓷餐盘，还有抛光的餐具，它们像黄金一样闪闪发光。这难道不是我一直渴望的生活吗？这不正是为我而设的生活吗？不正是我受教育而为之准备的生活吗？

“我的家保持得过分干净，但是缺乏……特色，缺乏女人味，缺乏那些稀奇古怪却让人感到温馨的小玩意儿。我需要你，最亲爱的伊莱莎，来为我做这一切，”他握住我的手指，继续说，“你可以任意布置我的房子，换掉床上的帷幔，订购新的窗帘，购买一些土耳其地毯或买一架新钢琴。”

“那确实很慷慨，”我喃喃道，“那你的法国厨师会反对我监督他烹饪吗？”

“哦，他会有点儿不适应，因为他是法国人，”阿诺特先生说，恬淡地微笑，“但你可以幽默些，跟他说法语，让他准备女士们的午宴和奢华的晚餐，以展示他法国人的天赋。”

“仆人呢？”我试探地问，“我可以更换他们吗？如果我想的话？”我自然想到了安。但是他刚刚关于那位法国天才大厨的话让我感到不安，我宁愿雇用一名好的家庭厨师……安正在成长为那样的厨师，一名好的家庭厨师会和我这样的女主人相处愉快，虽然我有些小怪癖，而且要求严格。

“你可以更换任何一个不满意的仆人，”他最后捏了捏我的手指，推开咖啡杯，把餐巾从脖子上扯下来，“除了路易斯，任何一个都可以更换。”

“谢谢你。”我说，他的话抚平了我紧皱的额头。我还想问阿诺特先生最后一个问题——我是否可以写诗。但是为什么我需要得到他的许可？为什么我不能在他工作时写诗？我既不挑选衣服，也不招待他生意伙伴的家眷，也不为他的房子增添异想天开的装饰，难道这不就是我结婚的理由吗——为了自由？

“哦，亲爱的伊莱莎，”阿诺特先生凝视着我，“我真的很高兴，找到了躲在汤布里奇的你，你就是阿诺特香料公司的财富！”

一想到香料，我就感到欣慰。至少作为阿诺特夫人，我将拥有最纯正、最新鲜的香料。

第三十二章

安
有潮虫的韭菜

在伊莱莎小姐陪阿诺特先生吃最后一顿早餐时，我冲向阁楼上的寝室。哈蒂把寝室搞得很乱，她一贯如此。她没有铺床，睡衣扔在地板上，水壶里的水溅了出来，破烂的小地毯皱巴巴的，房间里的便盆没有清理，散发着恶臭。然而，我没有时间纠结哈蒂的乱七八糟，用力拉起床垫，伸手到下面去取伊莱莎小姐的诗集。

我计划把诗集放回厨房，告诉伊莱莎小姐我是在碗橱上找到的，就在鱼盘后面，希望她会糊涂，不记得自己并没有把它放在那里。我知道这很阴险，但我想不出更好的办法。手里这本书好像正呆望着我，在指责我，它仿佛看穿了我在做什么，只要我做，它就会大声说出去。诗集是用丝绸装帧的，矢车菊颜色的封面上印着漂亮的烫金字："伊莱莎·阿克顿的诗歌"。

我害怕哈蒂突然闯进来，所以我背靠在门上，缓缓翻开封面，第一页声明印刷者是伊普斯威奇的理查德·德克先生，下一页是诗集名和她的名字，字体典雅，线条清晰。我知道我应该立即停下来，应该征求伊莱莎小姐的同意，自己现在的行为就像一个惯偷，但似乎有什么东西在用力拉着我，我好像被一条大河的水流承载着，身不由己。我用手指划过书上的字母，心里猛地一颤，不清楚是出于恐惧、忏悔还是兴奋。

我翻到第一首诗，一边读一边用手指在每个单词下面划过，嘴唇也在跟着动。过了几秒钟，我才明白词的意义。每当词义显现，我就会合上书，感到惊奇和迷惑。然后我再打开书，继续阅读。

过了一会儿，我已滑坐到地板上——在诗句里感受到她的痛苦太过深重，令人震惊、极其可怕！她说想死，说“不得不再次走向冰冷阴暗的世界，成为这些情感卑劣可耻的奴隶：悔恨……可怜……羞耻……鄙视……奴性的内疚”，我感到很困惑。在我看来，伊莱莎小姐已经拥有了一个人想要的一切。她没有遭受过饥饿的折磨吧？她是否曾经冷得发抖而无法入睡？她是否曾和发疯、赤裸的母亲绑在一起好几天？然而，她似乎经历了比我更深的痛苦。

我想，我其实并不了解她。我从来没有了解过她一丁点儿，虽然在厨房并肩作战的日子里我把她当作“朋友”……我一下子觉得自己好渺小、好遥远，仿佛我已经升到了天堂，正在向下俯瞰，一切都变得微小，挤在一起。

我急速地合上书。好奇心已经退去。我刚才偷窥了她的灵魂，我为自己的行为感到羞愧，她的诗句与其说是用冰冷的黑墨水写成，不如说是用鲜血写就的。除了羞愧，我还感到迷惑，仿佛站在移动着的沙子上，似乎我的生命中所有那些确定的东西都已消失。

我把书放在围裙下面，匆忙从后面的楼梯下去，到了厨房。多尔比夫人已经来取该洗的衣服了，正在用床单捆绑衣物，多尔比夫人的手臂红红的，肉鼓鼓的。哈蒂正端着肮脏的瓷质早餐托盘到洗碗间让小丽兹清洗。

“来洗这些漂亮的韭菜，安。”她对我说，同时扭头看了看桌子。桌子上的韭菜是我见过的最泥泞的菜，有黏稠的土块，还爬满了潮虫，要花一个小时才能洗干净，到时候手会被冷水弄得生疼。但今天我很高兴能洗韭菜，因为这样可以分心。我突然感受到一种特别的……对韭菜的友爱之情，对哈蒂、小丽兹以及多尔比夫人的友爱之情。

我把诗集偷偷塞到鱼盘后面。当伊莱莎小姐进来时，我装作清白无辜地说道:“你在找的那本书，我找到了。”

她顿时如释重负，脸庞像蜡烛一样亮了起来:“哦！安，书在哪里？”

“在鱼盘后面，”我一边说，一边使劲盯着韭菜，把潮虫刷掉。我当时感到很无耻，很卑鄙，脸上火辣辣的。

“真奇怪！”伊莱莎小姐说，“不过总算放心啦……这是我唯一的副本。”她走到橱柜前，仔细看了看鱼盘后面，然后拿出她的书。

“现在阿诺特先生走了，有新寄宿客人来吗？”我问，想尽快转移话题。

“如果一切进展顺利，我们就不再需要寄宿客人了，”她温柔地微笑，若是平常看见这样的笑容，我心灵的每个角落都要融化了，但此时此刻我只有罪恶感，她继续说道，“阿克顿夫人认为，我们现在应该停止招收寄宿客人，要把所有精力集中放在阿诺特先生身上。但我……我不太确定。”

我什么也没说，因为她似乎在自言自语，而不是对我说话。我把韭菜拿到洗碗间，开始清理外层的叶子以及粘在韭菜上的泥块，还有藏在里面的潮虫。哦，主啊，请原谅我，请原谅我。我必须说出来：保佑她幸福，请保佑她幸福。

第三十三章

伊莱莎
橙花马卡龙

今天是她的生日。由于我们没有寄宿客人，我可以坐在床上尝试写一些诗句。我首先写了一首诗给她，但每一个字都显得很单薄无力。写好的第一个诗节如此笨拙，毫无新意，错误百出，我把它撕成碎片。我不禁怀疑，所有那些悲伤，曾经那么强烈、那么敏锐的感觉，已被深深植入我的体内，挤进了我的心脏和肋骨之间的狭窄缝隙，以至于我现在几乎感觉不到那些悲伤。仅仅是一种钝痛，不足以写成一首诗，或者说，我已不再是一个诗人？

这些问题让我心烦意乱，但是一穿上衣服，进了厨房，我就感觉好多了。最近我已经觉察诗歌创作恰好映照了厨房里的创作——那种真正鲜活的感觉，全情投入地活在当下的感觉。这些也同样适用于我专心地烹饪一道菜，或者措辞完美地写一道食谱。以前我发挥写诗的天赋，现在我发挥烹饪的才能。所以，如果我不能写出好的诗句，那么我将以她的名义烘焙一个蛋糕。于是我开始动手工作，打算测试一个苏打蛋糕的优良配方。

“我需要新鲜黄油、过筛的糖、去掉沙砾和果柄的醋栗，以及3个搅拌好的鸡蛋。”我对安说。

这女孩比平时更安静，她低垂着头在整理和清洁醋栗。“我们正在测试一个苏打蛋糕食谱，”我解释道，“还需要磨碎的肉豆蔻、新鲜柠檬皮，以及没有象鼻虫的干面粉。”

“是……是……为了烹饪书吗？”她蹙眉看着醋栗罐子问道。

“是的，”我坚定地说，“苏打蛋糕类似原味磅蛋糕，但价格要低得多，而且健康得多。”

我梳理了亨德森先生、格拉斯夫人和凯奇纳博士的食谱，并对数量做了一些记录。我正准备重新计算面粉重量时，前门的门铃响了，声音悠长且不慌不忙。一分钟后，哈蒂出现了，像平常一样激动得喘不过气来。

“夫人请你到客厅去，索普牧师和索普夫人都来了。需要我用托盘端来热巧克力和黄油烤面包吗？”

我烦躁地扬起双手：“我正准备测试一个苏打蛋糕配方！他们为什么在这里？”

哈蒂盯着我，心慌意乱，然后大着胆子说：“是为了谈你的婚礼，伊莱莎小姐。”

我摇摇头以示歉意。“我不是对你发火的，哈蒂。安，你必须尽力继续做下去，”我解开围裙，把它扔在桌上，然后补充说明，“不要上热巧克力或黄油烤面包，拜托，那样会延长他们的拜访时间。”

到了客厅，场面却并不像我料想中的那样。索普牧师踱着步子，双手在背后紧握。索普夫人端坐在沙发上，喋喋不休。当我进来时，她停止了讲话，脸上的淡笑也如雕塑般突然冻结。房间瞬间沉默，我突然有一种预感：他们不是来讨论我的婚礼的。

“伊莱莎，亲爱的，牧师想和我们谈谈安·柯比。”母亲对我说道。

我身体僵硬，费力地支撑着自己。母亲向我打手势，示意我坐下，她腰间的铁钥匙咔嚓作响。

索普先生露出剔得很干净的牙齿，抚摸着胡须，说：“安·柯比的父亲被指控偷猎，他捕兔子时被穆里奇先生手下看守猎场的人现场抓获。”

我对他嫣然一笑：“这和安有什么关系？”

索普夫人用一块花边手帕遮住嘴咳嗽。“我亲爱的丈夫为柯比家做了很多事，他忘记提到柯比先生被抓时是醉醺醺的。我们认为，如果安回到家里，照顾她父亲让他远离麻烦和醉酒，可能会更好，我们都清楚未婚女儿对父亲的责任。”

“我不打算放走安。等我离开这个教区，成为阿诺特夫人，安·柯比将和我一起离开这里。”我的话铿锵有力，在我耳边大胆响起。成为阿诺特夫人……不再背负未婚女儿的责任。

母亲从椅子上站起来，神色十分慌张。“什么都还没下定论，亲爱的。如果安·柯比遗传了她家族的糟糕血统，我们不能让她受到阿诺特先生财富的诱惑，以及伦敦的……堕落的影响。”

我盯着她，他们这种自以为是的傲慢和毫无同情心令我很震惊。我想，当我成为阿诺特夫人，我决不会成为他们这样的人——自私残忍、心胸狭隘……

“母亲，我结婚后，将自己做决定，”我说，“阿诺特先生已经说过，如果我愿意，我可以选择自己喜欢的仆人，解雇他原有的仆人。”

“包括那位法国厨师？”她挑了挑眉毛，我很清楚，我和阿诺特先生每次的晚餐谈话，她都在偷听。

索普先生在伸屈手指，指关节发出咔咔声。“请原谅我们的贸然来访，女士们。索普夫人和我都为我们教区的风清气正感到骄傲，希望我们教区一直保持风清气正的风尚。”

“当然，”母亲说，“我女儿所说的并不都代表她的本意。”

我皱眉，双手手指缠结在一起，忍住说话的冲动。

索普夫人露出假笑，说：“你失去了丈夫，阿克顿小姐失去了父亲，你们都非常不容易。”

我收紧下巴，紧闭眼睛，脸色阴沉。所有这些都是谎言……但母亲看起来很悲伤，她对着墙上印有“我们相信上帝”字样的镶框样本做了一个手势。我等着她说出“上帝让他的灵魂安息”之类的话，令我欣慰的是，她还没厚颜无耻到敢这么说。

“柯比先生会怎样？”我问。

“他将受到穆里奇先生的惩罚，”索普牧师再次弯曲他的手指，每个指节都像枪声在咔咔作响，“罪行较轻，通常要被关进囚船，终身流放。”

“我相信他的生活极其贫困。”我尽量用轻柔、平和语气说。毫无疑问，他是为了糊口才去诱捕兔子。

“他偷了兔子，阿克顿小姐。偷窃是犯罪。”索普夫人从沙发上站起来，调整了一下她的尖顶帽子，仿佛她已经厌倦谈话，想离开。

“但穆里奇先生肯定有数百只野兔，”我抗议道，“如果安不愿意照顾她父亲呢？”

“你的口气像个法国革命家，亲爱的。”母亲的笑声显然有些紧张。

我没有理会她，而是直视索普先生，他还在屈伸手指。

“教安读书写字的母亲呢？她也是重罪犯吗？”我问道。

他什么也没说，只是猛地拽了一下他的食指关节，然后向母亲鞠躬告辞。

母亲送走他们回来时，气得浑身发抖。“你为什么要这样争论和反对，伊莱莎？你很清楚我们所处的窘境。你很清楚，我们不能在当地的乡绅和神职人员中树敌。”母亲不满地说。

“你觉得我关切我们目前的‘困境’吗？”我冷冷地说，“你忘了今天是什么日子吗？”

她表情剧变，脸上闪过一丝善意和理解的神色，但随后又变了，变回冷酷无情和固执己见的神情，我们同意对此守口如瓶的，永远。她看向别处。

“我想对阿诺特先生说实话，”我说，“如果他对此事不知情，我怎么能嫁给他？”

“我们曾讨论过并达成一致的，已经很多年了。如果阿诺特先生听到任何这方面的消息，放心，他一定会取消这桩婚事。那我们怎么办？你父亲呢？还有你的姐妹们，她们继续在全国各地做家庭教师谋生吗？”她向我走来，把一只手放在我的背上，“我们必须理智，亲爱的。一旦你结婚了，手指上戴着戒指，也许有了孩子，你可以决定是否提及你的过去，但在那之前不可以……”

我把她的手从我背上甩开。“好的，但我正在烘焙一个蛋糕，纪念这一天，为了纪念她。”

她没说什么，仆人们绝对不能听见任何事情……她快速地走出门，挂在她腰间的铁钥匙发出愤怒的叮当声。

在这突然而至的寂静中，一些往昔的话语滴答一声进入我的脑海：

不要让挂念在我身边萦绕不散。

遮蔽了你片刻的极乐。

紧接着，我想起橙花的味道：新采的橙花，从茎上摘下，迅速剪成小片，放入新鲜的里斯邦糖，和新鲜鸡蛋清一起搅拌打发直到像座小雪山。橙花马卡龙，我心想。苏打蛋糕太沉闷了，我应该为她做橙花马卡龙。

第三十四章

安
一个精美的苏打蛋糕

我从烤炉取出苏打蛋糕。厨房充满了肉豆蔻的味道和甜甜的香味，像羊毛毯一样温柔地包裹着我，也像小时候当冰霜凛凛时，我躺在妈妈怀抱里的感觉。我用一把小刀的刀身小心翼翼地把蛋糕从烤模里推出来。这时哈蒂跑了进来，满脸通红，眼睛瞪得大大的。

“他们谈论的是你，安·柯比，与小姐的婚礼无关！”

“我？”我立刻想到爸爸和他的酗酒，然后是妈妈和她的精神错乱，我又想到伊莱莎小姐的诗集……我感到全身皮肤冰冷。是我把它放在床垫下时被人看见了吗？上帝是否已看见并向索普牧师报告了？哦，主啊，我肯定会被烧死在地狱里！

“是的，你，安。你没去教堂吗？”

我摇摇头，感觉嘴里干燥得像秋天的枯叶。

“你一定是干了什么事，否则他们为什么会来这里谈论你？”她的眼睛眯成了一条小缝，“你是不是偷拿了烤肉油滴或一些蜡烛？”

我不能开口，因为我确实拿过一些东西。

“我们不是朋友吗？”哈蒂用狭长的眼睛盯着我，“你可以告诉我，安。”

我耸耸肩，心虚地说道：“我没拿任何东西……”

“很可能只是突然提到了你的名字而已，”哈蒂咧嘴一笑，仿佛她之前的怀疑都烟消云散了，“是他们帮你找的这份工作，对吗？”

我点点头。

“不管你在哪里工作，他们总会认为你从他们那里偷了东西，首先会搜查我们的房间，所以如果你把家里的银器放在那里，最好现在就拿走。”她笑了，好像在说什么有趣的事情，然后她捏了捏我的手臂，拉直她的围裙，出去打了一桶水。

我等着伊莱莎小姐回来，坐立不安。我筛了一桶木炭灰，又从白镴烛台上刮下昨晚的蜡，再从塔糖上刮下糖粉，撒在蛋糕上。我掸去碗橱台和开放的架子上的煤灰，又把一些煤填进炉膛，把银茶具摆出来擦亮，包括茶匙、糖碗和形状有点卷曲的牛奶壶。

当伊莱莎小姐回到厨房时，她的举止显得很怪异。她脸色阴沉，眼睛微红，脖子上有红色的斑点。几分钟后，伊莱莎小姐哼了一声，在笔记本上匆忙地涂写着，她说：“安，往蛋糕上插一根蜡烛。”

“一根蜡烛？”我说，吓了一跳，“插在蛋糕上？”

“是的，一根上乘的蜂蜡蜡烛，而且要用一根完整的蜡烛，不能用剩下的残烛。”

她的指示让我困惑。蜡烛很贵，她为什么想在蛋糕上放一根呢？这毫无意义，蛋糕肯定会被滴下的蜡弄坏的。我不知道自己是否听错了，她像是读懂了我的心思，解释说：“这是我在旅行中遇见的欧洲大陆习俗，你先在蛋糕表面挖个小坑，然后放稳蜡烛。”然后她走到碗柜，拿出她的小钱罐，拿出5先令，放到厨房桌上。“你父亲需要钱，”她说，“这是给他的。”

我如释重负，终于放下了心，看来他们没有谈论爸爸的酗酒和妈妈的精神错乱，也没有发现我偷拿了伊莱莎小姐的诗集。但随后我头脑又陷入了一片迷雾：她为什么突然要给我爸爸钱？她为什么看起来如此沮丧？

她又读懂了我的心思，说：“你父亲因为偷猎陷入了麻烦，5先令应该可以买回他的自由。”

“你是听索普牧师说的吗？”我不敢去看她的脸，我知道偷猎是十恶不赦的罪行，爸爸当时肯定已经饿得半死，不然就是喝得醉醺醺的，他肯定不知道自己在做什么。我把5先令塞进围裙的口袋，羞愧得脸颊发烫，又因为担心而全身发冷。

“是的，”她说，“索普夫妇希望我把你送回家，从而协助你父亲远离犯罪和酗酒。”

我咽了口唾沫，然后深吸了一口气。我要怎么跟她说，虽然我爱爸爸，但我不能回到以前的生活，我不能离开我们的烹饪书？我要怎么跟她说，除了杰克寄来的钱，我们家没钱，爸爸不能像其他男人一样在田里干活儿，因为他只有一条腿。

“他开始喝酒是自从你母亲……离世后？”

“是的。”我说，声音很低很轻。我为这个谎言而恨起了自己，我不仅在说谎，我还否认了妈妈的存在，是我谋杀了她……我恨自己变得不想回家，恨自己因为有这样的爸爸而觉得羞愧。

“我也是这么想的。”伊莱莎小姐走到桌旁，把手放在我的胳膊上，这让我无法忍受。我感到身体的每一处都在萎缩。我尽管渴望得到她的安慰，但此时内心充满了厌恶：我讨厌爸爸，讨厌索普夫人！正是他们要我承诺永远不能提起妈妈的疯病，我厌恶这个充满谎言的世界，但我最厌恶的……是自己。

“我会找到那根蜡烛的，伊莱莎小姐。”我说到，然后以最快的速度从厨房消失了。

这间食物储藏室很阴暗，因为只有一扇用网罩着的高高的小窗户，薄薄的光线透进来，在石板上晃来晃去。但有足够的光线让我看见自己在银盘中的映像，我讨厌看见自己这张自私的脸——我撒谎，还偷窃。

当我带着一支上好的蜂蜡回到厨房时，伊莱莎小姐正笔直地站立着，在看一封信。“我们将去伦敦的阿诺特先生家做客，安，”因为这个好消息，伊莱莎小姐美丽的脸庞又焕发出了光彩，她的眼睛像鸟儿的眼睛一样明亮，笑容非常灿烂，笑得合不拢嘴，“这不是我们今天应得的好消息吗？”

“是的，伊莱莎小姐。”我说，心想她所说的“我们”一定是指她和夫人，而我很快就会被她抛弃，回到我那偷猎和醉酒的父亲身边，回到那间寒碜的小屋。无疑，阿诺特先生已经有很多仆人了，伦敦的女仆都不会像我这个可怜的乡下女孩有这些蠢念头，她们的父亲都很体面，至少买得起啤酒，不会偷窃。

“我们会见到他的法国厨师，”她说，“还要看看他的房子，这样我就可以提出装修的建议。他确实是个慷慨的人！他也邀请了你，安。他知道我是多么看重你。”

我目瞪口呆地看着她：“我？去伦敦？你是说我也要和你一起去伦敦，小姐？”

她点点头，然后继续看她的信，而我则站在那里傻笑了起来。可爸爸跌跌撞撞的形象突然浮现在我的脑海：我不在的时候谁照顾他？但是很快，爸爸又从我脑海中消失了，我只想着去伦敦。我终于要去伦敦了！

“我们将在下周离开，”几秒后她说，“也许到时候你可以顺便去看看你哥哥？”她放下信，微笑着。然后她做了一个我从未见过的动作——她提起裙子，在厨房里跳起了吉格舞。虽然我也很想跳，但我只是盯着她看。当她发现我在凝视她时，她停了下来，把裙子拍干净，又整理了一下她的头发，告诉我把蛋糕放在玻璃台上，再把蛋糕和蜡烛一起送到客厅。我照做了，我的手尽量保持平稳，因为一想到可以在伦敦见到杰克了，我就兴奋得心跳加速，即便爸爸的影子又悄悄回到我的脑海里。想到爸爸，我浑身再次变得冷冰冰、潮腻腻的。

第三十五章

伊莱莎
饰有鸡冠的圃鹀

阿诺特先生的房子坐落在阿尔伯马尔街。我走下马车的那一刻，就被它迷住了。台阶被擦得雪白，百叶窗新刷过油漆，黄铜门把手闪闪发光。整个临街的正面都很整洁，打理得很好，甚至连人行道都被清扫得干干净净，不像伦敦其他街巷那样满是骨头、粪块、发霉的老鼠和腐烂的蔬菜垃圾。

阿诺特先生穿着一件绣花马甲，闪亮的纽扣鼓鼓的，他从台阶上跳下来。我感到一阵喜悦——这里将是我的家！就是在这栋房子，我将——终于成为一个女主人！

“欢迎！欢迎！”他大声说，向母亲和我鞠躬。安和脚夫卸下我们的行李，我和母亲则被领进屋里，一排穿着制服的仆人在那里走动着，不时盯着我们看：女管家、男管家和 6 个女仆。他们鞠躬致意，阿诺特先生似乎不记得他们的全名，所以女管家必须站出来，用方言（好像是苏格兰语）做介绍，我其实听不懂。在他们身后，一座长壳钟发出滴答声，钟面上有一个小天使脸庞的画像，一张桃花心木桌子被一只插满鲜花镶有金边的花瓶压得吱嘎作响。厚厚的镀金相框里是一幅骑着马的男人的照片，挂在墙上作为装饰。数以百计的蜡烛从带柄烛台和两个闪闪发光的吊灯里散发出光芒，女仆、家具、鲜花、地毯和画作如潮水涨落般出现，前一分钟还在阴影中，后一分钟就被涟漪般的光影照亮了。我侧身看了看母亲，可以看出，她正在计算每件物品和每根上乘蜜蜡蜡烛的价值，因为她的手指在裙子上一个接一个地抬起又落下。

我们从餐厅开始参观，地板擦得很亮，墙上挂着厚实的镜子和画像，12 张配有褐紫红色皮革套子的餐椅围绕着一张长桌，两端分别有一个带铜脚轮的桃花心木自助餐分菜器具，还有一个银质的树枝形烛台，环绕着的一圈小菠萝是烛台的装饰物。壁炉旁边有一个巨大的加热食物的暖箱，上面绘有一位迷人的、用华丽的扇子半遮住脸的中国女士。

“我以为你不会招待客人呢。”我带着一丝调情的口气说。母亲赞许地点点头。

“一切都保持着我妻子生前的原貌。你可以改变任何不喜欢的东西。”他大手一挥指着房间。这里没有什么时尚的东西。

“印花布窗帘比百叶窗更好，百叶窗显得太朴素了。”母亲说。

“不需要任何改变，”我说，“我不能容忍任何形式的浪费。”母亲这时瞪了我一眼。

从餐厅出来，我们进了晨室，然后是客厅，再是图书室，令我诧异的是那里的藏书少得可怜。当我们离开时，阿诺特先生说：“我不能让你看我的寝室，稍后你会看见你自己的房间，所以我想这次参观就到此结束。现在，来点儿茶怎么样，女士们？”

我鼓起勇气，咳嗽了一声，双手搓在一起，问道：“我想看看厨房，亲爱的埃德温，可以吗？”

妈妈又瞪了我一眼，然后用她那副极为傲慢的口气插话道：“我亲爱的伊莱莎，厨房是给仆人用的。那些时髦的伦敦女主人从来不看厨房的，是吧，阿诺特先生？”

“我相信是这样的，”阿诺特先生笑着说，“但如果你想看，你可以去看，而且我敢说你看过一次就再也不想去看了。”

母亲很是生气，没精打采地从楼梯走下去，用鼻子使劲地呼吸。在建筑物后面，我们来到一段阴暗狭窄的石阶前，她说道：“我不会再往下走了，谢谢你，阿诺特先生。”

阿诺特先生看起来很不自在，似乎不知道该怎么办。“也许我们应该留在楼上，”他说，“路易斯不喜欢我出现在厨房附近的任何地方，我虽然有酒室和银室的钥匙，但我不会来厨房多管闲事。”

“那么你和母亲待在一起吧，我去看一眼。”我说完就匆匆走下台阶，来到厨房外的走廊，矮矮的天花板沾满潮气。在储藏室外面，可以闻到厨房的味道，感觉热量溢了出来，能闻到厨房里煨炖汤锅的浮沫味、煎炸的洋葱味，以及羊肉脂肪味。在这些气味之下，混杂着切碎的迷迭香叶的木香味。

厨房外面被漆成蓝色，但里面的墙壁和天花板被烟熏得黑乎乎的。狭窄的椽子上挂着一串串洋葱、腌制的火腿、长串的干鼠尾草和月桂叶，还有用线连成串的红辣椒垂下来。一面墙上挂着桶和罐子，另一面墙前则有一个巨大的橱柜，里面塞满了锅、铜质的果冻模具，以及各种形状和尺寸的盘子、盖子、滴水盘、磨碎机、锅、糖钳、调料罐、饼干压平器、过滤机、毛筛等。桌子上有成堆的木板、刀子、糕点盘，几根擀面杖，还有一卷细绢筛滤布。

一丝暮光从一扇高高的窗户落下，透过光线我只看得见外面人行道上过路人的鞋子。这与博尔戴克之家的厨房完全不同，那里空间高且通风，各种食物的不同味道混在一起彼此很协调且好闻。而在这里，光线昏暗，空间局促、低矮，仆人们在乱哄哄地争吵。虽然我们旅舍里的厨房也只有一扇朝北的窗户，但是我一直将它打开，为的是让新鲜空气健康流通。而在这里，窗户没有玻璃，是栅栏式的，不比鱼缸大，墙壁上流淌着蒸气，整个房间就像一个微型火炉，炎热、潮湿、缺氧、有毒。

“谁在我的厨房里？”我听见了清晰的法国口音，走进来的这个人，我想应该就是厨师路易斯，后面跟着一个女仆，手里拿着一盒海煤。他个子不高，尽管如此，还是投下了一个长长的阴影。

“我是阿克顿小姐。”我说道。想必他早已知道我的名字——他肯定已经被详细告知过了，和其他排队欢迎我们到来的家仆一样吧？

他上下打量着我，好像无法判断我是从商贩专属门口进来的还是从前门进来的。然后，他用手用力地推了推浓密的黑发，说：“是的，阿克顿小姐。这是我10年来第一次听人说法语。”我迟疑了一秒才反应过来，但很快注意到他的围裙很脏，沾满了血和油脂。很奇怪，他竟然没有去换一条新围裙。

“你的厨房需要更多空气，女仆们在这里会窒息，你也一样，”我说，尽管他傲慢地凝视我，但我继续说道，“如果你不反对的话，我想现在就去看看食物储藏室。”

“我反对。”他很无礼地说。刚刚一直在铲煤的女仆此时从炉子上抬起头，哧哧地笑了起来。

我直起身子，把下巴抬起来一点儿。“很好，路易斯。但是我必须告诉你，当我成为阿诺特夫人后，我会对造访厨房很有兴趣。”

“主人一直称我为‘大厨’，”他说，“拜托，我希望你也这样称呼我。”女仆再次哧哧地笑了，打了个嗝就溜走了。

我点点头，对他们的粗鲁和无礼感到震惊，伦敦的厨房都是这样的吗？

“前任阿诺特夫人从不来这里。”路易斯说，他的手再次滑过头发，他的指甲边沾满泥土，指尖被染成了灰黑色，就像他一直在拨弄的红色卷心菜一样。我有一种难以抑制的冲动，想指出那样摆弄头发极不卫生，但我还是决定不说。等结婚后再说吧，我暗想。

我打算用不同的方式经营厨房。我小心翼翼地擦拭着脸上的汗水，汗水越来越多，从我的太阳穴流下来，是因为炉子太热，还是由于他的无礼，我不确定。

“英国女人不会烹饪，”他说，“你们这些女士可以学画漂亮的画或弹一首曲子，或者学会说我们的语言，但你们学不会烹饪。”

我知道自己应该转身离开，但出于某种原因我仍然站在原地没动。

“英国食物非常糟糕，”他继续说，带着很浓的口音，拖长声调，“不然你以为伦敦的绅士们为什么都要在小酒馆、饭馆和餐厅用餐？因为唯一的好食物来自法国，我们是艺术家，艺术家！”

我惊讶得说不出话。过了一分钟，我终于能开口了：“我不同意你的观点。一旦我成为这里的女主人，我会密切关注阿诺特先生的膳食。”我此时心里既没有感到兴奋，也没有荡漾起满意的涟漪，说出“女主人”这个词后出现这样的感觉，还是头一次。

“你们英国人没有……品位，没有味觉，总是用醋和辣椒粉，来掩饰你们不会烹饪的事实，你们只会下毒。”他把他油腻的手放在喉咙上，模仿掐死人的动作，然后大笑起来。

“我该回到阿诺特先生身边了。”我说道。此时我因为愤怒而浑身颤抖，极度需要氧气，身体在我的新衣服、新帽子、新斗篷和新手套下瑟瑟发抖。

他鞠躬说道:“再见，阿克顿小姐。”

我转过身，颤抖着走上两段楼梯，回到阿诺特先生和母亲所在的地方，他们正在讨论把锦缎窗帘装在晨室是否合适。

“我想要的是，”阿诺特先生说，“在天花板上画上金色的小天使，栖息在一棵英国橡树舒展的树枝上。”他正朝天花板上的玫瑰打手势，这时注意到我站在门口。

“我已经见了……厨师。”我一边整理袖口以掩饰自己的不安一边说。

“嗯……他很‘讨厌’，是吧？我和他之间没什么交集，已故的前妻和他也没有太多交集，但是他厨艺精湛，今天晚上你们就会见识到。”

“他只做法式菜吗？”我想起未婚夫对咖喱和香料的偏爱。

“我坚持每周吃一次咖喱，但他总是准备得很勉强，还会为此生好几天的闷气。”阿诺特先生笑了，母亲也跟着笑了，她看了我一眼，示意我也应该跟着笑。但是厨师刚才的傲慢无礼气得我此刻内心仍在战栗。

“那我能不能问问你付他多少工资？”

母亲的笑声戛然而止。她顿时对我怒目而视，然后张嘴想要说话，但阿诺特先生抢先一步说：“60 英镑，我亲爱的伊莱莎。但他对我来说是不可或缺的，此外，他在伦敦任何一家好的宅邸都可以得到同样的报酬。事实上，我听说梅尔罗斯勋爵为他的法国厨师支付的年薪是 65 英镑。”

他的回答让我无言以对，一位出色的女厨师的年薪也只有 10 英镑。我可以为他节省 50 英镑，只要我能说服阿诺特先生解雇那个讨厌的法国厨师。

“想想你可以举办那些令人艳羡的奢侈晚宴，伊莱莎，”母亲用哄劝的口吻说，掩盖了她眼中冷酷的愤怒，“想想你可以怎样支持阿诺特先生的生意。”

我真想大声说：*请想想我写的烹饪书或诗歌可以帮助多少人！*相反地，我只是闭上嘴，绷着脸。

“这就是路易斯的魅力，”阿诺特先生同意母亲的话，他友善地冲我点点头，“我们永远不需要去厨房冒险！”

晚上，当我们在阿诺特先生的客房准备就寝时，母亲责备我对厨房表现出的兴趣很不得体，关于厨师工资的问题更是不可原谅。

“但如果我是这所房子的女主人，我就肯定需要了解这些事情啊。”

“你手指上还没戴上结婚戒指呢，伊莱莎。你为什么这么耐不住性子，这么爱唱反调，这么任性？”她愤怒地用手指把她的头发推进睡帽，“时髦的伦敦女士从不会操心楼下的那些脏东西。她们魅力十足、言谈风趣，而且冰雪聪明。你也要那样做去维持阿诺特先生在社会上的地位。”

我拉过被子，转身背对着她，掐灭了蜡烛。黑暗中她继续叽里呱啦地说:“你也看见了厨师的杰作……形状像天鹅的烤面包片，饰有鸡冠的圃鸦，一个女人头形状的蛋白酥金字塔……这顿晚餐是特意来款待我们的，伊莱莎。”

“我知道，妈妈。”路易斯的晚餐丰盛奢侈，一顿 6 道菜的盛宴让我几乎无法交谈。

“我看见了你自以为是地戳着汤，”她补充说,“还检查起烤面包片，就像……就像一个医生！你为什么不能像个淑女一样吃饭？”

“食物太多，有一半都浪费了。”我对着枕头嘀咕。事实上，路易斯的食物还停留在我的舌尖上，我知道我一整夜都会咀嚼这些精细复杂的味道，或者在梦中与它们再次相见。精美的烧烤食物的甜味；鱼（或许是菱鲆？）漂浮在上升的温热蒸气云上；切得很细的香草（或是细叶芹）撒在豌豆上，弥漫在每一种酱汁中；把我们的名字刻在如花粉般轻盈的棉花糖上，下面是蛋白酥。谁有能力烹饪这样的食物？

“你竟然纳闷为什么会有一点儿浪费？真的，伊莱莎！你的节俭在这里没有用武之地，你的……品位也是。”

我对着枕头叹了口气，提醒自己某一天这里会是我的家，我将成为一名妻子，而不再是一个女儿。而我曾经设想过的未来——坏脾气的母亲坐在廉价劣质的沐浴椅子上任我推搡摆布，已然被轻轻抹去了，消失了！

第三十六章

安
绅士们剩下的橙香烤面饼

伦敦的房子都是斜屋顶，高高耸立着，黑压压的一片，一英里一英里地绵延开来。道路上各种车子挤来挤去：马车和手推车、驴拉的送水车、出租马车、双轮轻便马车，还有双轮双座出租马车。衣衫褴褛的男孩们在车轮下钻来钻去，拾取人们扔下的苹果核、掉落的法寻①硬币。街上的喧闹声震耳欲聋：数以百计的铁质车轮在鹅卵石上叮当作响，司机的叫喊声，鞭子的抽打声，商贩们无休止的叫卖声，乞丐的哀号声。这一切我都听得很清晰，甚至是在阿诺特先生的地下厨房，哪怕在后面的洗碗间里我都能听见。我只能睡在洗碗间的一张稻草垫上，同屋的4个女仆鼾声四起，还有数百只蟑螂窸窸窣窣地乱窜。

我觉得伦敦是我到过的最脏、最臭的地方。人的排泄物、动物

---

① 法寻，英国旧时货币，1法寻等于0.25便士，约合0.022人民币。——编者注

的粪便、腐烂的鱼、变质的卷心菜的气味，还混有一波又一波的烤栗子、豌豆汤和烤苹果的香味，让我又饿又想吐。在肯特郡，恶臭来来去去，取决于你经过的地方或风的方向；而在这里，恶臭持续存在，所以到了第二天，我已经相当习惯了。

我们到达伦敦两天后，伊莱莎小姐说我可以去拜访杰克。她给我画了一张小小的街道地图，告诉我除了问路以外不能和任何人说话。第二天早上我就离开了，当时夫人和伊莱莎小姐还在她们的房间里。我很高兴能暂时离开阿诺特先生的家，因为男仆们总是抓我的裙子，脚夫们在狭窄的大厅里挤压过我的身体，管家贪婪的手更是已经伸进我的衣襟3次了。

从我独自走在人行道上的那一刻起，我就像一只出洞的兔子，眨着眼睛到处看。那些推车叫卖的小贩对着我吆喝，有羊蹄子、热鳗鱼、带壳的牡蛎、刚出炉的热乎乎的烤土豆、布丁和价格一便士的馅饼、鞋油、萝卜，还有用树皮制成的增发剂、已经凝固的牛奶、带痂的苹果，以及木钉、传单、擦洗过的海贝……五花八门，直到我看得头晕目眩、必须低头走路，也没人盯着我看的时候，我才停下脚步去核实小地图，不再左顾右盼。

当我到达蓓尔美尔街时，我嘴里和鼻孔里已经满是煤烟，喧闹的噪声让我的头突突地抽痛。但当看见改革俱乐部的那一刻，我把这一切都忘了，突然有点儿害怕。这是一座巨大的建筑，非常宏伟和干净。绅士们戴着高帽，衣服上的金色纽扣很是耀眼，手表链子咔嚓咔嚓直响。他们在入口处匆匆进出，随身带着的手杖也嗖嗖作响。

我找到商贩的入口处，说明自己是来找我哥哥杰克·柯比的。

随后，杰克出现了，他吓了一跳，脸色白得毫无瑕疵，在我眼里他就像个天使。他用力地拥抱我，勒得我喘不过气，然后退后一步，好把我看得更清楚些。我告诉他我在伦敦的事情，跟他说我很快就要在这里生活了，他笑得合不拢嘴。我们兄妹俩站在一起，像一对小丑咧嘴笑着。

“我很想你，妹妹，”他说着，递给我一条长长的白色围裙，上面沾满了硬硬的淀粉，“穿上这个，我带你悄悄进去。”他把我带到一扇门前，我在那里快速瞥了一眼厨房。里面像一个巨大的白色舞厅，只是到处都是厨师和仆人，他们都穿着白衣服。一切都那么干净，那么有秩序。屋里有一种奇怪的味道，我无法辨认，但这种味道也是清爽的，不像是腐烂的肉或变酸的牛奶味道。

“那就是他，了不起的法国主厨，索耶先生。”杰克指着一个同样身穿白衣，头上戴着一顶红色天鹅绒贝雷帽的人。他正踮着脚走来走去，戴着戒指的手指在平底锅里蘸进蘸出。“但绝对不能让他看见你，因为他会说你是个冒牌女仆。”

“我是访客。”我愤愤不平地说。

“他会认为你是个冒牌女仆，因为你相貌平平，他只雇用漂亮的女孩。”杰克说，拽着我胳膊让我离开，但我舍不得离开，我只想一直站在这里永远看着那些厨师。他们如此优雅且分工明确：一个人在木板上切香草，再把它传给另一个人；一个人从一个香料罐中拿出一些东西，然后放在一个巨大的臼里捣碎，再传给另一个人；一个人把什么东西从研钵中刮出来，放入一个巨大的平底炖锅里搅拌，然后叫来索耶先生；他尝了尝，并放入一点儿胡椒粉；索耶先生又叫来另一个人，这个人拿着一把过滤的勺子，撇掉炖锅表面的一层东西……“就像……一支舞蹈。”我小声说。

“舞蹈？”杰克转了转眼珠，又拽了拽我的胳膊肘，“你什么时候看见有人跳舞了？”

“我心目中的舞蹈，”我说，“就是大家一起舞动，共同创作、演绎一个故事。”

“我倒希望你能看看那些要送往厨房还没烹饪的食材，你会感到难以置信的，安，它们可以养活整个肯特郡的人一个月呢。来吧……我偷偷把你带到肉食室去。”

“为什么这里不太闷热呢？”我问，我突然意识到自己一直没有闻到烟味，也没有擦汗，不像我在阿诺特先生的厨房时那样。

“煤气，”杰克在我耳边小声说，“现在这里不烧木炭了，所有照明都是用的煤气。你闻不到吗？”

我闻了闻这奇怪的空气，点了点头，问道：“你会煤气中毒吗？”

“很可能会。”他把我引到一个房间，空气冰冷，我颤抖着拉紧围在肩膀的披肩。绵羊、阉小公牛和雌鹿的尸体挂在一面墙上的钩子上；另一面墙上挂着数以百计的禽鸟，它们的爪子上绑着细绳：小云雀、凤头麦鸡、鹌鹑、山鹬、沙锥鸟、野鸭、野鸡、鸽子、山鹑、山鸡和鹅。因此，整面墙都是大量羽毛、喙和爪子。在另一端有一个宽大的大理石架子，上面躺着家兔和野兔，身体舒展，仿佛只是在酣睡。

“这么多肉。”我低声说。我又想起了爸爸偷猎一只兔子的事，他只能独自凭一条腿和木头拐杖搞定，对方还没决定如何惩罚他，尽管索普牧师出面说情了，伊莱莎小姐也让我给了他 5 先令的疏通费。

“这是我今天的工作，我必须剥掉50只兔子的皮，拔掉所有这些家禽的毛，还要把冰柜里的25条鲤鱼开膛破肚。”杰克的手再次放在我的胳膊肘上，带我朝门口走去，问道：“爸爸还在墓地工作吗？”

“是的。”我撒谎道，近乎脱口而出。因为我不能告诉他真相。

“哦！”杰克用手掌拍了他的眉心，“你在这里等着。”他消失在一条长长的白色走廊里。我想，这里所有的东西都是白色的，就像我想象中的天堂一样，多美啊。可我也许再也不能看见天堂了，因为我撒了那么多谎。趁杰克不在，我溜到巨大的白色厨房门前，透过门铰链的缝隙往里面看。索耶先生正在大笑，他的红色贝雷帽上下晃动着。厨师们站在长桌旁，正在切菜、切片、拌和、擀面，其他人则在巨大的无烟炉旁搅拌、摇晃锅子、用长木勺品尝。我想象着自己也是他们中的一员，穿着洁白的制服，每天来这平静的白色之地，做梦都没想到这里会有如此丰富的食物。

杰克回来了，带回一个散发着陈旧血腥味的麻袋。“这是给爸爸的，一些番茄酱和泡菜，还有一些橙香烤面饼——绅士们今天早餐剩下来的。”

我试着找到言辞来表达，我是多么自豪啊，有一个哥哥在这天堂般的宫殿里工作：主人戴着红色天鹅绒贝雷帽，鱼被保存在冰冻的抽屉里。但这些话我并没有说出口。相反，我喉咙哽咽，骄傲、妒忌、悲哀、敬畏，所有这些情感都堵在我的胸腔，使我无法言说。

“你长胖了些，”杰克低下头，说，“我暂时不能寄钱回去，安。

我的房租翻了倍，没有多余的钱了，等我找到便宜些的住处就会寄一些钱回去。”

他说这话时，我有一种奇怪的感觉，觉得自己像被擀得很扁平的油酥面团，连身体里的空气都被挤出了。冬天快来了，而把自己想象成厨师并不能帮助任何人，同样，想象自己在阿诺特先生的大房子里也毫无助益，它们距离我应该在的位置有十万八千里——因为爸爸现在全靠我负担了。

第三十七章

伊莱莎
肉汁羊脊肉

通宵我都辗转反侧，母亲则在我身边鼾声如雷。我和阿诺特先生的厨师路易斯的谈话在我脑海中不断重复并碎裂成片，我仿佛在无数条小路上旋转着走过，相当眩晕。“英国女人不会做饭……我们没有味觉……全是醋和辣椒粉……我们学画画，却不学烹饪。”他那张面露愠色但又让我很熟悉的脸，在我焦躁不安的脑海中来回浮现。最后我终于时断时续地睡着了，还梦回法国，而梦里的他，那个厨师，居然在一个被很多士麦那无花果压得吱嘎作响的摊位下做爱！突然我吓醒了，浑身发热，充满自责。母亲还在睡觉，但光线已倾泻而入，天际呈现玫瑰色和金黄色，我知道已经过了惯常的起床时间。

我迅速穿好衣服，用盥洗台上瓷质大口水壶里的水洗脸，然后走到吱吱作响的木楼梯上。我打算先在阿诺特先生的图书室创作一首诗，继而在我们的订婚晚宴上送给他，这样不就可以消除障碍，坦率地讨论我的写诗抱负了吗?

但我的双脚好像突然得了指令一般，带着我走过休息室的门，走到楼下，继续走着，直到下到通往厨房走廊的狭窄石阶。没有什么声音来打破维持我行走的魔力。没有水泵的嗖嗖声，没有煤炭的噼啪声，也没有关门的砰砰声或者玻璃碰撞的叮当声。相反，我继续前行着，穿过煤窑、酒窖和银器室，穿过盥洗室及其边上的餐具室，穿过洗碗间。所有这些地方都笼罩在阴冷的黑暗中。

这时我听见路易斯的声音，隐约带着讥讽，也充满好奇。

“阿克顿小姐，嗯?”他靠在厨房的门框上，双臂交叉，看着我。

那种魔力被打破了。我在这里做什么？为什么我不在图书室?我转身想要离开，同时准备笨拙地解释自己为何此时待在厨房，但他先开口了:“你想看看我是如何为主人准备早餐的?”

我点点头。“我还想看看安，我的女仆。”

“哦，安,”他说,“她去找她哥哥了。”他的眼睛在我身上转来转去，上下打量，显得十分傲慢无礼。我必须坚持自己作为他未来的女主人的立场，在为时已晚之前。

“很好。”我看了看地板，打算转身离开，登上楼梯去往图书室，但他的声音像一种奇怪的麻醉剂。所有那些关于法国的回忆，我那关于爱情的记忆，还有可怕的激情……当他那柔软的嘴唇开始说话时，所有这一切都涌了上来。他还用那双黑眼睛极放肆地环顾我的胸脯。

“我很抱歉，阿克顿小姐,”他的眼睛看向我的脸,“我之前对英国人太无礼了。”

"在一定程度上，你是对的，"我强迫自己迎上去，和他的眼睛对视，"我们没有学习过烹饪，只学会了用歌声和钢琴演奏来取悦绅士。我曾开办过一所学校，并经营多年，专门提供私人课程教女性谋生，我非常后悔当时没有教她们学习烹饪。"

他的眼睑很厚，双眼睁得更大了。"你们英国人曾有全世界最好的食材，最好的菜肴，这方面比法国历史悠久，后来……"他耸耸肩，继续道，"但是现在你们的面包有毒，你们的咖啡也令人厌恶。"

"多年前我曾在法国居住过，"我说，语言简略紧凑，以掩饰自己心中的怀旧情愫，"那里的食物非常美味，我学了很多你们的香草的食用方法，以及如何食用橄榄油和柠檬，也十分欣赏你们对各种鲜味的喜爱。"

他的脸在昏暗中仿佛突然亮了起来，就像在他的头骨里放了一根蜡烛。"如果我早知道这些，我就不会对你如此无礼，大多数英国女士……"他猛地举起手，没再说下去，他的眼睛却有了新的光彩。

"她们都想让你做肉汁羊脊肉？"我问道。

"是的！总是羊脊肉，总是肉汁，总是辣椒粉……所以我才来了这里，"他指着天花板微笑着说，"主人说我可以在这儿做任何我想做的菜，但是每周有一天我必须做咖喱。"他又夸张地耸耸肩。

"你不喜欢咖喱或东方的食物？"

"它会破坏我的味觉，如果你吃过咖喱，你怎么能享用像细叶芹或月桂这样雅致的味道？"

"你可能是对的。"我说。好奇怪，我与路易斯的交谈显然比我和母亲或索普夫人的谈话要愉快得多。梦中的片段这时又浮现在我眼前……裂开的无花果的甜蜜黏稠的香味……路易斯……我迅速吞咽了一下口水，仿佛吞下了变态梦境中的那股自我厌恶感。

“关于英式烹饪有很多古老的书籍，”他继续说，“现在已经失传了，但我的上一任主人还有一些，是一些英国女士写的。这些女士宁可做饭也不愿傻傻地画画或弹奏糟糕的钢琴曲子。”

“如果我像这些女士一样，你是否能允许我进入你的厨房？”

他停顿了一下，那饱满的嘴唇噘了起来，好像在思忖着什么。“伦敦的女士们是不会这样做的，”他最后说，“但如果你愿意看我烹饪，我会教你。”

“太好啦。”我说，同时想起他昨天晚上做的晚餐，那一道道用奶油和葡萄酒做的酱汁伴有不同的芳草味：百里香、酸模叶、欧芹、龙蒿。每一种酱汁都像花朵一样在我的舌头上绽放，一种味道漂浮进另一种味道。直到母亲在桌子下面用脚踢我，才迫使我迅速咽下食物，失去了用餐时本该怀有的沉思或敬意。当然，这顿晚餐很丰盛，每道菜的厨艺都错综复杂，大放异彩。那些味道在我嘴里渐次展开……汤，像嫩嫩的天鹅绒……油炸面包片，金黄色的，咬嚼时发出完美的嘎吱声……还有那乳白色的甜味奶油果冻，像肥皂泡一样松软……我对此兴奋得不能入眠！

“如果主人不愿意呢？”他皱起黑色的眉毛。

“阿诺特先生知道我对烹饪感兴趣，”我回答的声音急转成了卖弄风情的调子，几乎没有辨别出是自己的声音，“我什么时候能再来？”

“我会给你看看这里的锅子，好女人，”他在围裙上擦了擦手，热情洋溢，好像他想从这一刻就开始给我上课，“没有人能像法国人那样做汤。中午时分来吧，我等着呢。”

当我爬上通往图书室的楼梯时，我才意识到自己是多么愚蠢。我努力把这个想法抛开，并告诉自己，这只是一次学习，是为了更好地了解我未来家里厨房的运作及其特点。我这样说服自己。当阿诺特先生在早餐时问母亲和我是否愿意坐马车穿过海德公园时，我问他是否可以给我半个小时的时间看看厨师如何烹饪法式汤：“我想……了解他如何运作厨房，方便我以后发挥才能管理厨房。”

他先皱了下眉，然后点头说：“我亲爱的，你可能认为这样做有好处，可是厨房下面又热又脏。”母亲也想反对，她的指关节在刀叉上发白，直到阿诺特先生说：“我女儿女婿今晚在这里吃饭，阿克顿夫人，所以路易斯不可能希望亲爱的伊莱莎在他的厨房的时间超过几分钟，不过他会尽可能让她在那里感到自在些，毕竟她是这里的*女主人*。”他说到“*女主人*”这个词时提高了声音，母亲终于喘了口气，脸颊发红并露出骄傲的神色，不再蹙眉抗议。

接近中午，阿诺特先生和母亲乘马车短途旅行去了，我到厨房找到路易斯，他把一条干净的围裙扔给我，没有一句欢迎的寒暄话，就开始指导我。

“汤汁决不能沸腾，只需炖煮。你们英国人习惯把什么都煮沸。”

我唐突地点点头，有点儿没好气地说：“是的，是的，但请告诉我，你昨晚是怎么做那些酱汁的？”

他抬起头，很惊讶：“是不是觉得一道精美的菜肴可以令时间停滞，嗯？”

我轻声叹息，而他似乎也明白了。他蹙眉问道："你不能全神贯注于我现在的调味吗？你如果感受到当下的幸福，就不会哼唧抱怨了，为何不去尽情享受你舌尖上的刺激和喜悦？"

我大声笑了："那是特别好的酱料。"

他使劲摇头，汗珠从他的头发上飞落下来，说："不，不！不是好，简直是神性的，它们有节奏，很平衡，就像音乐，就像最伟大的音乐。"

我开始想到这些味道是如何渐次展开的，一个接一个，每一种味道都让我想起一个场景、一个图像、一段记忆。仿佛在那一刻，我已经穿梭于自己的往昔岁月，直到想起母亲的拖鞋足尖在我的小腿上蹭了蹭——她当时很生气。

"当你品尝酱汁时，你觉得好像在吸吮生命的精华，是吗？"他的眼睛在厨房的阴暗光线里显得熠熠生辉，"同时你也感受了作为人的快乐，嗯？"

我本想说，那顿晚餐准备得太多，我们吃得饱到甚至无法呼吸，但他话语里的激情让我着迷，所以我只是点了点头。

"你们英国人只有一种酱——黄油，总是黄油。但我们有很多种酱。每一种酱都能让时间停止，在品味的那一分钟，你才能感觉到自己真正活在身体和灵魂里，"他停顿了，用拳头敲了敲自己的胸口，"这是我的艺术，给予我快乐和生命，即使在被死神咬断下巴时，也是如此。"

他俯下身，在我还没来得及移开时，他的拇指拂过我的脸颊。这种感觉就像一道闪电掠过，仿佛他的拇指给我的身体点燃了一阵猩红的火花。

“你脸上粘了点厨房的灰尘,”他简单地解释道,“现在，该说汤了。汤的秘诀是新鲜的酸模叶，加一点儿糖，味道就不那么刺激。还有欧芹根，大量的欧芹根，加在汤里。最后用银勺将蛋黄和奶油放入汤里。”

我试图集中精力去听他说话、听他授课，但我的身体仍然因他的触摸而颤抖，因为那闪电般的热度而颤抖。当我听见锅盖哐当一声掉在石板上时，我的眼睛瞪得大大的，惊奇地眨着眼，就像那些在催眠状态被唤醒的人一样。我在这里做什么？我到底在想什么？我很茫然，转过身，低声寻找了一个借口。我加快脚步，匆匆走上台阶，上了两层楼，在阿诺特先生的书房找到一张椅子坐下。我的身体在颤抖，我的嘴里像锯末一样干燥。我战战兢兢的脑海中，路易斯在我面前跳跃，他的皮肤像榛子的外壳一样光滑，呈褐色。我用尽全身力气摇了摇头。不，不，不！绝对不可以。不能这样。我疯狂地环顾房间四周，寻找东西。但我要找什么东西呢？一把钥匙，我想。我想用这把钥匙锁紧这个潘多拉盒子。

“伊莱莎，你在做什么？”母亲出现在门口，摘下帽子，蹙眉看着我。

“好女人,”我用低沉而沙哑的声音说道,“好女人烹饪的家常汤。”我把头伏在手上，开始抽泣。

第三十八章

安
无伤大雅的小谎言

我们回到了博尔戴克之家，比预期的时间早。因为伊莱莎小姐感觉不舒服，有发烧的迹象，夫人急着带她回了家。

我躺在小阁楼的房间时，向哈蒂分享了我在伦敦的各种冒险经历。她只对婚礼的话题感兴趣，但我想给她讲讲杰克的主人和他的工作场所，那里是多么洁白无瑕，多么干净，多么耀眼啊。还有伦敦街头的所有污秽和虫害，还有那些脚夫是如何与我调情而我对他们毫无感觉，尽管那边厨房的女仆们说任何一个脚夫都会是一个很好的对象。我对哈蒂说了这一切，但她只是问："她有得到戒指吗？去拜访了伦敦的女裁缝说要做婚纱吗？"

最后，谈话渐渐终止，我翻身准备睡去。这时她冒出一个很奇怪的问题。"为什么伊莱莎小姐这么喜欢你，安？"

"她没有特别喜欢我，"我说，她的问题让我惊讶，"我是她唯一的仆人，仅此而已。"

"不，"哈蒂说，"不止如此，她和你谈论问题，让你很快从洗碗女工变成厨房女佣，还给你买了新皮靴。"

"因为我没有靴子。"我轻声说，但我没有说可能是因为自己寒碜的外表会让伊莱莎小姐感到羞耻，也没有说我糟糕的外表会影响博尔戴克之家给客人的印象。

哈蒂没有理会我，继续说："还有，索普牧师来这里谈论你。而且是你陪她去了阿诺特先生在伦敦的家，不是我。我和夫人在一起两年了，夫人才是这里的女主人呢。"

"我想这可能是因为我自己也要去伦敦吧，毕竟我哥哥在那儿。"我说，声音很温和，以免伤害哈蒂。

"不，还有别的原因，"她说，很坚定，"我注意到她看你的眼神，很不正常。"

她说这话时，我感受到一种奇怪的情感，既困惑也快乐——像刺猬一样蜷在一起，既柔软又带刺。

"你是什么意思？"这个问题一出口，我就后悔了。因为伊莱莎小姐是我的，我不希望哈蒂嫉妒的话语玷污她。

"一位淑女会喜欢你这样的人，这实在是不正常，而且发展这么快，太快了。"

我对淑女们应该如何对待她们的仆人一无所知，所以不能回答。但我身体的一部分却欣喜若狂——对她来说，我是很特别的！而且哈蒂也看出来了！在薄薄的被子下，我把膝盖抱在胸前，我的嘴唇弯成了微笑。

"这不正常。"哈蒂重复道。

"也许吧，"我小心试探地说，假装极其平静，"也可能是因为她没有自己的孩子。”

哈蒂在黑暗中哼了一声。

“也可能是她觉得我很可怜，”我说，“因为我爸爸缺了一条腿，我又没有……没有母亲。”

“反正我认为这很奇怪，总之就是这样。”哈蒂翻了个身，声音非常重，她的床架发出咕噜吱嘎的声音。然后，一切变得安静。我听见自己关于妈妈的谎言在我的耳朵里邪恶地回响。谎言滋生谎言，我暗暗反思。但随后，另一个声音突然出现在我的脑子里，告诉我这不是坏的谎言，只是为了便宜行事而撒谎。

我闭上眼睛，听着外面的树在风中摇动。一个为了便宜行事的谎言……妈妈对这样的谎言有个说法，她称之为“无伤大雅的小谎言”——不会伤害任何人的谎言。我眯起眼睛，心灵之眼看见一幅图画：妈妈卷起袖子，手臂在溪水里进进出出，她正在为爸爸洗衣服；我坐在她身边的鳗鱼笼上，用带锋利边缘的打火石刮掉脏衣服上的泥巴，温暖的阳光洒在我们周围。“小小的谎言，我亲爱的，上帝总是会原谅的，”画面中的妈妈对我说道，她的微笑把我迷住了，像极柔软的丝绸搂着我，“如果是避免伤害他人的感情，为了让别人生活得更轻松，那就是无伤大雅的小谎言，仅此而已。”

我猛然睁开眼睛，哈蒂正一边打鼾，一边在她的床垫上挪动身子。我听见外面有一只仓鸮在尖叫。关于妈妈以及过往的所有那些回忆都消失了，就像它们毫无征兆地出现时一样迅速，但妈妈的话语仍萦绕不散。我撒谎说妈妈死了，谁的生活因而变得更轻松了？想到这里，我试着把哈蒂关于伊莱莎小姐如何宠爱我的谈话拉回现实，但这已经太迟了。几分钟前还令我欢欣鼓舞的话语此刻已经失去了光泽，因为我看见并感受到了自己的邪恶。

我双手合十，紧紧压在胸口，闭上眼睛，默默祈祷：“亲爱的上帝，请原谅我的谎言，请怜悯我。请让伊莱莎小姐好起来，治愈她的发烧，让她成为最幸福的女人。请让妈妈好起来，让爸爸远离麦芽酒，这样我就可以和伊莱莎小姐在一起了……这样我就不必再撒谎，主啊，阿门。”

第三十九章

伊莱莎
天鹅蛋沙拉

我生性急躁，很快就厌倦了佯装发烧。因此，当母亲冲进我的房间兴高采烈地宣布，收到了父亲从加莱的来信——他打算尽一切努力回来参加我的婚礼时，我知道是时候诚实地面对一切了。

我吸了口气，抚平鸭绒被，想请她坐到我身边。“妈妈，有件事你必须知道。”

她走到窗边，把窗帘拉开，黄油色泽的光线落在地板上，形成一个整齐的方形。“你亲爱的父亲已经计划好一切。他将悄悄登上一艘熟悉的船，不会被盘问，我们必须非常小心，以防他的那些债权人有所耳闻，”她停顿了一下，在阳光下检视起我的脸，“你现在看起来好多了，亲爱的。是因为伦敦肮脏的空气和城市用水吧？我很肯定，你向来体质就不好。也许我应该给你爸爸买一顶宽帽檐帽子，你觉得呢，亲爱的？”

“妈妈……不会有婚礼了，我已经解除了与阿诺特先生的婚约。”房间里顿时一片寂静。我盯着自己在大腿上揉搓得发白的双手，就像我在阿诺特先生的客厅里向他宣布这个消息时那样。那些话就像现在一样，几乎是脱口而出：“埃德温，我不能嫁给你了。”他的嗓音无精打采，极度失望又很克制地请求我给他一个解释。他完全有权利这样做。我也解释了。难道不应该给他个说法吗？他对我一直很友善，理应让他看见我身上的任性、矛盾，以及我那傲慢倔强的个性。

“我不能嫁给阿诺特先生。”我的双手缠绕在一起又松开，重复道。母亲盯着我，目瞪口呆。她眉头紧蹙，说：“你还在发烧，伊莱莎。我派哈蒂立即去请柯林斯医生。”她烦躁地朝门口走去。

“我已经告诉阿诺特先生了，所以我们才急着离开他家的，假装发烧是适合我们两个人的把戏。我很抱歉。”

她停下脚步，转过身来，眼睑快速眨动，打褶的脸上写满困惑。“不会是因为……”我等着她说出“苏珊娜”这个名字，但她并没有，相反，她将手伸向床柱，喉咙发出汩汩的轻声呜咽。

我下床朝她走去，但她退后了，脸变得僵硬，执拗地噘着嘴。“你解释吧。”她说着，她那只手更用力地抓牢床柱，就像老母鸡的爪子。

我长吸了一口气，爬回床上，把鸭绒被拉到下巴。突然很想就这样把自己包裹起来，感受鸭绒被对身体的围裹和温暖。“是的，部分原因是因为她，当然我没有告诉他这些。但还有其他原因，更加紧迫的原因。”母亲明显放松了，她又蹙眉，等我继续解释。

“我无法成为他期待的阿诺特夫人。我内心有……”我停顿了一下，试图回忆那天我对阿诺特先生所说的话。他似乎明白了，同情地点了点头，仿佛他也熟知我为了人生目标不断前进而备受折磨的抽痛感。但是母亲……她永远不会理解。

“那你内心到底有什么？”她追问，眉毛都快扬到发际线了，“什么东西如此重要，让你的家人都必须为你受苦？”

“没有人在受苦。凯瑟琳和安娜很好，她们在体面的家庭里有着极高的地位；埃德加在毛里求斯发了财；玛丽也很满足，婚姻美满。即便我和阿诺特先生结婚，也并不能把父亲从债主手里拯救出来。”

“那我呢？为寄宿客人服务，而我的老处女女儿还一直躲在厨房，像个坏人！”

我叹了口气，推开鸭绒被。明白现在还不是躲在被子后面的时候，是时候坦诚相告了：“在阿诺特先生的厨房，我意识到，有些事情我必须去做。我要做的事情，不能以阿诺特夫人的身份做，但我可以以伊莱莎·阿克顿的名义做。”

母亲哼了一声，噘起嘴。我不理她，就像一个厨师要宰杀一头野猪，无论多难操作，都得完成，所以我继续说：“英格兰正在丧失烹饪的能力，丧失对美食的鉴赏力，我说的不是指伦敦厨房和俱乐部那些花哨的法式食物，而是我们英国人已经吃了几个世纪的食物：烘烤得恰到好处的面包、发酵正好的馅饼。你听说过阿诺特先生的女儿吗……她从来没有踏进过自家的厨房。想象一下，从现在开始的一代，我们将受制于高价的法式食物和街上那些被污染的肮脏食物。”

“不要对我说教，伊莱莎，作为女性你应有的那些谦逊到哪儿去了？”她抓住床柱的手松开了，仿佛在我话语的重压下，她的身体快要支撑不住了。

“我觉得我写的烹饪书是大众迫切需要的。”

“所以你选择了你那本愚蠢的书，为此拒绝与阿诺特先生结婚？”她难以置信，愤怒地摇头。

“不是一本愚蠢的书，而是一本重要的书！我已经付出了几个月时间的精力，我几乎像爱丈夫一样爱它。我为什么要放弃它，而花时间去量身定做衣帽？这样对我有什么好处？”

“很好，伊莱莎。但你的姐妹们会知道这件事的。我会告诉她们你是为何拒绝结婚的。某一天，将会有一本印有你的——我们的名字的烹饪书在市面上流通，就是因为这本书，她们才沦为可怜的家庭教师，她们本来是生而为淑女的，”她轻蔑地挺直身体，“我也会告诉玛丽。”

我身体僵硬，变得紧张：“我给玛丽写信吧，我自己来解释。”

“哦，不，不，不，”她用手指在空中戳了戳，显得很生气，“我们没有理由违背和玛丽的协议。我会写信给玛丽，等到有一天她选择写信给你，你再写信吧。”

我闭上眼睛，听到门闩尖锐的啪嗒声，母亲的脚步声渐渐消失，去了她自己的房间。我的心脏在急跳着，于是我安静地躺下，听见乌鸦正停在烟囱上哇哇叫着，听见马的嘶鸣声，听见推着手推车的男孩的叫卖声，也听见教堂钟声缓缓响起。母亲的愤怒、失望，正如我之前所料。现在，她已经发泄了，我的心平静了，脉搏也慢了下来。我想起我的书——我们的书——我和安的书；想象着书的模样，想象着书在我手中的感觉。脑海中，我看见这本书在厨房，上面沾着黄油和面粉，有黏糊糊的糖和水果印，有指纹，可能还沾有血渍和带着光泽的蛋清；看见它出现在书店和卧室，也出现在客厅……为什么不呢？我听见人们在餐桌上讨论它，无论是早餐还是午宴，在肉店还是鱼店，抑或在绅士俱乐部的镀金厨房等公共场所，人们都在谈论我的书……为什么不呢？

突如其来的紧迫感鞭笞着我。时间不多了，我们还没来得及做蛋奶酥和煎蛋卷，还有烘焙布丁或者牛奶布丁，还有糖浆、醋、利口酒，还有加料碎肉、附加菜、贝类和罐中煮肉等，还有太多的工作要做。还有天鹅蛋！这本书里还没有一份像样的天鹅蛋的食谱，我必须给每个熟人写信，请求他们提供自己最喜欢的食谱。我的思绪又回到天鹅蛋，如此美妙之物，它的蛋清比任何其他蛋清都更纯净、透亮。也许煮熟的天鹅蛋黄可以与新鲜的黄油、鳀鱼肉汁、剁碎的草药和切碎的青葱混合，混合以后的天鹅蛋黄再和煮得很老的蛋清一起轻柔地敲碎。我想，这会是一道天鹅蛋沙拉，想到这里，我笑了。

多年前，我在法国吃过这样一道菜。路易斯让我想起在法国的时光，想起那些深藏的记忆和深埋的情感。我没有告诉埃德温这些。我现在也不会再想了，我只想知道我如何才能重新创造或改进这道天鹅蛋沙拉。什么香草的味道更好？龙蒿？也许加入少量黄瓜醋……接下来呢？朴实无华，英式菜肴！一锅嫩肉排浸泡在黏稠的肉汁中，充满了生命的浓郁味道……以及生和死之间的一切……

我掀开被子，从床上跃起。外面乌鸦振翅尖叫，仿佛在对我喊：“快起来！快起来！快起来！”“好！”我回应道，“干活！干活！干活！”

第四十章

安
清淡可口的爱尔兰炖菜

我在洗碗间帮小丽兹用沙子擦洗平底锅时，听见伊莱莎小姐在厨房自得其乐地哼着歌。我把头伸到门口，她对我笑了笑。

“安，”她说，“我们今天会很忙。你能不能多泵些水放着，把炉火也生得旺旺的，谢谢。”

我按她的吩咐做了，用力提来一桶又一桶的水，在炉子上堆满煤，这些累得我手臂酸疼。她坐在靠背椅上，翻阅一些我不认识的书。“你有新书吗，伊莱莎小姐？”

“是的，安。”她说，抬起头，表情愉快。我想她肯定已经有了好消息，也许她的订婚戒指今天就要到了。“这些书是我们在伦敦时朗文先生送我的，已经不再印刷了，我不知道他是怎么得到这些书的，它们有一百年的历史，而且，”她指着那些书，露出扬扬得意的微笑，“这些书是女士们撰写的。”

我系上一条干净的围裙，想知道为何女士们写的烹饪书会让她如此高兴，尤其是她很快就要成为一幢房子的女主人了，她不仅不用做饭，甚至不再需要走到离厨房一英里的地方。和平时一样，她似乎读懂了我的小心思。

“你觉得阿诺特先生的厨师怎么样，安？”

“我认为他是一名好厨师。”我说道，不想提及他经常把他散发着大蒜味的臭手放在我的屁股上。

“是的，确实如此。但对大多数家庭来说，他的厨艺太过花哨，”她用指关节敲打着笔记本封面，“今天我将整理一份可能愿意为我们的烹饪书提供食谱的熟人名单。”

“哦？”我无法掩饰自己的惊讶，难道她将在阿诺特先生的家里完成她的书吗？难道她要解雇那个讨厌的路易斯？

“准备好迎接新的寄宿客人吧，安。我今天要登一个广告。”

“新的寄宿客人？”我显得丈二和尚摸不着头脑地问道。

“我不会和阿诺特先生结婚了，”她声调平和地说，“母亲气得已经躺在床上了，但我决心已定。”

我无法判断她是悲伤还是高兴，只是盯着她，感到很震惊。她为什么不愿意嫁给阿诺特先生那样的富人呢？难道她不想随心所欲地使唤仆人和脚夫们吗？

“我们有重要的工作要做，安。这本书必须完成，但是在阿诺特先生的家里是无法完成的。”

“你不能现在就把它完成，然后在春天结婚吗？”我问，虽然知道自己这样问她并不合适。

她摇摇头，很用力。“不，不。这样的书要至少花 10 年的时间实践和写作，必须十分准确。到那时，我已经老得不能结婚了。”

我目瞪口呆，无法回应。10年！她宁愿花10年时间写书、当一个老处女，也不愿意与人结婚。在伦敦有一栋漂亮的房子，可能还会有一个属于自己的孩子？那一瞬间，我想她应该和妈妈一样被送进巴明希思精神病院，她肯定是疯了！

她又说了一些更加奇怪的话。“阿诺特先生的厨师让我重新有了目标感，”她抬起眼睛，把目光投向狭窄的窗户，补充道，“在许多方面都是如此。”

那个恶心的爱摸我屁股的法国人？怎么可能……我眉头皱得很深，她看见我眼中的困惑不安。我等着她说“闭上你的嘴，安·柯比，少管闲事”，但她没有，而是说了一些让我很意外的话：“你已经知道，我曾在法国待过一段时间，我那时非常艰难。那是我一生中最快乐也最悲伤的时光。与路易斯的谈话让我想起了……想起了某些我不能说的事情……但他也让我意识到了自己并没有准备好进入婚姻。”她停顿了一下，目光停留在我的头顶上方，我无法分辨她是在对我说话，还是对着悬挂在天花板上的铜锅说话。我不禁想起她的诗行，那个让她心碎的男人。上帝保佑，这么多年过去了，她的心却还没有得到修复……

然后她又开始说话，我感受到了她此时很想聊天。“阿诺特先生的厨师认为英国女士已经对厨房了无兴趣。他是对的，这一点在伦敦最为明显。女孩们已经变成了愚蠢的小玩偶，阿诺特先生的已婚女儿最令我失望……她只会谈论新蕾丝领子，谈论她选的客厅墙纸等类似的琐事。我相信她从没有进过她家的厨房！”

“但她唱歌确实很好听。”我说。我曾无意中听见她唱歌，就在他们夫妇来吃饭的那天晚上，她的丈夫脸色红润，身材肥胖。

“她唱跑调了，声调呆板，而且没有任何表情，”伊莱莎小姐有点儿尖锐地说，“但没有人能辨别出来。”

“哦。”我说，心里犹豫着是否应该指出阿诺特先生的女儿是多么漂亮呀，尤其是她那金色的鬈发和涂着胭脂的脸颊。我觉得伊莱莎小姐对这位可怜的女士太苛刻了。

“阿诺特先生的厨师告诉我，伦敦的绅士们更喜欢在私人俱乐部吃饭，还暗示他的上任女主人对他的菜单完全不感兴趣。你难道不明白这对我们有什么影响吗，安？”

“不，不完全……”事实上，我并不知道这次谈话会如何展开，因为伊莱莎小姐说话很少这么直截了当。我本应该感到失望，因为不会有婚礼了，我也不会住在伦敦了，更没有机会住在哥哥杰克的附近了，但我却有点儿开心。如果在伦敦，我到时候照顾妈妈和爸爸会很吃力，而且那些男仆和厨师们会把我的屁股当成一袋芜菁随意摆弄……不，拜托！

“厨房本是女士们的领地，以前她们在厨房就像女王一样，”她指了指那些新到的装订散乱的二手书，“如今我们已经放弃了这项权利，只能任法国厨师这些浑蛋们摆布，他们在街上兜售毒馅饼，你在伦敦时没有吃过街上的东西吧，安？”

“只吃过一条腌鲱鱼，小姐。”我回答说，想到口里嚼过的那条腌鱼，它的鱼刺和醋味让我作呕。

“在伦敦，我听说新发明的便利食物不断涌现，这样人们不必再去做饭。在泰晤士河畔就有一些工厂在生产粉状调料和奶油糕，”她拉长了脸，就像咬到了一口臭鸡蛋，但马上又面露喜色，“安，我们的使命是改变现状，在厨房烹调的适宜食物才是最有营养、最健康的食物。”

我点点头，但还是一脸茫然，感到不理解。为什么她谈到她的书时总是包括夫人？即使是今天，当夫人已经躺在床上了，她也会说“我们”。可是连我也能看出，夫人其实并不喜欢这本书。

“你和夫人会出版一本好书的。”说完，我拎起水桶，准备离开厨房。这时，伊莱莎小姐大声喊道：“我母亲与此无关！”

她又在自言自语了，我想，然后继续朝洗涤间走去。丽兹的木鞋在地板上啪嗒啪嗒直响。

她的声音跟在我后面，越来越高，越来越响：“我所说的‘我们’，是指你和我，安。不是我的母亲。”

我停下脚步，皱起眉头。我们的使命？我们的书？她是指她和我吗？！洗涤间里凛冽的冷空气强烈地刺激着我的感官，我必须动一动以保持体温，所以我开始推拉水泵，但我的心一直在跳舞。

我回来时，因水桶太沉，肩膀向前拱起。我问：“我们今天尝试什么食谱？”声音脱口而出，响亮而有力量，伊莱莎小姐甚至惊讶地眨了眨眼睛。

“哇，我的使命感是有感染力的！”她大笑起来。

我也开怀大笑起来，感觉自己好像吞咽了一蒲式耳的快乐，幸福正从身上汩汩涌出，正从皮肤的每个毛孔涌出。“哦，是的，伊莱莎小姐，是的！”

“好吧，咱们完善一下爱尔兰炖菜，好吗？”她一边朝碗柜走去一边说，“把棕色的诺丁汉罐子从架子顶层上拿下来，然后你去市场上买一些羊肉切片，我们要展示如何烹饪一顿清淡可口的家庭晚餐！”

当我伸手去拿罐子时，手臂和肩膀上的疼痛奇迹般地消失了，我感到身轻如燕，非常快活。我将和伊莱莎小姐朝夕相处 10 年，一起为我们的烹饪书而努力工作！

“还有天鹅蛋,”她补充道,“看看今天是否有天鹅蛋。”

“好的，小姐！”我笑颜灿烂，两颊生辉。

第四十一章

伊莱莎
犹太杏仁布丁

两个星期以来，家里都很平静，没有干扰。每天安会把我们测试食谱时做的菜肴用托盘送到母亲的房间。哈蒂去收拾时，发现碗盘里面总是干干净净。母亲虚弱的神经显然没有影响她的食欲。

最后，母亲终于出来了，脸色苍白，嘴唇紧绷着。她来到厨房，头抬得很高，拒绝与我对视。“晚餐时我想喝一点儿肉汤，不需要别的。”她说。

“我们有一个新的寄宿客人星期一到。”我鼓起勇气故作紧张地提醒她未来的生活。她顿了一下，嗤之以鼻道:“谁?”

“一位犹太女士，冲着温泉水来的。”

“我相信不用我，你自己就能应对。”她又轻蔑地说，好像是在提醒我，都是我的错导致她患上神经衰弱。

“你可能会喜欢她的陪伴，是蒙特菲奥里女士，我相信她是位很好相处的人。”

母亲头一偏，瞬间双眼发亮，就像一只鸟儿发现了一只蠕动的虫子。“好。如果她需要我陪伴的话。”

“她已经写信告知我们她吃什么、不吃什么。我还需要钱买油、苦杏仁和橙花水。”

“没钱了，你知道的。”她向我投来仇恨的目光，我迅速转身，目光回到蒙特菲奥里女士的信上，一沓厚实的水印纸上，昂贵的鹅毛笔笔尖里溢出的昂贵墨水书写成完美、工整的铜板体。

“我们会得到补偿的，我读给你听。”我拿起信，读了开头几句话，“‘我们犹太人烹饪时忌讳把黄油或其他牛奶、奶油制剂与肉混在一起，所以我们烹饪鱼、肉和蔬菜时用很多油。虽然许多在英国的犹太人并没有严格遵守这些忌讳，但我自己严格遵守。我很乐意给你补偿，我会带来自制的犹太杏仁布丁，在寄宿期间当甜食，足够了。’”

“她要带自制的布丁？”母亲气急败坏地问。

“她不吃猪肉、贝类、野兔肉、家兔肉或天鹅肉。”我补充道，一边扫视信的其余内容。

母亲又轻蔑地吸了吸鼻子，离开了，她关门时故意很用力，门框都在颤动。我瞥了一眼安，心想如果她不那么在意自己的仆人身份，我俩就可以心领神会地咯咯一笑，一起叛逆，一起嘲笑母亲，就像姐妹一样，就像朋友一样，那该多好呀。但安对她太恭敬、太顺从了，不可能像我刚才想象中的这样逾越规则。我想，这真是令人羞耻。有时候我感觉自己的忧郁症又发作了，我非常需要一个朋友。其实和阿诺特先生一起生活就可以不再孤独，这不正是婚姻的目的吗？婚姻不就是摆脱孤独的好机会吗？我是否铸下了可怕的大错?

我正陷入沉思时，母亲回来了，她下巴颤动着。

“你父亲曾教育你要成为一名淑女，成为像阿诺特先生那样的男人的妻子，”她的喉咙里发出一阵抽泣声，“而我现在必须写信给约翰，告诉他这已经不可能了，他必须留在加莱那间糟糕的住所里，我们现在必须继续接收寄宿客人，你的姐妹们也只能继续当家庭教师，也只不过是在称呼上美化了的仆人。你怎么能这样，伊莱莎？毕竟是你父亲供你去读书……”

我忙着切鼠尾草叶。“你的心，你的心像石头一样冰冷，只对自己有感觉……”我以前写的诗句在脑海升起，被夺走，被取代……“巨大的耻辱之云，在黑暗中簇拥而来……”直到我变得头晕目眩，我必须放下菜刀，否则会切伤手指出血。

“你怎么能这样？”她重复道，“经历了这么多苦难，我之所以还能从床上爬起来，是因为今天是露西的祭日。”

我体内的每一个器官都因内疚而收缩、萎缩。我是多么冷酷无情啊！我一直只关切着自己，只想着自己的“使命”，我从没有想过母亲的痛苦。我把手放在母亲的手臂上，却被她甩开了。

我的思绪短暂地飞回往昔，那是20多年以前，那一声可怕刺耳的尖叫，我曾误以为是嚷嚷着争吵的雏鸟发出的哀号。母亲从楼梯上跑下来，摇晃着我的小妹妹露西，露西像一个布娃娃似的，她的头在晃动，眼睛四周变得黑黑的，小小的手臂无力地垂在两侧。保姆跑在后面跟着，恐惧地呜咽着，她的脚在楼梯上打着滑。我像一只猎犬飞奔去啤酒厂接爸爸回来，我当时累得肋骨都要炸裂了。但是太晚了。当我们回来时，母亲只是紧紧搂着露西，我们无法判断她是否还有呼吸。母亲的泪水淌到她的头上，保姆则站在一旁呆呆地看着，她的围裙、帽子和衣服袖口上都沾有黄色的呕吐物。

“你本可以救露西的命，”母亲哽咽的话语把我的思绪拉回现实“你当时是和她在一起的，你本可以阻止保姆给她喂超量的鸦片酊，那对她是致命的。”

“不，妈妈，”我轻声说，“我当时只有 12 岁。那是一个可怕的事故，一个错误，我们现在不要再纠缠此事了。”这段记忆竟然如此清晰地回来了，仿佛空气里还留存着我小妹妹的呕吐物气味。

母亲的上唇在颤抖，她的下巴也在抖。我握住她的手，她的手上青筋暴突、满是皱纹，我突然很怜惜她。这并不是我父亲承诺给她的生活，脑海浮现出我们在伊普斯威奇的家的画面：巨大的图书室、各种印刷品和镶有金边的眼镜、天鹅绒窗帘、银质餐具和烛台、镶嵌珍珠母的红木家具，还有土耳其地毯。幸运的富人家庭都有这些装饰。我本来有机会让母亲重新过上这样的生活，我却拒绝了一次良机。

她面容委顿：“如果我不原谅你，我们怎么还能这样一起生活？”

“请你原谅我，请你对我的书有信心，它将救赎我们，我保证。”

“哦，你那可恶的书！”

“他不会娶我的，妈妈，真相迟早都会暴露的。”

“别人都可以应对。就你太固执，太争强好胜，伊莱莎，”她用手帕揩拭眼角，“我可能会去毛里求斯和你哥哥一起生活。”

我知道她这样说是为了惩罚我，所以我什么也没说。我把她引到卧室，希望她能狠狠地敲打枕头来发泄情绪。但她坚持坐在梳妆台前，要求给她纸、笔和墨水瓶。我请求让我亲自给爸爸写信，解释自己一直不结婚的原因，但她坚持自己手写。

看着她用力从墨水瓶里拔出软木塞，我最近拥有的所有欢乐都消失了。她看起来那么瘦小，几乎枯萎了，脸上垂着皮革般的褶皱，手指关节处也很粗糙。我想，是我让母亲衰老的，是我把她推到了坟墓边缘。

“还是把你的诗集拿回去吧。既然现在你要继续当你的老处女，那我也没必要藏了。”

“谢谢你。诗集在哪里？”我清楚它们在哪里——藏在她的衣柜里，放在她那件有着很好的毛领的冬衣后面。我把这些粘贴簿、年刊和书籍抱在怀里，感觉一对翅膀好像重新神秘地回到了我身上。

当我下楼来到厨房时，我的思绪转向了蒙特菲奥里女士和她即将带来的犹太杏仁布丁。当然，我们还需要其他布丁，也许用浓醇的杏仁糖浆代替奶油、黄油或牛奶制作的甜食。或许我还可以做一种杏仁奶油来代替牛奶，制作蛋奶酥、蛋奶沙司和牛奶冻。焯水后的杏仁，捣碎后与开水混合，然后用绢筛过滤，把水绞干。我听见安在厨房的声音，刀刃在木板上发出切割的声音，让我感觉很舒服，她正在切香草。我闻到了青绿的芳香，像抹在我身上的香膏。我精神一振，脚步加快。我现在最愿意待的地方就是自己的厨房，没有别的地方更适合我了：厨房里有无穷无尽变化的香味；那熟悉的声音，宛如耳畔的音乐；这里的温暖和每日的节奏，标志着日出、日落，以及季节的交替。

我想象自己能拥有一间宽敞的厨房，这里有明亮的火炉和 10 只排列整齐的铜锅，再加上 5 个模具、7 把木勺、一套好钢刀，还有一个能干忠实的助手。厨房的桌子上散放着各种肉汁过滤器、撒粉器、筛子、滤网、镊子、擀面杖、切菜板和刷子，以及糨糊刷……

第四十二章

安
烤肉油滴

房子里一直很安静，哈蒂蹑手蹑脚地走动着，夫人一直待在她的床上，小丽兹瞪着惊恐的大眼睛看着我们。在得知不会有婚礼的消息后，除了我和伊莱莎小姐，所有人都显得大失所望，甚至连索普牧师夫妇也来登门慰问了。他们那灵敏的鼻子像闻到肉味的狗鼻子一样一掀一掀地抽动着。哈蒂刚一得知消息就哭了，她来到厨房，用围裙角擦拭着眼睛，问我为什么没有婚礼了。我没有回答，只是摇摇头，我不应该分享伊莱莎小姐的秘密，哪怕对哈蒂也不行。

一天下午，我溜出去，把杰克准备的一小袋剩菜送给爸爸。我本以为会在啤酒馆找到他，令我吃惊的是，他正在小屋那边种树苗。他身上也没有任何啤酒的臭味，只有一股秋天特有的烟熏味，那是田野上灌木林焚烧的味道。当我推开门，看见小屋如此整洁干净时，我更是吃了一惊。床垫上稻草漏出来的地方被缝起来了，地板上还钉着一排鼹鼠皮，由此我知道他一直在做剥动物皮的活儿，挣些小钱。我们的爱犬塞普蒂默斯从壁炉上跳了起来，湿漉漉的鼻子在我裙子上蹭来蹭去。

我告诉爸爸，杰克暂时不会有钱寄给家里了。他坐在翻开的土壤上，把最后一棵树苗夯实进土里，一本正经地说："我戒酒了，安。我会向索普牧师请求另给我一次工作机会。"

"我想他不会要你的。"我愁眉苦脸地说。

"我也不会再偷猎了，"他有点儿愤愤不平地噘起嘴，"穆里奇先生说他这次会放我一马，但如果再被他抓到，他会亲手杀了我。"

我突然想到一个主意，犹如一声霹雳。我于是蹲在他身边，握住他沾满泥土的手。

"我可以给你蜡烛头、骨头和烤肉油滴，这些我们都不用。伊莱莎小姐很是节俭，总有剩余。我了解到在伦敦大多数厨师都会把这些零碎东西卖掉，而收入会进入他们的口袋。"

"那怎么行呢？"他满脸好奇地看着我。

"我把它们带到这里来，你把蜡烛头融化后做成新蜡烛，挑选干净的油脂放入罐中用文火煨，然后拿到市场上去卖。"

"你有这时间吗？"

我耸耸肩："我们可以试试。而且我从工资里还可以省出少量的钱，剩余的部分要给照看妈妈的护士们。"

他打开杰克给的小袋子，拿出一罐腌制的洋葱，一瓶蘑菇酱，3 个橙香烤面饼，面饼现在已经硬得像树皮，还有一根折断的棉花糖残余。"一顿大餐。"他说道，搓着带泥的双手。

"伊莱莎小姐很喜欢我，"我说着，自豪之情油然而生，"别的女佣也注意到我对她来说是……特别的。”

“有钱人从不关心他们的仆人，他们只在乎自己和金钱，”爸爸把一缕棉花糖放入满腮胡须的嘴里吮吸着，“她可能认为你切洋葱很棒，但是她不会认为你很*特别*，而且她也不会*喜欢*你。”

“但她谈到了*我们*的书，我们将一起工作 10 年。”

“她对你很好，只因为你是一个很勤劳的仆人，而不是因为你对她来说很特别。如果有一个更好的仆人，工钱比你少，她就会把你像热炭灰一样扔掉，雇用那位新来的姑娘。”他向我靠过来，想在我的脸颊上亲个响吻，但我挣脱了他，因为我觉得他说的话很伤人。

我脑子里又冒出一个新念头：她和别的富人不一样，她刚拒绝了与一个男人结婚，虽然那个男人像国王一样富有。

一阵沉默，我听见老鼠在茅草屋顶抓挠和窜动的声音。

“那个男人可能没那么好，也不是那么富有。”爸爸说。

“我觉得她想像个男人一样生活。”

“像个男人？”

“她想有自己挣来的钱，而不是一个绅士给她钱。她不希望别人告诉她该做什么，”我顿了一下，抬头看了看今天的天空，广袤灰白，一只乌鸦在头顶拍打着翅膀急转飞过，“她一直在教我学习诗歌。”我补充道，在胸前紧抱双膝，她优美的诗行在我的脑海流淌……*“你不在的地方，我没有快乐……”*

“你看，爸爸。她和别的女士不一样。”她也没把我当仆人对待，我心想。

“嗯，”爸爸若有所思地用手掌摩挲着硬硬的胡须，仿佛不知道该如何评价伊莱莎小姐，“有时候我在想，是不是所有女人的脑子都有点儿蠢。所有的女人，除了你，安。”

我就是希望成为她那样的人，我沉吟着。她坚强而真实，勇敢且诚实。我起身拂去裙子上的泥土，向爸爸伸出一只手。他现在已经不借用任何外力就可以自己从坐的位置上站起来了。他很自豪地向我展示，我也为爸爸感到骄傲。

在回博尔戴克之家的路上，我一直在想自己该如何帮助爸爸。冬天已经来了，寒风凛冽，脚下的断枝枯叶噼啪作响。融化蜡烛头、从陈骨头上掏出的骨髓足够他谋生吗？靠几张鼹鼠皮能谋生吗？幸好，妈妈待在大精神病院至少能吃饱穿暖。为此我深深感恩上帝，两手合十，侧目望向天堂。

第四十三章

伊莱莎
肉馅布丁

我整理笔记和食谱时，感觉我的书颤动着鲜活了起来。这是一种很奇特的感觉，仿佛它本质上拥有生命的活力或灵魂。伴随这生命而来的是责任。我必须为我的书制订计划，就像父母为迎接新生儿的到来一样做准备。我把一张干净的纸放在桌上，拿笔蘸墨，写下我将把书赠予谁。我把尺子放在书名下画线，这已经是第二次画线了。我心想，这本书必须送给知名人士，查尔斯·狄更斯是名单上的首个名字，他会定期在《晚间纪事》上发表文章，我觉得他和我一样对弱势群体怀有悲悯之情，因此他将是我第一个签名赠书的人。

现在我经常收到邮寄来的各种食谱，因为我已经花了数天时间来写信给熟人及陌生人，请求他们提供各自最爱的食谱。我列出了最新的食谱：珍珠西米浓汤、小牛肉汤、鸡蛋、瑞典奶油、来自德国的苹果蛋糕和蛋奶沙司酱，以及阿拉伯肉饭，其中的禽肉煮得很烂。哦，还有我已婚的小妹玛丽主动发来的食谱，被我忽略了，因为她那密小难认的字体满是棱角和尖头。她还放肆地把那道菜取名为“好女儿的肉馅布丁”，她那刻薄讽刺的笑声仿佛在我脑海回响。显然，母亲一直给她写信抱怨我这个坏品性的女儿。与我相比，玛丽是名副其实的天使女儿。

虽然已经10多年没见过玛丽了，但我还清楚地记得她微红的肤色，一头棕色的长发，神态从容、高傲。当然，她现在可能已经有白头发了，神态紧张不安，也有皱纹了。但是她已经成了家，过着无可指摘的顺应大流的生活。而我却至今未婚，还署名发表了一些泄露隐私的诗歌，现在又成天在厨房和仆人们混在一起。更糟的是，我拒绝了和一个男人结婚，他本来可以把我（和整个阿克顿家族）从这胡写涂鸦的以当厨子为生的耻辱中拯救出来。

我看了看玛丽的食谱。这是一道简单而健康的食谱，厚面包和肉馅裹上奶油蛋奶沙司，再烘焙。正准备把这一页和其他赠送的食谱一起归档时，我注意到玛丽在背面写了字。我把它翻过来，看到了她在一片墨迹和涂抹痕迹中蜘蛛腿似的书写。我很惊讶，这竟然是一张便条，墨迹凌乱，看起来是匆匆写就的。

我亲爱的伊莱莎：

我们离别数年，我已是几个孩子的母亲，我想是时候恢复咱们的姐妹情谊了。我知道这个决定有悖于你诚实的信念，但我认为是时候了，咱们彼此妥协并见面吧。既然你选择一直不婚，我们的见面就更有意义了。当然，母亲可能反对，但是父亲不在，她的意见不那么重要。

所以我想邀请你来萨福克，11 月下旬合适吗？

我相信你不会对肉馅布丁食谱的命名感到不悦……这样命名纯属娱乐，你可以自行改名。

你的妹妹

玛丽

我把她的信读了两遍，又读了一遍。我知道玛丽一贯的认真态度，这个决定显然不是轻易做出的。我想，她可能是同情我未婚的困境，知道我将永远无法体验成为母亲的快乐或拥有自己小家的幸福，我将（永远）只是半个女人，或者更少，仅仅是一个女幽灵。

但她话里藏着一枚橄榄枝，好像在向我伸出手，请求我原谅。一种奇怪的悲伤和悔恨之情向我涌来。因为所有那些已消失的往昔都永远不会再回来了。我还尝到了别的味道卡在喉咙——是期待，是渴望。我回信接受了邀请，又强迫自己暂时将这事儿抛之脑后，因为朱迪思·蒙特菲奥里女士明天就将抵达，我要准备菜肴，还要买食材。

厨房里，安正在制作榅桲果酱，不停地在锅里搅拌。空气里弥漫着香喷喷的水蒸气，凝结在窗玻璃片上，顺着冰冷的北墙流下来。一只苍蝇在塔糖上嗡嗡作响，安现在又在刮削、揉搓新鲜的糖晶了。

“今晚我们要做烤牛心，里面塞满小牛肉肉馅，”我说，“你来把小牛肉捣烂，必须很烂很烂，你明白的。”

我等着安的应答，却只听见勺子在锅底的刮擦声和锅里榅桲发出的轻柔的噗噗声。

“如果你能在市场上找到一些味道清淡的、纹理细腻的芜菁，可以用来搭配牛心食用，但要确保芜菁不柴、没被根蛆蛀过。”

安仍然不说话，也不点头，没有任何迹象表明她已经听见了。“有什么不对劲吗，安？”

“在伦敦，厨师们可以得到蜡烛头和滴在平底锅里的油脂，还有剩骨头和肉皮，”她忽然说，“我也想要这些。”

听见她突然说这些，我吓了一跳，长长地吸了一口气。“你很清楚，我们要用骨头做肉汤，要从脂肪中提取肉滴。如果你一定要的话，你可以拿走羽毛、兽皮和生肉皮。”

“那蜡烛头呢？”她口气异常坚决地问道。

“你要这些做什么？”

“我父亲会把它们加工成新的物品去卖。我哥哥已经没钱寄给家里了，因为他的住宿费涨了。”

我在脑子里计算了一下。我知道安没有在她自己身上花过钱，甚至小贩们来到后门时，她也不舍得花钱买一个花边衣领或者蝴蝶结。“你的工资都去哪儿了？”我轻声问。

有几秒钟她没有回答我，然后她急忙说道：“我父亲需要一根新拐杖。”

我打开金属钱箱，拿出两个弗罗林[①]，只留下仅有的11个先令给蒙特菲奥里女士。接下来我们需要一点儿优雅的节俭，也许我们应该用清淡的鼠尾草和洋葱，或者用蘑菇代替小牛肉肉馅。最近田野里蘑菇种类丰富，味道鲜美，与一些野生牛肝菌混合，可与小牛

---

① 弗罗林，1252年前后在欧洲国家流通的货币，1弗罗林等于2先令，约合0.8106人民币。——编者注

肉肉馅媲美。

我把这两个弗罗林递给她。

她的脸变得绯红。“我会还你钱的，伊莱莎小姐。”

“用蜡烛头和剩骨头赚的钱？我怀疑你没钱还。”这话说得比我所想的更刻薄，于是她退缩了，好像我举起手要打她似的。但索普牧师的话还在我脑海中反复再现……我无法理解她工资的去向，被她父亲酗酒花光了？

“我们的烹饪手艺要接受考验了，幸运的是蒙特菲奥里女士要带来她亲手做的布丁，这对我们不是坏事儿，可以帮助我们不超支。”我说道，安的脸涨得通红，她只是点点头。

蒙特菲奥里女士来了，一身丝绸衣服随着她的脚步摆动发出窸窸窣窣的声音，珠宝首饰也叮当作响。母亲径直带她到了卧室，母亲介绍我时，快速称呼我为她的“未婚女儿伊莱莎”——之前，我是她的“亲爱的女儿伊莱莎”。我似乎在她眼里被降级了。我重新穿上围裙，尽管很失望，但是我已经下定决心不在乎母亲对我的态度。

当天晚上，蒙特菲奥里女士传来消息说她想见厨师。我心里猛地一跳。她的盘子归还时很干净，我们当然不可能违反任何犹太教规，但显然她很不高兴。难道她发现我们用料很省吗？她是要考查我用的食谱吗？也许她会提出索赔。

当我出现在餐厅时，她显得很惊讶。“你肯定不是厨师吧，阿克顿小姐？”她前额上浓密的黑眉竖了起来，活像一对颇具异国情调的深色毛毛虫。

“我就是厨师，蒙特菲奥里女士。饭菜合你的口味吗？”

“好极了，非常清淡新鲜，英国食物通常味道太重，所有的肉都会浸泡肉汁，再加上大量的辣椒粉。苹果糖和姜汤很好喝，我觉得不需要配米饭，”她比画着，指着空椅子说，“请坐，和我谈谈，阿克顿小姐。”

我如释重负地坐到椅子上，甚至有点儿晕眩。她向前靠了靠，近距离看着我，歪着头：“总是你负责烹饪吗？”

“是的，虽然我们并未说明这一点。母亲还是希望能让寄宿客人以为有个专业厨师。”

“胡说！做饭和吃饭并不丢人，它们实际上是生命的两大乐趣，”她用餐巾纸利索地擦了擦嘴，再次审视我，好像我是某稀有品种的迷人标本，“你能保密吗，阿克顿小姐？”

我点点头，对话题的突然转移感到愕然。

她压低嗓音道：“我一直梦想写一本属于犹太人的烹饪书。我已经开始整理了，但这是一项缓慢而精细的工作。”

“我也是！”我说，遇见有同样野心勃勃志向的知音真是太愉快了！

她再次扬起眉毛，一对黑色的眉毛在苍白的额头上很显眼，蓝黑色的头发紧绷绷的，像一个蚌壳。“是吗？太好了，那我们要分享食谱哦。你把我的布丁配搭得很高明，黑醋栗糖浆做得很好。你尝过布丁了吗？”

我脸红了，承认自己尝过一小块面包屑蘸布丁。

“所有配料都必须及时混合，而且整个布丁上要筛厚厚一层糖，这很重要，如果你需要，我可以把配方写下来。”

在接下来的20分钟，蒙特菲奥里女士和我交换了食谱和烹饪技巧，热切地谈论食物的新鲜度以及如何最好地保存其味道。她告诉我，犹太人烹饪会用很多上等的橄榄油，不会用太多黄油或猪油。她说，这些油可以重复使用。她还承诺提供她在伦敦的油商地址，保证我在那里能找到最健康最优质的橄榄油。我们比较了烹饪新鲜三文鱼的最佳方式，以便保留其美味。我们都认为三文鱼也许是最好的淡水鱼，她告诉我，在犹太人圈子里，三文鱼经常用作冷食。我们全然沉浸在谈话中，没有听见母亲进入房间。

母亲大声咳嗽一声，说："一切都令您满意吗，蒙特菲奥里女士？"

"你女儿和我成了挚友啦！"

蒙特菲奥里女士脸上闪过灿烂的笑容，消释了母亲的敌意。

当我回到厨房时，我觉得自己像一只天鹅，在一个巨大的酥皮气垫上滑翔。我拿起笔记本记下蒙特菲奥里女士告诉我的一切。她答应分享她最喜欢的菜肴，犹太烟熏牛肉。我感觉我的指尖都在激动地震颤，但又想起剩下的钱太少，够买一块厚厚的牛腿肉吗？我不确定。或许我可以用橄榄油炸玫瑰色的三文鱼块，冷却后再食用……我不禁想，毛里求斯的酸辣酱拌上冷炸鱼是绝配……我又想起妹妹的邀请，还有她抛给我的橄榄枝……这真是完美的一天，我思忖着，笑容在脸颊灿然绽放。

第四十四章

安
薄脆小甜饼

伊莱莎小姐显然情绪极佳，她对蒙特菲奥里女士很满意，我趁机问她今天是否可以多给我一个小时的假。她从笔记本上抬起头来——她现在总是在写东西，说可以，但前提是要把蒙特菲奥里女士的饭菜提前准备好。

“我已经做了一夸脱[1]的杏仁奶，”我回答，“食品储藏室还有牛尾巴，准备用来烤。还有水煮榅桲。”我没有告诉她我在水煮糖浆里偷偷放了东西：小豆蔻豆荚的黑色硬籽被压碎后再过滤掉，肉眼看不出来。

她用手抹去一滴墨水。“我月底要离开几天，所以母亲需要你在这里，到时候你在下午休假半天后也要回来。”

“您去度假吗？”我好奇地问，因为伊莱莎小姐之前从没休过

① 夸脱，英美制容量单位，1 夸脱等于 0.25 加仑，约合 0.946 升。——编者注

一天假。

“我要去我妹妹那儿。”她的目光又落到笔记本上，用羽毛笔不耐烦地戳着墨斗。

“哦，去见一个家庭教师。”我说，因为我知道她有姐妹在有钱人家里当家庭教师。

“不，”她说，“去见我妹妹玛丽。”

玛丽？我没听说过谁叫玛丽。我之前只知道有凯瑟琳和安娜，她们都是家庭教师。我听她说起过她哥哥埃德加，在毛里求斯，但没有听说过玛丽。

“她住得很远吗？”我依稀记起伊莱莎小姐曾唐突地提过一个已婚的妹妹，是一名医生的妻子……她就是玛丽吗？

“玛丽住在萨福克。”她说，这让我很惊讶，因为萨福克离这里并不远，她问我：“你为什么不把这堆饼干送给你父亲？”对蒙特菲奥里女士来说，这些饼干边缘的褐色太深。

于是我把一堆饼干装进一个锡盒，还有一些风吹落的梨子，然后出发去精神病院，希望路上能搭到车。苹果园和啤酒花藤园现在都很安静：树木光秃秃的，啤酒花藤也被砍到地上，小路上的劳作者们正忙着用钩镰枪和弯刀修剪树篱，清理沟渠里的旧农具和腐烂的耙子，还有采摘者们丢下的垃圾。

步行很远并搭乘了两辆四轮马车之后，我到了精神病院的大门口。我给了门房管理员一先令，告诉他我还有更多的钱要给妈妈的护士。这次他看起来有点伤心，仿佛我给他的钱太少，所以我又给了他一个薄脆小甜饼，他接过去，整个儿放进嘴里。他拖着脚步离开时，我可以听见他的牙齿咬碎甜饼的嘎吱嘎吱声。

他回来时，带来一个护士，但她既不是我上次见到的弗兰也不是捏妈妈脸颊的护士，也没有看见妈妈的身影。他进了门房，只剩我和妈妈的新护士，她脸庞粗糙，额头上满是疤痕。她穿着厚厚的灰色精纺毛料衣服，腰带上挂着一串铁钥匙，脚上穿着结实的厚底靴子。我笑了笑，彬彬有礼，告诉她我是来找我妈妈柯比夫人的。我想，也许我这次还能见到妈妈的医生。但护士没有回应我的微笑，她脸色阴沉，双手交叉紧紧抱在胸前。我赶紧给了她一个小甜饼，她接过去塞进围裙口袋。“你妈妈的身体不好。”她说。

“不好？”我重复道，感觉自己像个傻瓜。

“她摔了一跤，仅此而已。但她现在还不能下楼，所以你最好一月份再来。”

当她说这句话时，战栗自上而下掠过我的脊背，感觉很怪异，尽管天气和煦，我还穿着伊莱莎小姐温暖的旧式印度披肩，可我此刻觉得很冷。

“我能去看看她吗？”我提起篮子，指着放在杂食罐边上的苹果和梨。

护士摇摇头。“任何人都不允许进去，但我可以把篮子拿给她，你可以在一月份领回篮子。”

我从她的肩膀上方看过去，看着那座有着铁框窗户的宏伟建筑，下午斑驳的阳光洒在墙壁和窗户上。我想到妈妈在那里会很舒适，有医生照顾，她在那里比待在爸爸的小屋好，冬天小屋的通风口寒风刺骨，地面冰冻的雨水越积越厚，床垫底部都结了冰。

“她伤得很重吗？”我问。

“你不要担心，到一月份就好了，”护士接过我的篮子，朝里面看了看，似乎是在评估里面的东西，“她会喜欢这些小吃的。”她的舌头从嘴里伸出来，我看见她的舌头上有一层黄痂。但随即我的注意力便被风中传来的尖叫声夺走，是从那座宏伟的建筑中传来的。

“昨晚满月，一些病人病情恶化，发疯了……”她解释说，她的眼睛里似乎有喜色。她转过身，急于回去，但我还有问题要问她，我可是走了 15 英里路才到这儿的。所以我塞给她一先令，说：“请收下这个，给你添麻烦了，护士。”

她迅疾地接过钱，我随即问她，妈妈是怎么摔倒的。

“她当时在做园艺，”她向地面挥了挥手，那里新种了几棵榆树幼苗，“突然被一把铲子绊倒了，可怜的人。”她停下来，用袖子擦拭我给她的先令。尖叫声戛然而止，就像突然被听见时一样又突然终止了，现在只有树叶的沙沙声了。

“她骨折了？医生给她接上了？”

“没错！”她听见我的自问自答，高兴得像饮了潘趣酒一样。

“她可以写字吗？”

“别傻了！他们都不会写。”

“我妈妈会写字，”我说，“你能让她给我写一封信吗？”

她把先令塞进围裙，冲我眨眨眼，好像我们在分享一个笑话。“写一封信？就交给我吧，亲爱的。”

我回到家，才明白护士的眼色。她根本不相信妈妈会写字，她认为妈妈的疯病已经传给了我，觉得我也有精神病。我脑子里还记着要给妈妈寄一本书，为什么我之前没有想到这点呢？我思忖着，我太专注于自己的事情了，太迷恋伊莱莎小姐了，太急于在工作上取得进步，太忙于偷看诗集……至少我还有一先令要留给爸爸，我的手指蜷缩在先令上，紧紧握住它，感觉硬币的边沿快要切入我的手心。

第四十五章

伊莱莎
奶油嫩豌豆

我与蒙特菲奥里女士的友谊与日俱增，想到她就要离开了，我感到很沮丧。

每顿餐后，蒙特菲奥里女士都会邀请我和她坐在一起，讨论我的菜肴味道和各种调料，在哪里买的原料、如何准备的，等等。她是我见过的最有好奇心的女人，她希望了解一切：我是凭眼力还是经过称重衡量的食材数量？我偏爱洋葱味道还是青葱味道？我用的是陶锅还是锡锅？我腌牛肉用的是月桂盐还是普通盐？我喜欢用砖炉还是铁炉？她很满意时，话题就会转到犹太食物，她在巴勒斯坦和耶路撒冷吃过的菜肴，她喜欢的犹太人逾越节的食谱，她喜欢的作为礼物馈赠他人的薄薄的无酵饼，等等。她谈得眉飞色舞，手里的扇子一开一合，我听得也入迷。

我们交谈正浓时，母亲总会无一例外地到餐厅并插话，就像一只莽撞的公羊。之后我们就只能转到乏味的话题上，蒙特菲奥里女士似乎和我一样，感觉在母亲面前谈厨房谈烹饪很不自在。她好像也意识到其中暗含的羞耻。厨房、烹饪劳作、热量和浓烈的气味已经够丢人了，我们对食物的兴趣也是污点和耻辱。虽然谈论挥霍和食欲时只能在食材的称重和烹饪说明中小心翼翼地遮掩和暗示，不过厨师路易斯的话游进我的脑海：身为人的乐趣。当母亲感叹天气寒冷或花边的价格时，蒙特菲奥里女士从象牙扇顶上瞥了我一眼，她的眼睛笑盈盈的，眉毛微微上扬，仿佛我和她在合谋共享一个秘密世界。

蒙特菲奥里女士在博尔戴克之家的最后一个晚上，母亲出去与索普夫妇共进晚餐了，留下我和蒙特菲奥里女士独处。她的布丁盘子刚收拾好，我就打发走哈蒂，自己用托盘端着咖啡上桌。蒙特菲奥里女士对着旁边的空椅子做了个手势，她的黑玉耳坠在耳垂摆动，一双乌黑的眼睛在烛光里闪烁。我给她倒咖啡，她则夸奖了我做的带馅的烤牛肉，让我一定要去拜访她进货的伦敦肉贩。

“他住在奥尔格特的公爵街 34 号，”她说，“他是犹太人，你会发现他的牛肉非常好，因为犹太肉贩不允许出售有任何斑点或瑕疵的肉品。”

“我之前不知道这个。”我说，想到自己在牛市上曾看见的一些动物，蹄子上结满真菌，兽皮光秃秃的，还有疾病斑点。我正准备问关于犹太肉贩的问题，她突然话锋一转，不再继续肉贩的话题了。

她向我靠近，双眸像麻雀的眼睛一样明亮，下嘴唇上闪着光泽。“你应该写出来的东西——我有一个想法。”她打开扇子，又迅速合上，大枝形烛台上的蜡烛也随之摇曳不定，影子投射到桌上，银色的咖啡壶、糖碗和奶油壶上泛起光影涟漪。瞬间，餐桌似乎也有了生气，仿佛光亮流动的水银取代了亚麻桌布。

“你能猜到我在想什么吗？”她问道。

我摇摇头。

“你曾提到过一本诗集，”她顿了一顿，把扇子放在桌上，精明地看着我，“我很想看看这本诗集。”

“已经不再印刷了。”我这样说，不确定自己是否想给她看。那些诗已经不再是我的，我希望蒙特菲奥里女士只看见我现在的模样。

“没关系，”她挥挥手，“我想的不是诗歌。”

“哦？”我感觉体内有什么在燃烧，从胃的下部开始有一种奇特的感觉，蔓延全身，既温暖又隐隐地令人不安。

“我有一个朋友，”她继续说道，对着烛光轻轻点头，“她是一个勇敢、大胆的女人，叫凯利小姐。”

我没有回应，因为我对凯利小姐一无所知。她是位诗人？还是烹饪作者？

蒙特菲奥里女士更加热情地靠近我，她浓密的弯眉、粉红的脸颊以及保养完美的皮肤距我仅几英寸。“凯利小姐是个演员……来自戏剧世家。她像你一样，言语自由且有力量。”

我的眼睛瞪得更大了，蒙特菲奥里女士的手指在珍珠项链上轻轻缠绕着，似乎在等我开口说话。

“一个女演员？”我疑惑地回应道。我之前听说过伦敦剧院和女演员，但都是些下流的污言秽语。

“她准备在伦敦西区开办一所剧院和戏剧学校，女孩们可以在那里接受戏剧艺术培训。她正在寻找新剧本，”她停下来，拿起桌上的扇子，拍了下喉咙，又合上扇子，“这很令人尊敬。她的赞助人是德文郡的公爵。”好像为了达到某种效果，她又顿了下，她的双眸似乎抓牢了我的双眸，她问道：“你有没有想过去写剧本？”

“我正在写的烹饪书还需要花多年时间和精力，完成后，我还想写第二本书，”我缓缓说道，“目前我的想法还很模糊……是写给残疾人的烹饪书，或者写给那些健康欠佳的人。”我没有告诉过任何人，无论是安、母亲还是朗文先生。但当我说出这些话时，感到很遗憾。我似乎感觉到了她的失落，好像她天生就理解我的困境。我低头看了看咖啡杯，看着黑乎乎的油渍沉积物，希望能有勇气把自己的诗集给她看。

“为病人提供健康的食物当然很重要，但同样重要的是确定你是谁，对于令你内心激情燃烧的主题你要去发表见解。我感觉你内心燃烧着旺盛的火焰，很像我的朋友凯利小姐。”

“是的。”我说，意识到了蒙特菲奥里女士是觉察到这一点的第一个人，她洞见了我灵魂深处闪烁的火焰，大胆赞许并给予我鼓励。

“你为我抄写的食谱太精美了，绝不只是食谱，”她继续说，“简直就是艺术品，难道食谱不应该是这样吗？”

“哦，不，”我说，自嘲地笑了笑，“食谱从不能和诗媲美。”

“为什么不能？你的食谱写得很出色，措辞完美。我读了那份奶油嫩豌豆的食谱，像在读一首诗……‘清煮一夸脱嫩豌豆，放入盐和水煮至柔嫩，尽可能地沥干水分’……看，第一句话我已铭记在心了。”

“你太友好了，”我说，“但剧本是……”我声音渐小，消失在混乱的思绪中。为什么我不尝试写剧本呢？写一部戏剧来再现自己关切的主题……我的脑海中浮现出安的形象，她那简陋的小屋，她的残疾父亲和已故的母亲。我该如何向伦敦人展示安的贫穷？那些伦敦人只惦记着该乘哪一辆马车或考虑选锦缎窗帘还是棉布窗帘……他们认为，乡下人住在古色古香的村舍里，门边有玫瑰花环绕。

“你有戏剧天赋，端菜上桌时我就看出来了。你思维清晰、措辞优美，而且……”她停顿了一下，仿佛在寻找合适的词语，“而且我感觉在你整洁的外表下有一个渴望浪漫的灵魂。对吗？”

“我内心确实有什么在跃跃欲试，虽然不确定是什么。”我含糊地说。谈话突然转向我个人，我感到尴尬，但蒙特菲奥里女士丝毫不觉得尴尬。她从上衣胸槽抽出一小块方形书写纸，递给我。

“这是我朋友的地址，”她说，“你提我的名字，写点儿东西给她吧。”

“我非常喜欢凯利小姐名字的发音。”我接过纸，还带着她胸脯的温度，塞进我的领口。

“她是我朋友中最勇敢的，”蒙特菲奥里女士低下下巴，用手捂住嘴，似乎想压低嗓音，“她有一个私生女儿，和她住一起，很公开。”

这个消息令我愕然，我的身子不由得移开了些。

“是的，确实令人震惊。不过我们都佩服她的胆识。”蒙特菲奥里女士停下来，歪着头。在片刻沉默后，我们听见钥匙开锁的声音、前门打开的吱呀声和刮擦声，还有母亲在大厅的脚步声。

蒙特菲奥里女士把手指放在嘴唇上，低声说：“关于胆量、勇气，我们谈得够多了。恐怕和往常一样，泉水浴让我感到疲倦。阿克顿小姐，我必须向你道晚安了。”

母亲进来时，蒙特菲奥里女士正好离开房间。我拿起两个咖啡杯，想在母亲开始用长篇大论烦我之前逃到厨房去，但是她的声音阻止了我的脚步。

“你听说了你喜欢的女诗人 L.E. 兰登小姐的消息吗？索普夫人这次满口全是关于她的消息，别的什么都没谈。如果蒙特菲奥里女士没有急着回她的房间的话，我也会告诉她的。”

我的喉咙发紧。“兰登小姐出了什么事？”我轻声问。她的诗句这时已经涌入我的脑海，但诗句的声音并不大，甚至没能遮住母亲得意扬扬的嗓音。

“她死在了卧室地板上，在非洲最内陆的某个地方。显然是一场意外……她当时正服用氢氰酸治病，误喝了一整瓶。我不知道索普夫人从哪里得知了这荒诞的故事。”

我放下咖啡杯，闭上眼睛，双手紧紧抓住桌顶，听见蜡烛发出嗞嗞声，小火花噼啪作响，然后是死一般的寂静。我想让母亲离开。我能感受到她的眼睛正盯着我。我想让她离开。

“晚安，母亲。”我说道，然后踉跄地走到大厅，穿过走廊，下楼到厨房，这里是我的圣地。我几乎无法呼吸，每一次吸气都很费力，很难受。安正在整理碗柜上的盘碟，她一看见我就跑了过来，把我扶到椅子上。

“兰登小姐去世了……”我喘着粗气说，“她已经走了。”

“听到这个消息我很难过，小姐。要我去拿白兰地酒瓶吗？”

我身体向前倾，用自己的手掌根按住了眼睛。“是她给了我写作的灵感。”我试着找话题来解释兰登小姐在我生命中的意义，解释她是如何成为我生命中的多重角色——是向导，是母亲，是伙伴，是老师……但是我此时无法言说。相反，我冲口说出了完全不同的话：“她不应该结婚！”

“兰登小姐已经结婚了？”

“就在今年。她和他一起去了非洲。我想不到她竟会客死他乡，那么远，那么孤独。”我感到一阵啜泣悄悄地爬上我的胸膛。我不想让安看见我这个样子，所以我请她去我的房间，把兰登小姐的6卷诗集都拿下来。趁她不在时，我倒了一杯白兰地，向兰登小姐致哀，泪流满面。

那天晚上，我做了一宿的梦：梦见兰登小姐躺在非洲宫殿的大理石地板上死去；梦见凯利小姐和她的私生女在伦敦的舞台上跳舞，遭到工人们的嘲笑和起哄；梦见路易斯在一个煤窑里和我做爱，而阿诺特先生则狂野地高声叫喊为路易斯助威……每一个梦都自然地飘向下一个梦，无缝对接，直到我被困在一个可怕的场景，当我惊醒时全身被汗水浸透。我从床上滑下来跪在地上，为兰登小姐祈祷，祈祷耶稣会把她带到自己身边，和主在一起，她会更宽容、更慈善、更快乐。在我的祈祷中，她的话语筑成了一条凹凸不平的道路：“哦，感情和思想是多么浪费啊，在我生命之卷上留下印记！……我把这些变成珍贵的礼物，这些代表我希望和骄傲的珍贵礼物有何用处？”兰登小姐所有的珍贵礼物都已烟消云散，正如她所预见的那样……阿门，阿门，阿门。

最终，太阳很费力地升起来了，我记得这是蒙特菲奥里女士在博尔戴克之家的最后一顿早餐。我决定不告诉她兰登小姐的死讯，因为我不能再哭了，这样很不体面。相反，我特别用心地为她准备早餐，铺好一尘不染的蕾丝餐巾，餐盘擦得发亮，确保她最爱的加辣椒粉的烤腰子搭配最新鲜、翠绿的欧芹。

我们就如何交换信件交谈了很久，然后她离开了。分别时她把头伸出马车窗，喊道："你不会忘了给我的朋友写信的，对吗？"

在我听来，她的话就像鸟儿对伴侣的呼唤，把我从痛苦中唤醒。我想，我会写的，为了兰登小姐！

当她的马车驶离时，尘土飞扬，我举起手向她道别。上方是广袤淡蓝的天空。我感觉自己的手好像举向天堂，举向兰登小姐的灵魂，举向自己的命运。

"我没有早开的花朵散发芳香……"但是我要为凯利小姐的剧院写一出戏，以此向兰登小姐勇敢无畏的精神致敬。

第四十六章

安
茶与面包，面包与茶

自从蒙特菲奥里女士离开后，以及她的兰登小姐去世后，伊莱莎小姐变了。在我看来是这样。她仍然做饭，但现在是带有报复性的，好像她脚下生风，态度很神经质，甚至有点恶声恶气，尽管博尔戴克之家目前没有寄宿客人。

我在她身边总是蹑手蹑脚，像老鼠一样战战兢兢，纳闷是不是自己让她变得如此尖酸刻薄。是我令她失望了吗？当她在厨房的桌子上写作时，她会时不时地抬起头来，问我一些奇怪的问题。昨天她问我是否认为食谱可以成为艺术品，就像一首诗或一幅画。我当时正手忙脚乱地擦洗石板上的污渍。我想了一下说："对于淑女，阅读一份撰写出色的食谱一定会很享受。"

她俯身凝视我，似乎对我的回答感到惊异，仿佛她很惊讶房间里还有人在。

"你真的这么认为吗，安？"她一只手托着下巴，专注地看着我，好像在看一只偶然溜入厨房的流浪猫，“我梦想着这样的时代，人们能愉悦地阅读烹饪书，就像阅读小说或诗歌一样。你能想象吗？”

“你是说女士们会坐在客厅大声朗读烹饪书？”我承认自己在听到这句话时笑了，我没能忍住，她这想法太奇怪了，众所周知，厨房活计是淑女们所鄙视的。

“我是认真的，”她说，“我喜欢去想象索普夫人和那些教会良妇纯粹为了愉悦读着一本烹饪书的场景，绅士们也是如此！为什么烹饪书就要被归入阴暗油腻的书架，要被放在阴暗油腻的厨房呢？我预见了一个时代，一个能在图书馆或在客厅展示烹饪书的时代！”

我嗤之以鼻，笑出声了，她向我投来愤怒的眼神，我赶快抑制住笑声，更加卖力地擦地板，石头地板的湿冷仿佛深入我的骨骼。

“我们的书一定会让读者手不释卷，安。我下决心要有这样的效果。”她埋头在纸张上，我只听见笔尖在纸上的划擦声。

和她谈话后，我有两个想法：第一，我应该给妈妈寄一本烹饪书。这意味着我要有勇气问伊莱莎小姐，我是否可以借她的书；第二，我想阅读伊莱莎小姐的作品，她的食谱写得像诗歌一样美，她会把写好的食谱放在一个文件夹里，里面有大理石纹路的卡片、皮革制作的书脊和封面，她还用棕色丝带打了个蝴蝶结，防止书页掉下来——虽然我打开她的文件夹是不对的，但如果她把稿纸留在外面呢？

又过了几天，我才有机会偷看她写的东西。当时我正在用削皮刀去掉橄榄核——一共 6 盎司的橄榄，准备做一种橄榄酱。伊莱莎小姐说，在法国，人们通常用橄榄酱配鸭子、炖煮的禽肉和牛排。她放下羽毛笔，将手臂伸向空中。我的手指已经疼痛难忍，被橄榄汁染成了暗褐色。她的身体看起来很僵硬，必须动一动让血液流动。

“垫个垫子是不是会更舒服一些？”我问道，看她开始揉搓背部，还扭动脖子。

她站起来，手还在尾骨上打转，说她自己要去客厅拿一个垫子。我发现她还没有把写好的纸张塞进文件夹里，于是我在围裙上擦了擦手，偷偷瞥了一眼那堆稿纸。我首先发现上面没有数字，这很奇怪，因为她的食谱通常包括大量数字，表示重量和计量等。我走到餐桌前，同时留意听她在走廊的脚步声。我又发现，这一页并不是食谱，伊莱莎小姐喜欢在最后才列出食谱的各种成分，但是这一页并没有写到菜肴成分，也没有提到任何食物。这是一封私信，还是一篇秘密日记？

我开始翻看她的手稿，手稿不像以前那么整洁，有许多下划线，我顿时明白这不是食谱，也不是一首诗。我眯着眼睛阅读她所写的东西，皱起了眉头。她写了关于“一位经济独立的女士”和“面包师用力将他的指关节插入一大团有韧性的面团”等话语。我正在琢磨韧性这个词时，突然听见伊莱莎小姐坚定的脚步声在朝厨房走来。我赶紧回到砧板前，拿起削皮刀。匆忙中，刀子滑落了，很深地切入了我的手指侧面，腌橄榄的盐水又直接流入伤口，我痛得快流泪了，忍不住默默地咒骂。

伊莱莎小姐在她的椅子上整理好坐垫，长叹了一口气。如果在昨天，我会认为是兰登小姐的过世令她悲伤，也或许是因为她过往的痛苦经历——我在她的诗中读过。但是现在看了她的手稿后，我不那么确定了。看来她正挣扎着应对一些新的困难，而我对此一无所知。

“你还好吗，伊莱莎小姐？”我问道，一边用手帕把割伤的手指包紧，问得小心翼翼，听起来是在真的关心她，而不是窥探她的隐私。

“只是背不舒服。”她说。

“都说今年的冬天来得很早。今天天气不好，身体都有感觉了。”

“那如果下雪了，你父亲怎么办？”

“他有毯子，他可以用公地的茅草把火炉烧旺。”我这样回答。我没有提他要花多长时间才能做成这一点，他得瘸着腿几百次地蹒跚而行，父亲需要数小时扭动身躯、弯下腰背起茅草篮子，再从背上放下篮子。她怎么可能理解呢？“我可以把这些橄榄核带给他吗？做燃料。”

“好的，当然了。那你们冬天吃什么呢？要面包吗？”

“面包？”我回应道，想起在她纸上看到的“有韧性的面团”，也许她在写一个面包配方，是我误解了。

“是的，他的胡须结霜时，他吃什么？当他的四肢冻僵呢，或者门上结冰时呢？”

每次她诗兴大发时，我都喜欢听她说话。但是今天她的话却让我很不舒服，我想告诉她，我爸爸不是一首诗。他是一个真正的人，虽然他残废、贫穷，但仍然是一个人。但我这样说不合适，所以我顺着她的话，仿佛自己也是一个女诗人似的说道：“当他肚子饿得咕咕叫的时候呢？”

“很好，安，给我描述一下你们家生活最粗劣的情况吧。我必须看见、听见、感觉，并具体到每一个细节。”

于是，我尽可能生动地告诉她，那种成天只会想着各种食物的饥饿感是怎样一种感觉；告诉她，醒来时，毯子上结了霜，凛冽的寒风呼啸着穿透窗前的破布是怎样一种感觉；告诉她，手指结了冰，几乎无法捡起地上的火种时，是怎样一种感觉；还告诉她，当因为一无所有而被无情地欺骗时，是什么感觉。

“被欺骗？”她问道，“为什么受骗？”

“赤贫的人只能买到最差的东西，”我说，“我们只能买最脏的面包、最劣质的麦芽酒，以及夹杂了一半木屑的茶叶。”我停下脚步，听见自己的声音已经变得像蒲公英的叶子一样苦涩，但在苦涩之下，我听见还有另一种情绪，我无法用言语表达，我只知道不是羞耻。

伊莱莎小姐着急地做了一个挥手的动作，仿佛她希望我继续说，她好像没有注意到我的言语已经不像以往那么温顺。于是我讲述了许多许多：妈妈如何把烤焦的面包皮泡在开水里当“茶”；爸爸如何把生洋葱和发霉的面包放在一起吃，这样他嘴上就不会长胡须；妈妈如何为我和杰克买了奶酪皮，让我们吃了能长身体；我们如何因为吃了病畜肉而生病，那些病畜肉本来是不能在市场上卖的；爸爸如何每晚因残腿痛得大叫；妈妈如何失去了一个又一个婴孩，仅在一个周末就失去 4 个孩子。

当我把一切都告诉她后，除了最糟糕的部分——那部分不适合淑女娇气的耳朵听见，我不再说话，而是去找了一个平底锅，因为橄榄必须放入沸水焯一下，再浸泡以去除咸味。当我取锅回来时，我看见她的眼睛已经湿润了，她正在擦拭眼泪。想到她的自尊心，我迅速转身回到火炉旁。但我的内心开始像鸟一样飞翔。我的言语已经打动了我的女主人，让她流泪，同样，她的话语，她的诗行，也会令我哭泣。奇怪的是，我的精神此时在飞扬着，即便在我回忆那严酷的往昔时也是如此。至少妈妈现在住在精神病院，杰克待在他闪亮的白色厨房里，爸爸手里有钱，他靠鼹鼠皮和博尔戴克之家的蜡烛头换了点儿钱。

厨房里一片寂静，我似乎能听见了自己的心跳声，坚定有力。随后，伊莱莎小姐说话了，声音响亮，极富情感，带有怒气："如果面包是这么多人的唯一食物，那它必须优质健康。那些不公正的做法必须终止！"她猛地合上文件夹，塞到胳膊下面，然后去了食品储藏室。我听见她在架子上翻找东西，锡盒当当作响，陶罐也叮叮当当。当她回来时，用极其果断的语气说："等我从玛丽家回来后，我们就讨论面包的章节。我想试验一下未发酵面包、土豆面包，还有德国酵母。"

"好的，伊莱莎小姐。"我说，很高兴自己的话能让她有了这样的想法，我们的烹饪书也因此有了新篇章。

"每个人都应该学会如何烤面包。"

我点头表示赞同。突然间，我觉得很有把握可以问她是否可以借我一本烹饪书。尽管我的身份可能不适合问，但我会问的。明天，当她心情更平静一些时，我就去问她。

第四十七章

伊莱莎
黄油芹菜配吐司

我已经克服了焦虑，开始创作一部三幕舞台剧，讲述一个老处女结识一个贫穷女孩的故事。这个女孩（她既没有名字也不知确切年龄）有一个秘密。当老处女发现她这位年轻朋友会读书写字时，她才意识到有些事情被隐瞒了。剧中只有两个角色，因为蒙特菲奥里女士告诉我，她朋友的剧院是最私密的那种，舞台仅有 10 平方英尺[1]大小。

当然，我还在写那本烹饪书，但兰登小姐的离世和蒙特菲奥里女士的意见提醒了我：有必要在自己的生活中寻找一些更有表现力、更有想象力的东西。我喜欢挑战自己去写新东西，尽管写戏剧的难度比我想象中的还要大。不仅要考虑文字和情节，还要考虑动作、舞台道具以及音乐。我一边思考这些一边试验着一道菜——

① 英尺，英美制长度单位，1 英尺等于 12 英寸，合 0.3048 米。——编者注

水煮黄油芹菜。这时安从市场回来了，篮子里装满了粗壮的球芽甘蓝、沾满肯特郡黏土的耶路撒冷洋蓟，还有红卷心菜，极为新鲜，发出清脆的吱吱声。

她把菜从篮子里取出来时，问我是否可以借给她一本书。

“当然可以，”我边说边从锅里提起一把水煮芹菜，“具体要哪一本？”

“我想借《节俭的家庭主妇》。”她指着那本用棕色皮革装订的小书，上面有鎏金的纹路。

“你可以看我的任何一本烹饪书，安。你知道的。”我的思绪回到剧本上，剧里要提出几个重要观点，比如基督徒妇女如何更好地利用她们的时间和金钱。如果想要剧本获得好评，我不能写得太有争议，但我必须就贫穷、教育以及食物的污染问题发表观点。

“不是给我自己看。”

“哦？”我说，很惊讶，“是借给你哥哥吗？”

“是的。”她回答得很快。我心想，她说得太快了。

“那他喜欢《节俭的家庭主妇》，是吗？”我讨厌弄丢任何一册烹饪书，因为我必须经常核实我的食谱是否新颖，是否有原创性。

“我不会把书借给他太久的，伊莱莎小姐。”

“他是对索耶先生的藏书感到厌倦了吗？无疑那些都是法语书，而且法国厨师通常喜欢画蛇添足。”我说。

“是的，”她说，又说得很快，而且有如释重负的感觉，“您说得对，小姐。”

我审视着她的脸，她弯着腰，正切掉红卷心菜外围的叶子，她的脸和脖子都涨得通红，她的声音却很坚定，这显得怪怪的。

“那本书很特别，我目前离不开，”我说，“他是否愿意借《厨师的权威指导》？虽然我不太喜欢这本书的作者，它的语言也华而不实。”

“杰克会喜欢的，只是我在考虑尺寸，小一点儿的书，邮寄费会便宜些。”

她一直盯着卷心菜，我注意到她的指关节红红的，很粗糙，手紧握着刀柄。我于是提醒她先把卷心菜的茎分成 4 份，方便摘下。她仍然不愿意与我对视。

“这不是为你哥哥借的，是吗，安？”我的思绪现在从戏剧场景转向了眼前的场景。她有秘密和谎言，在这里，在博尔戴克之家的厨房，在我的圣地，我这时暗暗在想。“杰克不识字，是这样吗？”

“是的，小姐，”她低着头，“卷心菜您打算怎么做？”

“用黄油慢炖，”我说，“再加点醋，配上烤香肠和上乘肉汁。你到底想把书借给谁？”

沉默良久，安仿佛是在为我准备答案，或者在决定是否可以相信我从而说出实话。

“我们不是朋友吗，安？”我柔声道，“如果你能告诉我你的秘密，我也会分享我的秘密。”

她的头猛然抬起，直视着我的眼睛，表情愕然。当她放下小刀时，她的上唇在颤抖。我不知道她是因为得知我有秘密而感到震惊，还是害怕暴露她自己的秘密。

“当两个人像我们这样亲密合作时，很难保密，”我说，“而且保密并不总是有益的。”

“您这是什么意思？”

“秘密不可避免地意味着谎言，而朋友之间撒谎是不对的，不是吗？”我尽量让自己的声音变得柔和，努力不让她看出我因为她不信任我而生气。的确，我为此感到很受伤，难道我不是一直都很善待她吗？

“哦，小姐。我不是故意的……”泪水涌上她的眼眶，她用被卷心菜染成深紫色的手擦拭眼泪，“这本书是为我妈妈借的，她没有死。”安接下来开始涕泪滂沱地哭泣，大声哽咽着，她单薄的肩膀在颤抖。我转过身去，突然感到非常失望。我有一种奇怪的感觉，一些东西在我体内凝结，仿佛一些无法表达的希望已经分离并变质。

“你的母亲还活着吗？”

安无力地点点头。“是，也不是。”她答道，但她抽噎得不能言语。

“她在哪里？”

“精神病院。”

她用沾满卷心菜污渍的双手按住眼睛。看见她手上的那些印记（擦破皮的指关节、擦伤后结痂的手指头、枯瘦的手腕）时，我的内心变得柔软了，尽管她之前对我撒谎，尽管遗憾和不满的酸楚之流正在我体内迂回缠绕。

“她想看一本烹饪书？”

安大声地吞咽着：“我没能告诉你，小姐。我为自己的谎言和欺骗行为感到抱歉。”

一些很久以前的话语溢入我的脑海：*我在黑暗中醒来看见真相……从狂喜的梦中惊醒，知道你错了……感到这里面有痛苦……*我突然明白过来，这不是她的问题，是别人迫使她这么做的。“是牧师和索普夫人要求你对我隐瞒此事吗？”

“他们说如果有人知道了，我就找不到工作了。这种病与生俱来，他们说……”

“确实是与生俱来的品性！”我感到自己对索普一家的厌恶和蔑视在我体内聚集并蔓延开来，通过血液沿着背脊涌入了大脑。

安用她那块湿透的破手帕擤了擤鼻子，然后继续切卷心菜，她切得很慢，很小心，好像以为刀片会随时滑落。“她在精神病院，护士们却不相信她会读书写字。我想让她看看我在做什么。她还没有看见过新的烹饪书，她的那本烹饪书还是50年前的。”

“当然，你可以把我的烹饪书借给她。而且，我们的书出版后，一定会送她一本，”我顿了顿，当我对索普一家的厌恶逐渐消退后，安的故事中有一些东西激发了我的好奇心，“你母亲是怎么接受教育的？”

“我不太清楚。她在我11岁的时候逐渐失去理智，直到她不能辨认我们是谁，也不能分清事实。”

我的思绪转回我的剧本。我可以设置一个在精神病院的场景吗？或许对伦敦的女士们和先生们来说，这太难看了？我能否将小舞台一分为二，一半是乡间的简陋小屋，另一半是装饰华丽的客厅？我不经意地戳了戳炉火上煨着的一束芹菜。我能感觉到安在注视我，似乎她在等待什么，我却沉浸在自己的戏剧情节中，沉浸在情节的曲折中，以及思考剧本如何传达我的感情，把观众从昏睡中唤醒。

安这次说话时声音非常轻，我几乎听不见，只听见煮芹菜的噗噗声和切卷心菜的嚓嚓声，还有从洗碗间地板传来的丽兹收拾东西的哐啷声。“你想分享秘密给我吗，伊莱莎小姐？”

第四十八章

安
法式炸土豆

我不相信自己竟然斗胆去问她这个，但是问题已经从我嘴里飞出来，就像雏鸟从鸟巢翻滚出来一样自然，而且言语既出，也就无法再收回去。

在暴露自己曾撒谎，并且公开谈论了妈妈之后，我的思绪四处漫游。其实正是因为她称呼我为“朋友”让我激动不已，我才敢问出如此大胆的问题。我很确定，夫人绝不会称哈蒂为朋友，索普夫人也不会称她的女仆为朋友。

我继续专心做事：在天平上称黄油，然后将它放入锅里融化，再涂在卷心菜上。她会回答我吗？她会告诉我她诗句里的情人吗？或者是关于阿诺特先生的一些事情，比如她为何变卦，不想嫁给他了？夹杂着期待、兴奋和恐惧的战栗顺着我的脊梁骨往下蔓延。我想起爸爸的话：没有女士会把自己的仆人当作朋友。我知道自己这样提问是不合适的。

“没错，我答应过和你交换秘密的。”她用肉汁勺把芹菜从锅里盛出来，放入一个滤器沥干。然后她切下一块，放进嘴里。“太烂了，”她喃喃道，“我应该把它从炉子上早点取出来，已经没有嚼劲了。”

“对不起，小姐。”我这样说，想到是自己让她分心的，是我的哭泣和关于母亲的谈话让她分心了。

“烤一些吐司，安，”她说，“融化一些好黄油，芹菜配在一片松脆的烟熏面包上。”

我忙着烤面包，等着她分享秘密。我听见她的笔尖在划动，听见她抖粉笔粉末擦干墨水的声音，这意味着她已经写完了。我的脸被炉火烤得越来越烫，越来越红。烤吐司的香气在我的脸的四周飘散，吐司变成褐色了，越来越脆了。终于，她开口了。

“我的秘密，”她说，顿了一顿，吹掉石板上的粉笔灰，“就是我正在写一个剧本！”

“哦。”我的声音因失望而变得平淡，这就是我前几天偷看过的作品，不是情书，不是心灵日记，而是一出舞台剧。

“为伦敦一位女士经营的新剧院撰写。如果我不能成为一名诗人，也许还可以当个剧作家。”

“同时写戏剧和烹饪书。”我说道，为了提醒她我们的书，就在昨天，她还把它说成是“一件艺术品”。我对她的“秘密”感到心灰意冷，就像有豪华的铁质车轮从我身上轧过，仿佛我已经消失于天地间。我努力记住那些文字……一个面包师和一位女士的故事。我想，这的确是一出奇怪的戏。这就是伦敦女士们喜欢观看的那种舞台表演吗？虽然这已不是什么秘密……

“确实如此！”她文雅地拍了拍手，然后，突兀地问我是否愿意趁她去妹妹家时去看望妈妈，“你可以带一些蜜饯和下周要烤的面包给你妈妈。也可以给你父亲带去一些，*亲爱的安*。”

我又开心了，她称呼我为“*亲爱的安*”，她已经原谅了我的谎言！“谢谢你，伊莱莎小姐，”我一边说，一边把热吐司从叉子上拿下来，“您好像很高兴去看望妹妹，我为您感到开心。”

“我也很高兴，安。”她的声音抑扬顿挫，透着笑意。

“某一天她会来这里和我们一起住吗？”我把吐司放在大盘子里，这时我的肚子发出低沉的咕咕声。

“我怀疑她不会，”伊莱莎小姐说，“我们这里太忙了。现在，咱们试试芹菜配烤面包吧，要不要撒点香草？”

我皱起眉头，但没有时间思量她刚才说的话，她这么问是想知道我对芹菜的看法。我从小就没吃过芹菜，但我记得它的味道：温润可口，带有一丝柠檬的苦味，久煮之后会变甜。我跑到花园采来香草，又鲜又嫩。“好可惜拉维纪草早就没了，”我说，鼠尾草、百里香、迷迭香……味道太浓了，它们会盖过芹菜的味道，我思忖着，“用少量磨碎的肉豆蔻？”

“欧芹碎，如果有新鲜欧芹，”伊莱莎小姐说，“咱们先尝尝清吐司吧，然后再尝尝撒有肉豆蔻粉的吐司，好吗？”

当我把吐司切成 4 块时，我想到她那位神秘的妹妹玛丽，之前她从没有提过，她经常提及的是做家庭教师的姐妹——凯瑟琳和安娜。我对此好奇心十足，递上芹菜吐司时，大胆地问她玛丽是否有孩子。

“是的，她有好几个孩子。”

我等着她告诉我更多关于她的外甥女和外甥的情况，告诉我他们的名字和年龄，告诉我他们是多么活泼可爱，但她什么也没说，只是嚼着吐司，盯着肉豆蔻磨碎器，好像还在沉思芹菜的味道。我猜对了，良久，她说：“我更喜欢吃清面包，不要放肉豆蔻粉。”

然后她指了指窗户，透过玻璃，夜幕正在悄悄降临。“现在天黑得好突然。”她说。我正在清理盘子，整理和点亮一盏油灯。

为了让她开心一些，我说：“很快您就会和妹妹团聚了。”

她点点头：“玛丽家很舒适，她的丈夫颇受人尊敬，他们有最华丽的地毯和最好的银器。”

我觉得她这时在后悔没有嫁给阿诺特先生。但随后她雀跃起来，仿佛又恢复了活力，“晚餐！今晚只有你、哈蒂，还有我共进晚餐。我们要不要吃盐渍的黑斑鳕？在烤架上稍微加热……然后配……”她顿了一顿，她苍白的双手在胸前紧握，“咱们做法式炸土豆吧！脆脆的，浅褐色，叠成一道菜，撒上细盐，多么漂亮的一道菜！”

伊莱莎小姐好像一想到食物、晚餐和烹饪，就不忧郁了。烹饪确实会提起她的兴致，这让我也很开心。

第四十九章

伊莱莎
配丁香和肉桂的烤苹果

马车从科尔切斯特驶向格兰迪斯堡，一路颠簸，中途只停了一次。我下车走了一会儿，和我同车的那对夫妇正在小酒馆里吃饭，是一对脸庞看起来像腌鸡蛋的粗野夫妇。

散步途中，我走进一家啤酒馆看了看，也观察了几间简陋的棚屋，目睹了污秽和疾病，也看见那些与人栖居在一起的动物，这样的生活极其潦倒、毫无希望。多年来，我一直选择回避这一切。这些年我都从现实世界转过头去，全神贯注地关注诗歌、爱情和我自己。

我向人打听最近的烤面包店在哪里，但除了赤裸、愚笨的目光外我一无所获。面包，生命之主食，是我最关心的。然而，没有一间棚屋里有烤箱，如果没有烤箱怎么烤面包？我怒火中烧。当怒火平息时，我才想到自己是否一直在故意愤怒地让大脑处于忙碌状态。这样，就可以巧妙地把其他事情推到了一边。

马车继续前行，随着光线渐渐暗下来，我们到了格兰迪斯堡的郊区。这里很冷，寒冷刺骨的西南风带着淡淡的海腥味儿，我把斗篷紧紧地围在肩上。我的心跳得更快，更厉害；手在手套里感到闷热潮湿。我突然希望自己能遵从母亲的建议，拒绝玛丽的邀请。但是不，我永远不能那样做。无论玛丽想抛给我什么样的橄榄枝，我都准备好了接受。我想到了自画像，一幅小小的钢笔墨水剪影画，裹在我的红花绸披肩里，在最后一刻被我偷偷放进旅行箱。我带着画像是不是太草率了？当然在这么短的时间内就能画出来，很难得。但是安身上的品质，她的忏悔，唤醒了我内心深处某种隐晦的需求，我几乎无法理解，更不用说用语言来表达具体是什么需求。上帝知道我已经试过了。也许玛丽会把我的画像裱起来，挂起来；也可能她会尖刻地把它退给我；或者更糟，也许会把它藏起来，甚至烧掉。

突然，马车停了下来，马车车夫喊道："这就是格温尼医生的住所。"房子四周由铁栏杆和高大的黑色大门小心庇护着。窗户内烛光闪烁，窗户上装饰着大大小小的印花棉布和天鹅绒垂饰。一盏油灯在新刷白的砖砌门廊里冒着烟。前门上有一个巨大的黄铜狮头闪着微光，狮子的黄铜下巴上挂着一根黄铜钟的撞针。

他们一定听见了模糊的车轮声，或者听见了我的行李箱扔在地上的重击声，顷刻间，一群孩子急切地出现在窗前，孩子们的脸庞清晰、明亮。他们敲打着玻璃，把鼻子挤压在窗玻璃上，呼出的气息在窗玻璃上如花朵般绽开。这么多孩子！我立即寻找苏珊娜，希望能认出某些熟悉的特征。但在一片呼吸骚动中，窗玻璃变得模糊，我无法区分每个孩子。然后，玛丽和安东尼笑容满面地来到了门口，亲吻我，催促我一同进屋。我立刻闻到丁香、桂皮和烤苹果的味道。我很想循着香味去厨房；我想亲手静静地切碎食物；我想让头脑摆脱紧张混乱的状态，只想着温度和烹饪时间，只想着味道和食材质地的搭配。有那么一瞬间，我在想，是否可以让我在厨房待上一段时间。我和玛丽一起烹饪、商量并品尝食物，厨房里的嗡嗡声犹如温柔的背景音乐。厨房里那种天然的亲密氛围，比其他房间都更有助于培育友谊和爱情。日复一日，可以随意挥洒的厨房时光、难以忘怀的各种醉人的气味、封闭空间中的温暖和互助，这些都令人倍感亲密。

“你看起来气色很好呢，”玛丽高兴地说，她柔软的脸颊像火炭一样熠熠生辉，“你说呢？安东尼，我亲爱的。”安东尼从我的肩膀上取下斗篷，点点头：“是的，伊莱莎，你气色很好。”

然后孩子们（看起来似乎有几百个）拥入大厅，都说说笑笑，争先恐后地靠近我。我再次盲目地寻找*苏珊娜*，但孩子们穿着同样的衣服——白色罩衫，蓝色长筒袜。各种忙乱、噪声、尖声的大呼小叫让我不知所措，即使玛丽要求他们保持安静、别忘记礼仪，吵闹声也没有好转。她是如何在这样的喧嚣中生活的呢？我暗想。

我被逐一介绍给孩子们，小安东尼、泰瑟姆、米娜、安娜、艾米丽、海伦、哈蒙德，最后还有*苏珊娜*。她伸出手来，噘起红红的嘴唇吻我，我闻到了她刚擦洗不久的皮肤上的香皂味，等待某种情绪席卷自己。但是我却只感到最微弱的爱意，我等了一会儿，心不在焉地抚摸她的头发，内心并没有突然涌现出母爱情愫，没有抱紧她的本能愿望，也没有自然袒露的急切渴望。我首先感受到的是好奇。当她走开时，我仔细观察她，在她身上寻找自己的影子。她有我的黑发，我的白皙皮肤，我的细长脖颈。但她的眼睛不像我的……她的眼睛看起来很深邃，棕色带有微小的金色斑点，长而浓密的睫毛卷曲着，就像用涂过黄油的卷发器刮过一样。这双眼睛也是他的眼睛，无遮无拦，毫不留情。我立刻想起了他。

年幼一些的孩子拉着我的手和裙子，大一点儿的孩子则站在那儿用眼角余光瞟着我。安东尼把他的手放在我瘦小的后背上，引着我走进客厅，壁炉里火光闪烁，火焰呈红色和紫罗兰色，看不到尽头的书架上摆放着一排排用小牛皮装订成册的书籍。

安东尼看见我用一种窥探、羡慕的眼光看着那些书。“都是些很沉闷的医学书籍。”他挥了挥手解释说。

“它们让我想起了我们的老家，那时我们还没有卖掉家里的图书室，”我说，“我很高兴你们有这样的图书收藏。孩子们在成长过程中有书籍相伴是对的。”我想知道自己那本诗集是否会夹在医学书籍中，还有，苏珊娜是否见过或读过。但是没有，玛丽之前总是因为我诗歌里不受约束的情绪而感到羞愧，她曾经这样说过。如果这里有我的诗集的副本，只怕会被她锁起来。

年幼的孩子们在有火鸡图案的地毯上翻滚玩耍，他们推推搡搡，扮起可怕的鬼脸，伸出粉红色的舌头，手指在耳朵边上下摆动。他们似乎无法安静地坐着，一秒钟也不行。他们互相戳着对方的肋骨，相互扑倒，彼此叫着难听的绰号。大一点儿的孩子们欢呼雀跃，仿佛我的到来并不重要。惊讶之余，我向安东尼求教，但他正舒服地坐在一张扶手椅上，而玛丽则去给仆人发号施令了。

我不断地偷看苏珊娜，观察她聆听时歪着头的模样，生气时眨着浓密睫毛的样子，看她如何用手拍打兄弟们，看她皱鼻、挠头的模样。她发现我在看她，向我微微一笑。我又想起了他，想起了他的笑容，他那仿佛弯成阿拉伯数字“2”的笑容。

“苏珊娜，你不坐在我身边吗？”我以鼓励的语气问她，并拍了拍沙发。她看了看安东尼，他点头表示同意。这个小女孩，我的亲生女儿，蹑手蹑脚地向沙发走来，像猫一样跳到沙发上。她依偎在我身边，我感受到她靠在我身上的体温。我的手臂仿佛自动抬了起来，搂着她的肩膀。

玛丽回来时正好看见我们这样依偎在一起。

第五十章

安
巴伐利亚黑面包

去巴明希思精神病院的途中我搭乘了两次马车。第二次是乘一个皮匠的马车，我全身都是他呼出的酸臭气息，他的烟斗喷出的烟雾直往我的耳朵里灌。这样走了一英里后，他把粗壮的手放在了我的膝盖上，问我该如何报答他的恩情。我非常坚定地回答说，我是一名好女孩，不想再听见他这些邪恶的话语。我说这番话时充满自信，连我自己都感到大吃一惊。这些话仿佛自动地脱口而出。从他马车上下来之后，我才意识到自己的话语中有伊莱莎小姐的说话的腔调——干净利落且充满力量，语气坚定且文雅礼貌。这一切都是从她那里学来的，我这样想着，一种温暖感油然而生。

一路上这种温暖轻盈的感觉都伴随着我，直到抵达精神病院，尽管每走一步，我的篮子就变得更沉。篮子里有两罐蜜饯，一小块新鲜黄油，一壶浓稠的奶油，还有一条面包，伊莱莎小姐称之为巴伐利亚黑面包，这名字出自一位叫李比希的教授。整整一个星期，他的书籍和小册子通过邮车陆续送来。篮子的最底层有一本烹饪书，我决心向护士们展示妈妈的阅读能力。当然，这将是一个小奇迹，因为妈妈已经好多年没有读过任何书了。但伊莱莎小姐向我保证说，没有人会忘记阅读，永远不会。

今天寒风凛冽，当风灌进口鼻时，我感到冰冷得刺痛。我抵达精神病院时，风刮起来，把我的头发从帽子里吹了出来，吹在我皲裂的嘴唇上，翻卷着我的裙裾。精神病院的看门人拉开窗户上的小窗，风径直刮了进去，吹得桌上的纸张乱飞，他怒气冲冲，很烦躁。

“我是来看望简·柯比夫人的，我的妈妈。”我说着，把6便士的硬币推向他。

他看着那枚硬币，皱起眉头，似乎不确定是否应该拿。我把硬币推得靠他更近些，纳闷他为何不像平常那样迅疾地抢过去。

他眯起像猪一样贪婪的小眼睛，看着桌上的纸，用他骨头突出的拳头按住，风仍然从敞开的窗口灌进去。我拉紧披肩裹住冷得发抖的肩膀，希望他们能把妈妈从温暖的某处带到我身边。或者，也许我今天能看见她的卧室，能感受她的羽绒床垫的柔软和被子的厚度。妈妈全身瘦骨嶙峋，单薄的床垫和单薄的被子根本不适合她。

看门人咳嗽了一声，他的目光在那张纸的上方，转来转去。

“我识字，自己会看。”我试探地说，不想伤他的自尊。

“你可能是会，小姐，”他说，又咳嗽了一声，“昨天有位绅士来找过柯比夫人。”

“哦。”我答道，感到很惊讶。从我记事起就没有人称呼爸爸为绅士。我在疑惑我上周送蜡烛头和兔耳朵回去时，为何爸爸什么都没提。“一定是我父亲，他只有一条腿。”我说，想着他是不是和磨坊主一起乘马车来的，希望他不会像我初次来时被拒之门外。

看门人凝视着那张纸，嘴巴努来努去。然后他抬起头，但没有直视我的眼睛。“昨天来的那位先生有两条腿。”

我盯着他，一时感到困惑。“一位有两条腿的先生来找柯比夫人？我妈妈？”

看门人缓缓点头，舔了舔干燥的嘴唇说：“他把你妈妈带走了。”

“不，你把我妈妈和别人混淆了，”我现在很不耐烦，“给我看看那张纸。”我把那6便士推到他的指关节那里，然后抓起那张纸。也许有另一位柯比夫人，或柯克比夫人，或克里比夫人，被医生治愈后，被丈夫接走了。

他把那张纸拉了回去，脸红了。“我很清楚自己的所见所闻，小姐，不需要再读了。”

“那么，告诉我她去了哪里，”我说，“或者是谁来接走她的。”

他抓起6便士，放进他的口袋，好像觉得没必要再留它在桌子上。在那一刻，我就明白他对我说的会是实话，他要透露一些他本不应该说的事。“那是一个神职人员。他见了监督员，要求进行私人会谈。”风停了，顷刻间，很寂静，甚至地面上干燥的老树叶也停止了舞动。可能是索普牧师，还能是谁呢？把她带回家？她已经痊愈并准备好再次参加教区活动了？但是刚刚突然想到这些，我就意识到这些想法极其愚蠢。

我的声音变成了低声细语：“他把妈妈带去哪里了？”

守门人紧闭嘴唇，用力盯着他的纸张。只是这一次，他的眼睛没有转来转去。我从钱包里又拿出一先令，塞给他。

他看着那枚硬币，我看见他的嘴在蠕动，仿佛在与自己的灵魂做斗争。“请收下这钱吧，”我说，“给您添麻烦了。”

“她在停尸房。可能有一段时间了，”他说，停顿良久，“停尸房已经满员了。”

我皱起眉头，不理解他的话，不懂停尸房是什么。“她还在那里吗？”

“他把她带到了东巴明的圣玛格丽特教堂，”他将硬币推回给我，“那是幸运儿才会去的地方，因为没有被卖掉。”

“被卖掉？”我附和着，感到莫名其妙。

“没错，把他们的头盖骨切下来，把疯癫的大脑切开。你们很幸运，还有教士为她举行基督教式的葬礼。”

一些黑点开始在我眼前奔腾，蜂拥而至。顿时，无数黑点占据了我的视线。黑点后面，守门人的身影模糊了，他点着的头消失在突然而至的黑暗中。我只能听见他闷闷的声音：“你没事吧，小姐？”

当我的思绪在黑点风暴中摸索时，一些词语向我奔涌而来，被我捕捉到了，我紧紧握住，说了出来，无声地，一遍又一遍地说出。生命的银线被撕裂，金碗被打碎。生命的银线被撕裂，金碗被打碎……

“你可以步行到东巴明，就朝着乌鸦飞过的方向，距离这里只有一英里多路。那里只有一座新坟，其余的尸体都被卖给了外科医生。”

透过旋转飞舞的斑点，我看见守门人在小窗里朝我打着手势，要我回到马路上，一直向左走。

“但她有地方可去，”我麻木地说，“我是她生命的银线，她是我的金碗。”透过逐渐消失的黑点，我看见守门人很奇怪地看了我一眼，之后他的手伸向小窗，把我关在了外面。

泪眼模糊中我向人乞求着问路，总算一路踉跄地来到了圣玛格丽特教堂。我心怀愧疚，一个想法在心头萦绕不散：妈妈的死是我的错，如果我留在家里陪她，她肯定还活着。如果我上次更坚强些，更像坚强的伊莱莎小姐，而不是虚弱无力的自己，就会在她们说妈妈被铁铲子绊倒后坚持要求去看她。我现在明白了那只是个谎言，目的是把我支开。当我到达墓地时，我停止了哭泣。后面是一个新翻的土堆，压根儿没有什么鲜花的影子，连一片新鲜的树叶也没有。枯萎卷曲的树叶吹到土堆上，又被风刮走。我在地上寻找脚印，只看见一个脚印，一只皮靴印记。没有任何其他人来过的痕迹，只有新翻开的土壤的黑色的碎屑，只有乌鸦在光秃秃的树上尖叫。

我从篮子里取出蜜饯，还有伊莱莎小姐借给我的书《厨师的权威指导》。我要悼念完妈妈才走。正是她教会我识字读书，正是她教会我写字。我把书放在崎岖不平的地面正中，像一个墓碑，书的皮革封面被沾有黄油的手指紧握后留下的印记在黑色土壤的映衬下隐约闪着光。我跪在冰冷的泥地上，把一罐大马士革果酱放在榅桲果酱上面，把它们都放在书上面。我已经为她做了一个墓碑。我想，这个墓碑会和别的墓碑一样值得尊敬。我摆放巴伐利亚黑面包、黄油和奶油罐子，组成一个十字架。然后我亲吻每个物件：

书、罐子、面包和冰冷的黑土。

当我祭拜完，擦掉嘴唇上的泥土碎屑时，发现强风已经减弱，变成了阴郁的微风。我拎起篮子，帽子拉得很低，裹紧披肩，出发返回汤布里奇，这将是一次漫长的行走。

第五十一章

伊莱莎
醋栗蛋糕

玛丽利索地主持了孩子们的茶会，又对孩子们发出一串指令：满口食物时不要说话，不要吃手指，咀嚼时不要张开嘴，不要抠鼻子，不能辜负上帝浪费食物，不要把餐巾放在头上，不要逗妹妹，不要戳小婴儿，不要把面包皮掉在地板上。

才几分钟，这样的气氛就让我昏昏沉沉，持续不断的喧闹声令我头脑抽痛。我用眼睛的余光观察苏珊娜，她正狼吞虎咽地吃着烤饼，还用手肘顶着她弟弟。我这时感到一种奇怪的疏离感，不仅是和她疏离，而且和所有外甥和外甥们都疏远。我想到一点，体现得最无情的一点——如果我再也见不到他们了，我也觉得毫不在乎。这让我很震惊，自己竟然这么迟钝麻木，这么冷漠无情。也许爱的孕育需要时间，我想。或许如果我多见他们几次，就会怀有一丁点儿慈爱的感情。如果苏珊娜是跟着我长大的，我会有母爱之情。

米娜的尖叫声很大，我不由得用双手捂住耳朵，被玛丽看见了。“啊，伊莱莎，我亲爱的。他们是因为你的到来才这么兴奋的，平时不是这样不守规矩的。”

我把手放在腿上，搓揉着餐巾。我想找个借口溜进厨房或卧室，但我知道玛丽现在希望我观察孩子们喝茶，虽然不知道为什么。我在想，如果这是一出戏，我会怎么写？该如何收场？我怎样才能吸引观众的注意力？是不是可以把餐桌上的布拉下来，让陶器和餐具啪的一声掉在地上打碎？玛丽会抓起面包刀绝望地刺进自己的心脏吗？我需要一些道具，让舞台上立即出现恐怖的嘘声……有几分钟，我完全沉湎在思绪中，专注地考虑舞台指令和各种道具，以及何时拉下帷幕。直到玛丽责备的声音闯入了我的脑海。

“伊莱莎？伊莱莎？苏珊娜在和你说话……”

我抬起头，看见苏珊娜正盯着我，而他也闪现在我面前。那段记忆如此生动，如此锐利，使我的指甲都嵌入了手掌。

“很抱歉，”我摇摇头，“我刚才在想一些别的事。”

“妈妈说，我今晚可以读书给你听。”

我尴尬地淡淡一笑。玛丽正在切一个巨大的醋栗蛋糕，她停下来，对苏珊娜笑了笑。“为什么不向你姨妈展示你的法语阅读能力？”她把刀插进蛋糕，然后转向我，“一位法语老师每周都会来家里，主要给哈蒙德和泰瑟姆上课，但安东尼认为苏珊娜也应该上这个课。亲爱的，她学法语有天赋。”

“我的法语比哈蒙德和泰瑟姆好得多。”苏珊娜补充说，她从蛋糕上挑出醋栗，推到盘子边。这些醋栗还没有去掉果柄，我有些恼火地注意到。

“不要吹牛，苏珊娜，”玛丽再次转向我，“她的法语非常好，亲爱的，非同寻常。”

我畏缩了，希望她不要再含沙射影。她不断提及早已逝去的过往，我煞费苦心地把它们从记忆中抹去，她却添油加醋地提及，一直拉扯着我，使我疲惫不堪。小婴儿开始啼哭，我看见苏珊娜把一个醋栗轻轻弹给哈蒙德。突然间，我渴望博尔戴克之家的平静，渴望女仆安的宁静陪伴、我的食谱和诗歌、我的鹅毛笔和黄铜墨斗，还有精心准备的各种食物。在博尔戴克之家，吃食物时细嚼慢咽极其享受，一小口一小口地吃，不像这张餐桌上的食物要么被狼吞虎咽地吃光，要么被啃得一塌糊涂，或者有面包皮和醋栗从黏糊糊的手指间滑落到地上。“要听你读书，我一定准备好。”我让自己的声音亲切欢快，这是未婚姨妈的充满柔情的嗓音。然后我转向玛丽：“所以如果你允许的话，我想休息一小时。”

“你好好休息，等你吃晚饭。”玛丽正在切分没有完全发酵的面包。她抬起头，看向我，“我们有件重要的事情要讨论。”

我感到一阵迷惑。仿佛有某种神秘的东西飘进了视野，却又盘旋而去。我突然明白了她信函里的意思。她并不是想与我重续姐妹情谊，她是想索取一些东西，*从我这里*。

晚餐极其乏味，每道菜都不如前一道菜可口。我啃着煮得过头的粗糙羊肉，吃着还有皮的清水煮土豆，可以看得出削土豆皮的人很不用心，也没煮烂，土豆还有硬心；卷心菜丝煮过头了，也没沥干水分；最后是大米布丁，既没有和葡萄干、杏仁、柠檬皮等一起煮出来的味道，也没有加入任何调味品。这些难吃的食物分散了我的注意力，让我暂时忘记了即将进行的谈话和将要讨论的*重要的事情*。我已经明白是什么*重要的事情*了，玛丽和安东尼·格温尼需要钱。

整个晚餐，我都在想该如何回答她。我没收到朗文先生对书的预付款，而且在未来的几年也不会有钱。我还准备好了怎么回答为何拒绝和阿诺特先生结婚，准备好应对他们指责我辜负了母亲、父亲和姐妹们，是我让姐妹们沦为家庭教师。但这些问题都没有出现。安东尼倒是证明了他熟知李比希教授及其营养理论。在晚餐的一个小时里，我们还讨论了营养的重要性，甚至在我们嚼着这些已经煮得毫无营养的食物时也在讨论营养，真是很讽刺。但是玛丽没有注意到这一点，她总是被孩子们乱跑的脚步声分心，或者被其他遗忘的事情分心：一个未解开的裙子下摆，一只还没有缝补好的袜跟，一只四处乱放的靴子。

最后，女仆上了波尔图葡萄酒，为安东尼准备了一个小小的水晶杯，接下来就是谈重要的事情。

安东尼给自己斟了一杯酒，然后清了清嗓子。玛丽也清了清嗓子，所以我不知道谁会开口向我要钱。我看见他们对视了一下，为了避免尴尬，我主动伸出手说："请不要担心。我知道你们需要钱给苏珊娜，这是你们应得的。但朗文先生没给我预付款，所以需要些时间。我给了自己 10 年时间准备和撰写烹饪书。"

玛丽的脸红了，但在她说话之前，安东尼伸出手来回搓着，似乎要阻止我说话。

"你误会我们了，"他说，"我们请你来是想把苏珊娜还给你。"

我顿时感觉血液从我的脸上流光了，又裹挟着羞愧、困惑和震惊等情绪奔流回来。

"你已拒绝了阿诺特先生的求婚，你现在似乎不太可能再有自己的小家庭了，”玛丽说，“我们深爱苏珊娜，视如己出，但我们不应该把她一直留在身边。母亲说过，有一个年轻女孩一直在协助你写书，我们想，既然现在苏珊娜已经12岁了，也许你可以让苏珊娜代替那个女孩。母亲也已同意了。”

我的亲生女儿……我可以把苏珊娜带回家？我将成为一名母亲……一名母亲！

“你可以很好地向他人解释，”安东尼说道，他给自己又斟了一杯波尔图葡萄酒，“你可以说她是你的外甥女，来自萨福克，来你家帮忙。给她的费用将从你给厨房女佣的工资里支付。”

我闭上眼睛，眼前立即浮现出各种场景：苏珊娜和我一起逛市场，我教苏珊娜法语和文学，我俩一起做饭、品尝、交谈，讨论读书和烘焙，读诗歌，做布丁；我会向她介绍海曼斯夫人和兰登小姐的诗歌；当我拜访勇敢的凯利小姐和她讨论我的剧本时，苏珊娜会陪着我，我会告诉她有关凯利小姐的真实经历……

“好吧，你怎么想？”玛丽的声音有点儿沙哑，我睁开眼睛，看见她双眼噙着泪水，目光有些呆滞。

“让伊莱莎再考虑一下，明天再决定吧。”安东尼轻声说。

我点点头，不打算仓促做决定。但是，一想到他们的承诺以及我的亲生女儿可能回到自己身边，我就感到激动。“我现在要去听她读书，我和她说好的。”我边说边推开椅子，几乎是跑出了房间。

苏珊娜正躺在小床的一堆针织垫上，小床是油漆过的。我抚摩着床架，冷冰冰的金属让我立刻松了口气：金属物不会长臭虫。我突然觉得这可能是我第一个真正的母性念头。竟然会想到这个，我感到有些吃惊，仿佛是一种本能。这就是母性吗？除了担心女儿床上有臭虫，我还有其他母性情感吗？

“我给你背一首诗。”苏珊娜说，她洗干净后的粉红色脸颊在烛光下发亮。她开始背诵，很快，一气呵成，感觉字字句句都溢出来了：“‘你愿意走进我的客厅吗？’蜘蛛对苍蝇说，‘这是你所见过的最漂亮的小客厅；沿着蜿蜒的楼梯就可以走到我的客厅，等你来到客厅，我有许多好玩的东西要给你看。’”

我坐在她身边，用手臂笨拙地搂住她的肩膀等着，等什么？我想是等待母爱的泛滥。她还在背诵，我试着把注意力集中在这些单词上——“‘我相信你一定很累了，亲爱的，在这么高的地方翱翔；你愿意在我的小床上休息吗？’蜘蛛对苍蝇说，‘这周围有漂亮的布帘；床单又好又薄。如果你想休息一会儿，我就给你盖好舒服的被子！’‘哦，不，不，’小苍蝇说，‘因为我经常听人说，睡在你床上的人永远，永远再也不会醒来！’”

“你背得太棒了。”我说，虽然这些诗句让我感到不安。狡猾的蜘蛛和毫不疑心的苍蝇的意象在我脑海里晃动。我们谁是蜘蛛，谁是苍蝇？如果我把她从这个喧闹的家里，这个有她受人尊敬的医生爸爸的家里带走，将来她会谢我还是恨我？如果我没能培养出对她的喜爱之情怎么办呢？如果开始和结束我都只是在为臭虫而烦扰，而对她并没有母爱的情感呢？

“后来发生什么了，苏珊娜？”她没有回答，我发现她已经睡着了。我弯腰亲吻她的脸颊，热乎乎的，还有点儿黏糊，是香皂的残留物。我兴奋极了：*我的亲生女儿！*把她留在我身边，留在我家，我俩一起做饭、读书、朗诵诗歌，会是怎样的情景？我再次亲吻她的脸颊，让嘴唇停留，纳闷这是否就是玛丽亲吻孩子们道晚安时的感觉？这是一种满足感，在吹灭蜡烛之前，我忍不住又吻了吻苏珊娜。我正踮起脚悄悄从苏珊娜的房间走出来，一只球打中了我的侧脸。我转过身，脸颊疼痛难忍，瞥见楼下客厅里哈蒙德和泰瑟姆正在奔跑打闹。

我刚才的心满意足瞬间变成了烦躁恼怒。为什么玛丽不责骂他们？我边想边抚摩着抽痛的脸颊。女仆在哪里？我试图保持冷静，因为安东尼的话在我的脑海中反复出现……我必须考虑一下，明天再做决定，不能草率行事。当我蹑手蹑脚经过玛丽的卧室时，我才意识到为什么她没有出来责骂哈蒙德和泰瑟姆——她正待在她自己的卧室哭泣。

第五十二章

安
原味磅蛋糕

我没回博尔戴克之家。伊莱莎小姐还要过一天才回来，我还有问题要问爸爸、索普牧师和索普夫人。我的脚又酸又痛，脚后跟和脚指头上的水泡破了，还渗出了液体。夹杂着霜冻的寒风骤然从东面刮来，把我的脸抽打得生疼。我的手指也冻僵了，但身体的这些痛和我脑海中喧嚣着的问题相比，根本不值一提。这么多问题，彼此牵扯，起伏蠕动，蔓延开来。妈妈是怎么死的？为什么没有人告诉我？为什么索普牧师要把她埋在离家数英里之外的无名坟墓里？在这些问题之下还徘徊着另外一些问题，虽然不那么急迫和尖锐，却带着怨气和痛楚，挥之不去——是我很久以前就应该关心的问题。是什么导致妈妈发疯的？是不是发生了什么事故我却一无所知？是我把她逼疯的吗？妈妈的疯病也会是我的宿命吗？

我知道自己应该先回家问爸爸，但我不相信他会告诉我真相，而且教区长办公室就在回家的路上。我应该在教区长办公室停下来，我想。我将学着伊莱莎小姐的口吻，要求在教区墓地为妈妈举行得体的葬礼。

我走到后门，挤过一辆狗拉车和一匹驮着干草袋的小马驹后，请求见牧师，一个女佣上下打量我，说他出去了，并试图关门。“那索普夫人呢？”我问。狂风从我身边呼啸而过，也掀起了女佣的围裙，拉扯着她的帽子。

她点点头，关上门。当门再次打开时，索普夫人来了，穿着厚实的黑丝衣服，忸怩作态，仿佛她不确定该露出什么表情。最后，我看见她流露出无可奈何的神情。

“请进，安·柯比，”她说，“我丈夫不在这里，你可以等他回来。”

“也许你能帮我，索普夫人。”我跟着她进了客厅，我的手在披肩下一直颤抖。我宁愿去别的地方，在这里看着这些瓷器小玩意儿和天鹅绒坐垫，我很不舒服。真希望我现在已经回家找到爸爸了，但来不及了。索普夫人指着一把原木椅子，示意我坐下，她放下沙沙作响的厚裙子，屈身坐进一张棉绒扶手椅。她竖起眉毛盯着我，似乎急于知道我此行的目的。

“我想问问我妈妈的事，”我说得很平静，玻璃柜里的金钟正发出报时声，“我相信是索普牧师埋葬了她，就在梅德斯通那边。”泪水这时刺痛了我的双眼。

索普夫人点点头，轻快地说：“对的。他一直对你家人很好，安·柯比。等他回来，我想你会当面谢他。”

我眨眨眼睛，对她的这些话感到莫名其妙。“但她是怎么死的，为什么没有人告诉我？”

索普夫人从地上的篮子里拿起织物，动作随意地编织起来。“她从精神病院的楼梯上摔下去，摔断了脖子。索普先生得知后，主动做了安排。他现在正和你父亲在一起，不过我希望他很快就会回来。”

“是的，他真是太好心了。”我嘴唇颤抖着说，一些画面快速涌入我的脑海。在那座宏伟的灰色建筑里妈妈从几百级的楼梯上滚了下来。为什么那里没有把她绑在一个护士身上？如果我一直照顾她，妈妈就不会摔倒，强烈的内疚感向我袭来。

“的确是的，他是大忙人，也特别慷慨，他为你妈妈的棺材付了七先令。他是品德高尚的牧师，安·柯比。”

“但为什么要把她埋在那么远的地方？”我的手指甲用力地压着手心，努力阻止眼泪奔涌。

“我们的墓地里不能有精神错乱的疯子，安·柯比。我家的卧室就俯瞰着墓地，我们希望能生养自己的孩子，上帝保佑，”她继续手里的活计，刺了一下绣品，一直没看我，“而且，我喜欢开窗呼吸新鲜空气。”

我盯着她苍白、紧绷的脸。她的意思是妈妈的疯病可能从地下的棺材里爬出来，穿过打开的窗户感染她？

“牧师和我不能冒任何风险，”然后她抬头，直视我的眼睛，“事实上，安·柯比，她早就已经不是你的母亲了。是我丈夫把你，还有她，从没有尊严、不体面的生活中拯救了出来。她开始失去理智时你们就该哀悼了，从那以后她已经不再是一名母亲，只是一个疯子。”

我看向别处，看着壁炉架上的瓷器装饰品，看着墙上那些被裱起来的小刺绣和水彩画，还有地毯上缠绕的黄玫瑰。我试图想起妈妈发疯前的图像，但一直没有出现，直到我迷迷糊糊地转过头来，看见窗边的小桌上放着一本圣经书，就在那一刻，妈妈向我走来。我当时已经 10 岁，蹲在她身边，翻看着书页。空气黏稠、潮湿，有苹果和蜂蜜的味道。一只黄蜂嗡嗡地叫着，嗡嗡声与妈妈的言语混在一起。她嗓音低沉平静，她用指尖抚摩我的脸颊，告诉我，必须珍惜书，书永远都是我的朋友。

我想紧紧抓住那图像，但是它消失了。后来，爸爸把所有书扔进炉火，一页一页地撕，高声嚷道我们必须取暖，否则我们会死。母亲就是在那时发疯的，但那时她还会号啕大哭，或泣不成声。父亲必须把她绑在窗户旁，防止她跳入火里烧伤自己。

“她一直都是我的母亲，我想把她葬在汤布里奇。”我说道，对自己嗓音里透出的勇敢无畏深感惊讶。

索普夫人弯下腰，从她那张胀鼓鼓的椅子下面拉出一只垫脚的凳子，把脚搁在上面，仿佛她已经劳累了一天，还在继续做着针线活儿。“她是怎么发病的，安·柯比？”她眯着眼睛，缓缓问道，“她智力衰退的最初迹象是什么？”

我停顿了一下，不知道该怎么说，她按了下腰带上的铜铃，吩咐客厅的女仆送来茶和两片厚度不超过小指头的原味磅蛋糕。她用小指头在空中戳了戳，示意女仆不要弄错面包该切多厚。

“回忆一下，安，”她说，她的五官现在相当柔和，差不多是在微笑了，“你首先注意到了什么？”

我不想对索普夫人谈起妈妈，但我现在又饿又渴，而且觉得如果我现在表现得有礼貌，也许妈妈可以被得体地葬在汤布里奇。爸爸和我就可以每周去她的墓前献上野花。

我回答了她的问题，但很不确定，因为那是多年以前的事，而我当时只是个孩子。

“她开始只是不记得自己在地里种了什么种子。”我说。没有说旱金莲从每一寸土壤破土而出，也没有说那一年因为没有土豆或韭菜，我们只能吃了旱金莲的种子，直到嘴被烫伤。我纳闷：是否从那时起她就不再是*我的*母亲？从那时起我就成了*她的*母亲？虽然索普夫人的话令我愠怒，但我明白她说得有些道理。某种程度上，从那时起母亲就不再是我熟悉的母亲。然而，对我来说，她仍然是妈妈……我的妈妈。

“她变得健忘了？”索普夫人对我微笑，却是很奇怪的笑，好像用黏土在她脸上捏出来的笑容，“接下来呢？”

“她词语混淆，不能用言语表达自己了。”我回答。我没有告诉她，有一天，当妈妈似乎找不到任何词语时，从炉子上直接抄起铁水壶扔向了爸爸。也没说自那以后，她就躺在床垫上，只是躺在那里，什么都不做，什么也不说。

“她从什么时候开始……游荡……脱掉衣服的？”索普夫人不依不饶地问道，她咳嗽一声，眼睛盯着手里的针织活。

“那是不久前，”突然间，我不想多说了，我不愿意再回想妈妈去年的样子——她像喝醉了一样倒在地上，哭着、喊着，像死人一样一直躺着，在小屋的地上小便，半裸着在小河边跑来跑去，我不想回忆她那副模样，“她失去理智了，”我简单回答。

索普夫人的脸色又变得很难看，“那你和你哥哥呢？你们是不是也变得健忘了？”

“我必须回博尔戴克之家。”我猛地站起来，不在乎是否礼貌。原本要等着吃原味磅蛋糕，等着见到索普牧师，现在我统统不在乎了。突然，我很厌恶索普夫人，厌恶她好管闲事，问我这些讨厌的问题。我想待在伊莱莎小姐的厨房，面前是她的诗作——抒写绝望的诗歌。一行诗文向我飘来，我从空中摘下来，紧紧抓住不放……当我离世时，请来到我的坟冢，俯身停留片刻……我会想办法把妈妈葬在汤布里奇，就算我不得不徒手把她的尸首挖出来，我想。

第五十三章

伊莱莎
土豆面包卷

可想而知，听了玛丽和安东尼要归还我女儿的提议后，我夜不能寐。经过一个小时的内心挣扎，我起身穿好衣服，蹑手蹑脚地走到客厅，壁炉快熄灭了，冷飕飕的。我又迟疑地走向厨房；经过洗涤间时，看见一个女仆睡在地板上；经过卫生间时，听见有人在门后大声打鼾。厨房里只有炉子还散发着微量余热，铜锅在月光下发出光泽，一只捕甲虫的夹子咔嚓噼啪作响，看来有昆虫落进了夹子嘴。我关上身后的门，房间里的安详与宁静让我倍感抚慰。我有一种莫名其妙的冲动，想要做一些事情，写字、切片或揉捏面团。无论做点儿什么都可以，只要不是这样没完没了地把拳头握紧又松开。我点燃了一支蜡烛，寻找羽毛笔、墨水瓶、纸张，但是没找到。我的手必须做事才能让自己平静，否则我不能思考，不能清晰地思考。

是的，其实我并不是一个真正的“老处女”。可我没有想过苏珊娜会回到我身边，从来不敢有这样的奢望，虽然我经常梦见和女儿一起生活。而当这个时刻真正来临时，我却疑虑重重，不仅为自己也为她烦心。我没有玛丽那种乐天的母性气质，虽然承认这一点让我很难过。每每在深夜陷入焦虑时，我会怀疑自己是否有什么地方不对劲……因为即使在亲吻苏珊娜时，我也只是仅仅感到满足，而不是玛丽所能感受到的那种真切深厚的母爱。当然，我会不由自主地伸手检查苏珊娜的床架是否藏着臭虫。但是，如果这仅仅是出于某种自我关心呢？我的思绪总是闪回刚到客厅时的介绍，当时我只是感到好奇。当母女“首次重逢”时，我的心里却没有想象中汩汩涌出的温情和爱意。我是不是有些不正常呢？

我在厨房四处看着，目光落在一个面粉罐和一篮土豆上。我找到一把挂在碗橱架子上的削皮刀，开始削土豆，长长的螺旋式的带泥的土豆皮掉进碗里。每削下一段螺旋状土豆皮时我都在思忖：我女儿会更满足于和我一起生活，还是更喜欢和她的大家庭在一起生活呢？那里有她的兄弟姐妹和父亲，而我有成为好母亲的各种特质吗？仅仅因为生了她，苏珊娜就属于我吗，还是属于养育她的玛丽？我该如何成为一名母亲？

当我把最后一块土豆皮削进碗里时，我有一种强烈的渴望：我渴望苏珊娜属于我自己，我想拥有本该属于我的女儿。我回忆起她出生时的情景：她躺在我怀里，头上满是血迹，皱巴巴的脸像一颗焯过水的核桃。勒德夫人穿着白色的长围裙，弯腰递给我一瓷杯白兰地。苏珊娜咬着我的乳头，我再次感受到疼痛、解脱，还有分娩时的精疲力竭。皮埃尔从未来探望过，也从未见过苏珊娜。

在回英国前的等待期间，有一天，我收到他的来信。我没有保留信，但那些文字却深深地烙进了我的脑海，收到来信时的场景也定格了，就像保存完好的花色肉冻那样。我记得所有那些生动的小细节：空气中涌动着丁香花的温润香气；诺曼底的光线像金子一样洒在地板上；摇椅上的藤条装饰吐出吱吱细语；父亲边看书边捋胡须；勒德夫人给苏珊娜哼着小曲。我正透过狭长的窗户望出去，希望自己已经康复，可以再次在海滩上散步。皮埃尔和我曾在这片海滩上度过许多欢愉的时光，我们漫步、谈心，我们双手颤动着十指相扣，难舍难分。

当然，海滩也是我的堕落之地。在微微倾斜的沙丘上，他拥我入怀，我们头一次那么深情地相吻。当然，他曾向我求婚。他曾说法式婚姻主张婚前发生关系，这没什么羞耻的，作为他的爱妻，我将是半个法国人。我并不后悔，多年以来，我一直享受着那一夜的激情之爱，回味他迷人的肌肤、温柔的触摸，还有我身下轻柔下沉的细沙。

当我意识到自己可能怀孕时，为时已晚。那时我才耳闻他玩弄许多女性的风流韵事，他玩弄女仆、女裁缝、淑女，还有制作花边的女孩。面对他，似乎没有女人有免疫力，但这一切对我并没有影响。我于是看见了自己的未来……一个离乡背井的妻子，被抛弃冷落，不能相信任何女仆，不能相信任何朋友。即便给我金山银山，我也不愿意做那个愁苦可怜的小妇人。

起初，我嫉妒得难以忍受，满脑子只想着他如何抚摩那些女人、他如何亲吻她们、他如何在她们耳畔柔声细语。嫉妒这时占据了我的全部心灵，又妒忌又怨恨，直到我不能再想别的任何事情，也直到我失去理智。一天晚上，我决定在纸上宣泄自己的所有感受。如今回想起来，那是不是上帝的隐晦指引？写作诗歌拯救了我。一个星期后，我把皮埃尔的订婚戒指还给了他。他当时跪在地上，祈求我回心转意，说关于他和那些女人的所有流言都是谎言和诽谤。我一度动摇了。他是那么英俊、那么潇洒、那么迷人，他驰骋疆场的勇气和胆识也声名远播。我感到自己的身体仿佛融化了，想要大声呼喊他，但是我的灵魂更加强大。写诗已经让我变得坚强。

那天晚上，我回到住处，写了一首又一首的诗。一个月后，我确定已有身孕。我的胸衣被撑破了，月经许久没来，每天中午之前都不想吃东西。但我的思想还是很坚定：我不会成为皮埃尔那位俯首帖耳、暗中巡行的妻子了。我写信给玛丽，她当时已经嫁给了安东尼，成了他 3 个孩子的继母，她自己也有了孩子。我写信只是为了寻求建议：我每晚都会因为双腿剧烈痉挛而惊醒，早晨的恶心感也令我难以忍受。但她通知了母亲，母亲拒绝与我通信。然而，父亲则匆匆赶来诺曼底，他试图说服我接受皮埃尔的求婚，至少完成形式上的结婚。但我不愿意。我不能！我已经在写作中找到了方向，一个能让我保持稳定的方向。这个方向似乎为我提供了一种逃避手段。我已经在想象一本小小的诗集以及它的读者。我知道文字中存在真理，如果文字帮助了我，那么也可以帮助其他人。我和皮埃尔的孩子在腹中逐渐长大的同时，我也秘密地养育了另一个孩子：我的诗歌。分娩时，皮埃尔已经有了新的未婚妻，而父亲也不再想着让我回到皮埃尔身边。而我的秘密爱子——我的诗歌，真正与我联结一体，温暖而有活力，有一个鲜活独立的灵魂。

只有一件事父亲很倔强地坚持：我不能自己抚养这个孩子。母亲和玛丽也一致认为阿克顿家族的好名誉不能被一个私生女玷污。这样的污点会影响我的姐妹们，甚至致使她们终身不得嫁，我父亲和哥哥的生意也会因此变得艰难，母亲也不可能再有社交生活。而对我来说，父亲之前投资我的教育则毫无价值了。

“你还怎么嫁人呢？”他问，“如果你有一个孩子，你怎么能成为家庭教师、学校的女老师或一名女士的侍伴呢？”

那天下午我收到皮埃尔的来信，在那个有一扇长窗的房间里，阴影越来越长，海浪声越来越响。他在信中提议：他和他未婚妻希望收养苏珊娜，她会在法国无忧无虑地长大。这是一个慷慨的提议，父亲敦促我好好考虑一下。可我立即知道，如果这样我可能会永远失去自己的孩子。于是我写信给玛丽和安东尼，恳求他们带走苏珊娜。玛丽回信迅疾：她愿意接受苏珊娜，但有一个条件，需要我放弃作为母亲的一切权利，永远放弃，她会把苏珊娜完全当作自己的孩子养育成人。

苏珊娜属于我的时间仅仅一个月。在那一个月里，我爱她吗？仅仅那一个月，可以和她成为玛丽女儿的 12 年相比吗？我一直记得把苏珊娜交给妹妹时我的痛苦。有一个星期我一直都很煎熬。在那一周里，我的肘部和胸部的空虚感变成突突的抽痛。乳房漏出乳汁时像伤口般疼痛，直到勒德夫人用冰冷的卷心菜叶和亚麻布条绑住我的胸部。我同时夜以继日地写诗。后来，在一个明亮的早晨，我走出房间，穿过长满松树和白桦树的树林，看见狐狸草、野油菜花、石楠树和玫瑰都从地里冒出来了，鸟鸣震颤着空气，褐雨燕在天空飞翔。那时我就知道，我必须出版一本自己的诗集，不仅包括悲伤的诗歌，还有新的诗篇，关于生命的荣耀、孤独的乐趣、大自然的壮丽等主题。我匆匆回到英国，开启了工作，寻找印刷商和订阅者，着手写新的诗歌并编辑旧的诗作。皮埃尔这时已经被我遗忘，甚至关于苏珊娜的记忆也模糊不清。过了一段时间，我努力回忆她的特征，以及她哭时的音高，记起她乳白柔软的肌肤。

这些记忆如洪水般向我涌来，我一边回忆，一边切土豆，把水从水泵抽到锅里，把锅放在炉子上，并祈祷有足够的热量可以把锅里的水烧开。慢炖土豆时，我借着微光称着面粉，在食品储藏室里寻找酵母时尽量小心翼翼，避免吵醒仰卧睡在地板上的人——一个客厅女佣？我的思绪转到苏珊娜身上。对她来说怎样才是合适的呢？把她从她的大家庭夺走？她的这个温暖的家？

我把面粉倒进碗里时，听见甲虫夹子发出咔嚓咔嚓的声音，不是只响一次，而是响了好几次，好像一连串的虫子被吞噬了。我量好酵母，戳了几下土豆，土豆快速碎裂，可以看出土豆软硬正好，用来做土豆面包卷简直完美，我心想。在这时我才想起安，是她告诉我，她妈妈是如何做土豆面包卷的：趁煮熟的土豆还十分滚烫，用一个粗筛子将它们揉搓成粉末。

如果苏珊娜跟了我，安会怎样呢？如果苏珊娜跟了我，我如何才能赚到我需要的钱，实现真正的经济独立，也保证她的独立？如果苏珊娜跟了我，我如何写完我的烹饪书，还有我的戏剧？

当我把土豆上的水撇掉时，我的难题清晰起来，化作一个简单的问题：我最想为我的女儿做些什么？灯芯草蜡烛冒着烟，透过噼啪作响的小火苗，答案浮现了，简明清晰。

第五十四章

安
烟熏獾腿肉

我离开教区，回到博尔戴克之家。哈蒂看了一眼我拉得很长的脸，紧紧拥抱我。

那天晚上，在她吹灭蜡烛后，我告诉了她事情的原委。“明天一早去找你爸爸吧，我帮你干活儿，我会告诉夫人事实的。伊莱莎小姐还没有回来。”她说。

“你很幸运，索普牧师已经处理好了，”她就事论事地说，“至少你妈妈被葬在了圣地。听说不少穷人疯子死后尸体被扔进了石灰坑里，没有坟墓，没有棺材，只有一层裹尸布。”

她的话让我从悲痛中惊醒。索普夫人对妈妈丧葬费用的评说飞入我的脑海——7 先令的一口棺材。索普牧师为什么要这么做？我把被子猛地掀开，笔直地坐在床上。手臂上所有的汗毛都竖了起来。我嘴里干燥得像满口锯末似的，声音低沉沙哑：“你确定吗，哈蒂？”

“哦，是的。济贫院里的贫民的遭遇也一样，只是他们的心脏会被切开。如果是白痴，则切开头骨，据说像坚果一样被敲开，然后就不能好好埋葬了，不是吗？所以会把他们扔进石灰坑。”

我没有回答她，因为黑暗在我的四周聚集、翻腾，似乎压低了她急促含混的说话声，一切都变得更加模糊不清。我想到的是索普牧师，他不仅匆匆赶到精神病院，把妈妈的尸体送到最近的教堂，还默默支付了棺材费。

“而你们不用付一分钱，所以索普牧师为你们做了件好事。那里反正不是很远，不是吗？我可以和你一起去，我们可以在那里种上春天开花的紫罗兰，那将是最漂亮的坟墓。你还可以存钱买一块墓碑。”

“但是他为什么要为我们做这些？他恨我们。”

“因为他是一名教士，我想是上帝告诉他那样做的。”

我把头埋在冰冷的被子里，闭上眼睛。有些事情对我来说很奇怪，非常奇怪。我想起在精神病院门外的时候，那里安静得令人毛骨悚然。没有其他访客，没有教区管理人员，没有灵车或马车。当然，我瞥见了商人，但他们总是在精神病院附近就消失了，就像磨坊主一样。然而，索普牧师去过那里，甚至比我早几天。

第二天早上，我早早起床回家，把炉子漆黑、打水、装煤桶、生火等活儿都留给哈蒂了。我发现爸爸在小屋外把新的鼹鼠皮拿出来钉在地上，等着 12 月的太阳把它们晒干。他拄着拐杖干活儿，我举起手，告诉他不要动。我蹲在他身边，开始哭泣，撕心裂肺地抽噎呜咽。

“她在天堂了，”他说道，“这对她更好。索普牧师及时赶到那里，得体地埋葬了她。她现在和上帝在一起。”

“为什么她不能被葬在这里？”我呜咽着说，“这样我们扫墓也近……”他摇了摇头，“索普夫人不希望她葬得太近，而且把尸体运到这里还需要额外费用，我不能那样要求牧师。重要的是，他给了她基督徒式的埋葬，安。”

我点点头，啜泣声在我的喉咙里渐渐消失。

“她的葬礼肯定贫乏的令人沮丧，让索普牧师处理是最好的。”爸爸握着我的手，扭头看向身旁一排整齐的鼹鼠皮。“你会回家吗，安？我卖鼹鼠赚了一些钱，牧师也会把他厨房里的骨头和鳗鱼皮给我们。他似乎偏爱鳗鱼，但不喜欢鳗鱼皮。鳗鱼皮干了很好，可以为膝盖疼痛的先生们做可爱的袜带。我们父女俩就可以勉强糊口了。”

我盯着灰色的小鼹鼠皮，带有长长的苍白的爪子，被小木桩牢牢地钉在地上。我应该回家照顾爸爸，我明白的。但当我这样想时，好像有什么东西挤压着我的内脏，把我肺里的氧气都吸走了似的。我擦了擦眼睛，想起了妈妈，想起她花了那么多时间，教我识字。妈妈教我学会读书写字，我却只是勉强糊口就行了吗？我想到杰克在他那闪亮的白色厨房工作，想到伊莱莎小姐手握鹅毛笔低头写字。我想象自己在市场上用手推车兜售爸爸的油腻蜡烛和干巴巴的鼹鼠皮。我不相信这就是妈妈之前对我的打算。

他朝厨房点点头。“你能闻到吗？”

我嗅了嗅空气，闻到一些肉味、木头味和烟熏的味道。“你在那里做饭吗？”

“我在烟囱里熏制一块獾腿肉。牧师同意我在他的花园设置捕猎的陷阱。你如果回来，不会挨饿的，安。”

所有这些关于牧师的谈话让我深感困惑和不安。我有一种直觉，爸爸并没有把一切实情都告诉我。

“为什么牧师要埋葬妈妈？他为什么不留给我们自己处理？或者交给精神病院？”爸爸嘬着腮帮子，良久没有说话。我感到土壤的湿冷透过衣裙遍及我的皮肤，深入骨髓。“他对所有的教友都这样做吗？”我感到很困惑，因为每个人都在告诉我这位牧师有多高尚，但我却无法忘记他那些卑鄙的小动作。

最后，爸爸说话了。“不，”他说，“不，他没有。”

“那为什么他对我们这样？”

他心不在焉地抚摩着钉牢的鼹鼠皮，仍然嘬着腮帮子。“你不能对别人泄露一个字，安。你保证？”

我点点头，比以往任何时候都更困惑了。我突然觉得身体非常热，在湿冷的衣服里很闷热，一股不知从何处涌来的热流让我感觉皮肤被烫伤，脸被烧伤，我必须脱掉披肩，松开上衣。

“索普牧师和你母亲其实是表兄妹。我们曾发誓不对任何人说。”

我目瞪口呆，难以置信。

“所以，他觉得有义务——不多，但也有一点儿。他夫人却认为疯癫是血液里的疾病。这让他很为难。因为她娘家有钱，他没钱。”

“那么他是我的一个亲戚？”

“如果我们不以醉酒、疯癫或犯罪等羞辱他们，他们会帮助我们，但我们必须只字不提亲戚关系。他们因你母亲的远嫁而感到羞耻，我们家现在好些别的事情都令他们倍感羞辱，我残废的腿令他们羞耻，我们是贫民也令他们羞耻。他们主要不希望身上有疯癫病的污点。你明白吗，安？”

我点点头，站起来。熏肉的气味从小屋随风飘来，我感觉饥肠辘辘。顷刻间我的未来突然变得像玻璃一样清晰。我想到伊莱莎小姐，她说话总是目标明确。我试图模仿她的声音——坚定而清晰。

“我不能在这里勉强糊口，爸爸。妈妈不希望我这样。我自己也不想这样。我想要更多，我想成为一名厨师。我想帮伊莱莎小姐完成她的烹饪书。”而且只有上帝知道留给我的时间有多长，我想，只有上帝能帮我摆脱疯癫的宿命。

我把爸爸扶起来，为他调整拐杖，一起向小屋走去。“我会坚持让索普先生带你去墓地工作。这是他可以帮我们的。”当我走在爸爸身边时，我觉得自己似乎长高了一点儿，背也挺得直了一点儿。仿佛我的体内已经长出了某些东西。

“你会吃一片我做的獾火腿，对吗，安？”

“我会的，”我说，“然后我要直接去找索普先生。”

我从未听见自己说话如此坚定，如此果断。

第五十五章

伊莱莎
杏仁巧克力、姜糖和柳枝叉上的宫廷夹心软糖

我正从烤箱取出一铁盘的土豆卷，专心致志地观察外皮是否已烘烤充分变成褐色并变脆，这时，厨房女佣来了，她的手在围裙绒带上摸索。她忽然惊叫一声，壁炉台上的钟显示还不到6点，灯芯草蜡烛微弱的光照在我身上，着实吓了她一跳。

“是我，阿克顿小姐，”我告诉她，“我已经生好了火，你少一项活儿了。”

她迷迷瞪瞪地看着面包卷，还是半睡半醒的样子。

“这是土豆面包卷，”我解释说，“它们的保质期比任何其他面包都长，味道极佳。有烤架吗？”

女佣张着嘴凝视着我，仿佛我说的是外语。几秒后，她才回过神来，从墙上的柜子里拉出一个烤架。“对不起，女士，”她眨着眼睛说，“女主人玛丽很少来厨房。我刚才以为你是个溜进来的小偷。”

"当然不是。"我轻快地说。我留下接下来该怎么操作的嘱咐——用非常新鲜的咸黄油涂抹在土豆面包卷上趁热吃，然后回到我的房间。我刚才已经把煮熟的土豆用滤盆揉搓成泥，并和面粉搅拌，揉成面团，并切成方块，此时我的头脑变得清晰敏锐。现在我有个计划，必须落实到行动上。

我从行李箱取出我的自画像，从包裹里取出一个信封包，再从信封包里取出我写给苏珊娜的诗——玛丽把她从我身边带走后写的……我又读了一遍，读起来很凄美，但听起来却很疏远，仿佛是别人写的——一个我几乎不认识的陌生人写的，重复出现"勿忘我"，似乎毫无新意，太过平淡无奇。

我把写着这首诗的纸卷起来，塞进卷好的自画像，停顿了一下，我又把它展开，检查剪影上用钢笔和墨水呈现的自己。她似乎是另一个人，尽管是用很新的墨水画就。她不再是我了，我想。同样，苏珊娜也不是我的女儿。太多的时光已经过去，没有时间和养育的纽带维系我们，我们怎么能成为母亲和女儿呢？我想到了玛丽的表情，当安东尼主动提出把苏珊娜还给我的时候，她的嘴唇在颤抖，眼里的亮光渐渐消失，那变化细微得几乎难以察觉。我想起曾听见她在房间里压抑的哭泣声。我记得她如何看管茶几旁的孩子们：纠正孩子们的举止和语法，整理他们的衣领和袖口。我可以像她这样吗？我想成为这样的人吗？我又看了看自画像，在自画像的眼睛里寻找我是谁的迹象。我可以像玛丽一样吗？我可以像她那样做一名幸福的母亲吗？我试着想象自己和一群爱吵闹的孩子们在一起的画面，但在我心目中，那是一幅水彩画，无法保持原貌，颜色在流淌和褪色。也许，我可以将这个画面画成油画，我在想。油画也是会撕裂和磨损的，无法保持原貌。我看了看那张卷起来的自画像和里面的诗，卷存得牢固整齐，妥妥帖帖，甚是宽慰，我对以前的自己说:“也许从来就没有人要求你成为一名母亲，也许你就是与众不同，你是因为别的目的而存在。”

我一边等着玛丽醒来，一边拿出墨水和羽毛笔，记下我对土豆面包卷的观察……比普通小麦面包需要更多的盐，少加点儿水，火候必须温和才会烘焙成功。笔尖在纸上划过，写下最后的观察：必须用质量最好的土豆。写完笔记后，我才拿出一张干净的纸，开始写我的遗嘱。苏珊娜可能再也得不到她的亲生母亲的爱了，但我决心让她有独立的人格，让她有自己的选择。因为如果没有选择，我们则会微不足道。

后来，当我完成遗嘱的注释后，我去找玛丽。我发现她在育婴室里，正在指导保姆给孩子们穿哪件外套。房间里已经一片混乱:男孩们在打架，女孩们在争夺发带，婴儿在啼哭，3 个音乐盒发出喧哗声，玛丽果断地发出各种穿衣指令。我退了出来，在走廊上不耐烦地等她。现在我已经下定决心，要尽快回到博尔戴克之家，越快越好。我想，安会在那里。厨房会很安静，大家都在辛勤劳作，目的明确。我将无拘无束地开展工作。

当安出现在我的脑海时，我突然很想给她带一份礼物，精致美味的东西，比如杏仁巧克力、姜汁糖果、大麦糖……装在一个漂亮的袋子里，用缎带系着……我在心里记下来，一会儿问问玛丽附近是否有糖果店。但这个念头很快就消失了，因为我满脑子都是有关甜食的想法。我们的烹饪书必须有一章是关于甜食制作的。我在法国吃过的牛轧糖，里面有阿月浑子果仁、杏仁和榛子；柳枝装饰的宫廷夹心软糖里有香橼果皮；还有用最新鲜的橙子花制作的橙花糖。多么奇怪啊，我刚想到安，就涌出各种想法和灵感。这时我突然意识到，对我来说，安比苏珊娜更像是我的女儿。

玛丽从育婴室出来了，她气喘吁吁，很忙乱的样子。“他们早上总是精力充沛！”她笑着说，用手指当扇子在脸上扇风，好像育婴室里精力旺盛的孩子们让她浑身发热。然后她的脸沉了下来。“我们会想念苏珊娜的，非常想念。大家都很喜爱她。”她转过身，并摸索着找出一块手帕。当她再次说话时，声音变得低沉，好像用手帕捂住了嘴巴。“但安东尼是对的，我们不能永远把她留在身边，尤其是现在你已经选择了不结婚，现在她可以以你的外甥女或是厨房女佣的名义和你一起生活。”

“玛丽，”我把我的手放在她的胳膊上，“我已经决定让苏珊娜和你们一起生活。一旦我有能力，我就会送来一笔补贴，”我停顿了一下，听到妹妹从喉咙里发出一声绞痛似的喘息声，我继续说，说得快速、有效、切中肯綮，“我将在遗嘱里给她留下一切，所以不会再增加安东尼的经济负担，你也不需要为她找丈夫。只有一件事……”

玛丽潸然泪下，微红的脸上露出难以置信的神情。“但是她是你的……”她的结巴中混杂着宽慰、震惊和迷惑的情绪。仿佛她不能理解我的决定，即使这个决定令她欣喜万分。

“只有一件事，”我重复道，“我有一幅自己的小画像，我想把它送给苏珊娜。该如何对她解释，由你来决定。”

“她绝不能被丑闻玷污。”玛丽对着她的手帕里嗅了嗅。

“是的，”我同意，“我可能是有罪的……但愿诅咒会降临在我头上，哦，不要降临到她身上。”

玛丽抬起头来，她的眼圈红红的，湿润了。“这话说得真好，伊莱莎。”

“我引用了兰登小姐的诗句，”我解释说，我的声音有些颤抖，“有人曾告诉我，男人们不允许他们的妻子邀请兰登小姐到家做客。我不希望苏珊娜也会有类似命运。”

“也不希望你会那样，”玛丽说，突然听起来很欢快、很坚定，“丑闻和耻辱对我们所有人都是不利的。”

我心不在焉地点点头。我想到，作为苏珊娜的“姨妈”，我可以为她做的事比为我自己还多，而不是作为她那不幸的、命运不济的母亲，只是……

“我要去通知安东尼，他一定会很高兴的，”玛丽满意地拍了一下手，“我还必须应对一下厨师，她很不高兴，给我提出警告。她误以为是我忘记了自己的身份，在她起床之前使用了她的厨房。”她笑着说，好像这样的想法很荒唐。在我还未承认自己去了厨房的罪行之前，她就匆匆忙忙地走到楼梯上了。空气中回响着她的指令：“哈蒙德，你穿好衣服了吗？安东尼，你在哪里？贝茜，告诉厨师我来了……还有，谁能把狗放到外面？”

看到玛丽如此欢欣，知道苏珊娜被这一家人深深地爱着，我很高兴。但是关于丑闻和耻辱的想法让我心神不宁。我想，这些话里有一种定论，一个毫不含糊的提示，我之前想把自己的烹饪书献给苏珊娜的梦想成了误入歧途的傻念头，烹饪书需要献给另一个人。我回到自己的卧室，收拾行李时，我一直在想这些问题。一些词语和短语在我的脑海打转：是海曼斯夫人的一句话，为纪念兰登小姐而写的献词？毫无疑问，母亲希望我献给她……我应该把它献给玛丽以表谢意吗，还是献给供我接受教育的父亲？父亲现在还背井离乡。

我摇了摇头，试图摆脱所有这些挥之不去的想法，我更愿意想着蜜饯和焦糖。我乘坐四轮马车回到科尔切斯特，再乘另一辆颠簸的马车前往汤布里奇，这一路上苏珊娜始终没有离开我的脑海。我决心让她从我这里继承一些可观的东西。不管是钱，还是……还是……当旅程结束，我才意识到我已经两手空空地回到家里，原打算送安的巧克力杏仁或生姜糖礼物早被我忘得一干二净。

第五十六章

伊莱莎
女王布丁

我一直想着将我写的烹饪书献给苏珊娜。回到博尔戴克之家，从书架上取下那本《某女士的新式家庭烹饪法》，其序言明确指出，该书是献给作者自己的女儿们的。我再次读这些文字，感到一种妒忌的刺痛。但我的视线又被书中的卷首插图和一行附言所吸引：某女士所著。我由此想到了另外一种可能性：如果我匿名出版就又多了一位无人所知的某女士，也许我可以想办法安全地把书献给苏珊娜。这本书以及书的未来收益都将是我送给她的礼物。

我正陷入思考时，注意到页面底部的一行字，这行字我以前从来没注意过：

第 60 版

突然，我再也不想匿名出版烹饪书了，甚至为了苏珊娜也不想匿名。我在心中看见了我的书，共60版，我的名字都醒目地印在首页，自上而下醒目地散布在书脊上。这个画面里有一些东西让我颤抖，甚至让我觉得自己更高大，不那么脆弱了。我一直生活在冲动的边缘，但如果我的书可以出版60次，苏珊娜就会继承一笔可观的财产。她可以像一名绅士或一名富有的寡妇那样自由地生活。我把《某女士的新式家庭烹饪法》捧在手心，想象着我自己的书，想象它在读者手中被不断传阅，从母亲到女儿，从邻居到姐妹，从朋友到朋友。有一件事我是肯定的，那就是食谱会说话。它们带有自己的语言。匿名出版是一种懦弱的行为。因为当我们剥去自己的姓名，我们也就失去了一种确定性。我看了看书架上的其他烹饪书：《大斋期的皇室糕点师》《拉斐尔的烹饪术》《格拉斯的烹饪艺术》《克莱蒙的烹饪艺术》……每一个名字都是烫金的，骄傲地闪着微光。在我看来，这些烹饪书的作者一直是我的伙伴，不仅教导我烹饪方法，而且还给予我友谊，即便有时候我对他们用的不恰当的成分和欠优雅的措辞而感到恼怒，但他们还是让我感受到了友谊。他们融化了我的隐居边界，让我的厨房充满志同道合的伙伴。我翻开其中一本烹饪书，检查那没有署名的书脊。我摇摇头，因为同伴从来都不是没有名字的人，什么样的女人会以匿名的方式获得友谊呢？

门"砰"地开了，是安进来了，她的脚步如此轻松和欢快，让我忘记了有关第60版的所有想法。

她询问我的旅程和我妹妹的家庭情况，然后说："我们今天会很忙吗，伊莱莎小姐？"她的声音里似乎有一种光亮，犹如吞下了一碟子金锭。顷刻间，我很羡慕她的生活是如此单纯。当然，她感受过饥饿和寒冷，但她从不需要与自己的野心做斗争，也没经历过一名老处女的痛楚及无数的责任，也没有遭到过非难毒舌的鞭打，她简单地生活着。

安看着我，仿佛从我瞪大的眼睛中看见了我对她的嫉妒。然后她问道："你今天要写你的剧本吗？"

"我在考虑拜访蒙特菲奥里女士，"我的回答让我自己都觉得很意外，这些话好像自动地从我嘴里脱口而出，"她想看我的剧本，我则希望和她的戏剧家朋友凯利小姐会面。"我突然感到一阵紧迫感，想尽快完成剧本，目睹它在伦敦上演，亲耳听闻台词（我写的）跨越剧院的围墙向外传播。与此同时，我也听见了烹饪书对我的召唤。我的脑子里嗡嗡作响，有上百个食谱迫不及待地要在各地的厨房里实践烹饪。"时间不够用。"我咕哝道，声音很小，安一定没听见。

"你不在的时候我做了一道新菜，一道布丁，"她把围裙在腰间系紧，"用了牛奶、奶油、香草、鸡蛋和糖。"

"哦，"我说，她语气中的轻松活泼和确定无疑，令我略感不安，"蛋奶沙司凝结了吗？"

她忽略了我的问题，告诉我她在布丁上装饰了一些保存完好的浆果树枝，问我想看看吗？我还没来得及回答，她就跑到食品储藏室去了，回来时一只手臂托着我最好的大浅盘，上面铺着一块干净的布丁布，一个又大又白的蛋奶糕在盘子里颤动，如同一轮圆圆的秋月，上面插着浆果树枝，像石榴石一样在眨眼。瞬间，我惊异得说不出话。她的创作，绝不逊色于我，犹如一幅完美的图画。

她给了我一个蛋勺，在盘子上戳了一下。"吃吧，伊莱莎小姐，我特意留给你先尝。”

我把勺子插入蛋奶糕的褶皮，迅速且好奇地放到嘴边。与此同时，我意识到一种宁静的感觉流遍我的全身。顿时，烹饪书该献给谁的苦恼、潜伏于脑海中的指责的声音，所有这些不快都消失了，这里只有奶油和香草。我突然想到虽然这个漂亮的布丁是安的创作，*但安其实有一部分是我创造的，而我自己也有一部分是她创造的*。烹饪和品尝提供了它们各自的舞台，而我们两个人此刻正在舞台上表演。

“你取名字了吗？”我朝颤动的布丁点点头，安用浆果树枝做的装饰令我再次感到惊异，“叫浆果蛋奶糕怎么样？”

安笑了，与其说是对我笑，不如说是在对她自己笑。“我把它叫作*女王布丁*。”

“献给维多利亚女王。”我赞许地点点头。

“哦，不，”她说，“是献给我妈妈，她已经去世并被埋葬了，我之前不知情。”

蛋勺当啷一声从我手中掉落。为什么安没有在我回来的第一时间向我提及她母亲已经过世？我感到疑惑，也觉得受伤，但安只是用布丁布擦了擦她的眼睛，然后转回蛋奶糕，戳了戳浆果树枝。“我不想谈妈妈，”她说，“此外，这块蛋奶糕也是为你命名的，伊莱莎小姐。*现在你就是我的女王*。”

我一时说不出话来，好像喉咙被什么堵住了。但是安又说话了，这次她的话更令我震惊：“我有了一个新亲戚，是个有钱人，但我什么都不能说，因为要保密！”

我盯着安，有些疑惑，难道这女孩有点儿发烧吗？——是否因为她母亲的死而大受刺激，发高烧了？但是只要看一眼她做的浆果蛋奶糕，就知道她不可能发烧。我感到恐慌在我身体内乱窜，并在我的血管中流动，遮蔽了我混杂着惊讶、困惑和受伤的情绪，也遮蔽了刚才听见她叫我“*女王*”时的喜悦之情。

“一个富人亲戚？”我愚蠢地重复道，但脑子里一片混乱，她将离开博尔戴克之家，去投奔她的富人亲戚吗？或者回去照顾她的父亲？或者加入她哥哥，也去索耶先生著名的厨房工作？难怪她的语气如此快活！难怪她的步子如此轻快！

“是的，”她说。她的视线转向窗户，“我不能多透露，但这使我感到……更勇敢了。我去要回了爸爸的工作，还做了自己想做的布丁并给它命名，”她的眼睛看向我，没有以往惯有的羞涩，“我还得感谢你，伊莱莎小姐。你曾……”她顿了一顿，我看见她的嘴唇嚅动，似乎在寻找合适的措辞。

“给你壮胆？”

“不仅如此……*是你滋养了我*。”她的嘴角斜了斜，似乎对自己刚才的措辞很满意。然后她沉默了。我等着她说，希望我给出短评。但她却转身离去，把女王陛下的布丁匆匆送回配餐室。留下我自己来琢磨她新获得的胆量：这会使她从我这里离开吗？我的厨房是否足够宽敞，能容得下两名勇敢的厨师？

我感觉自己的脑子太小，容不下这么多的困惑和疑虑。所以我的思绪回到了手里的这本食谱上，又回到我自己的烹饪书上，以及书该献给谁的问题上。我擦了擦书脊上带黄油的手指印，掸掉一块面粉污迹。与此同时，一个名字在我眼前闪现——安！我要把我的书，*我们的书*，献给安。但是，不，永远都不可能，从来没有作家会把书献给一个用人。母亲大概会气得怒火中烧。我必须找到一个献词既包括安也有苏珊娜在内，向所有需要厨房的同伴言说，包括所有那些会被驱赶出厨房的人……不管是富人还是穷人，不管是已婚的还是未婚的，不管是犹太人还是异教徒……各种词语切入大脑并彼此交叠。我需要清晰、简单、直接的词语，就像我的食谱，就像我自己……

我闭上眼睛，听见炉火嘶嘶的声音就像此起彼伏的呼吸声，听见安在配餐室正哼着小曲，还有她整理瓶瓶罐罐时的叮当声。在这片音乐声中，一句话流入我的脑海，是一行清晰、简单、完整的文字，这才是完美的献辞：

献给英格兰的年轻管家们

我把它写下来，塞进我的剧本。我小声重复："献给英格兰的年轻管家们，献给英格兰的年轻管家们……"

我喜欢这句献辞。是的，非常喜欢。

尾声

1861 年
伦敦，格林尼治

我在一个箱子的底部发现了她那本名为《当代烹调术》的烹饪书，我为惠特马什先生家失去母亲的女孩们准备的备用毛毯就放在这个箱子里。这本书看起来多么结实漂亮啊：酒红色的皮质封皮，书脊上有凸饰，边线装订，她金色的名字闪闪发光。我打开书，翻到标题扉页。我情不自禁地笑了："分支齐全的现代烹饪：简化为易操作的实践体系，供家庭使用……一系列经过严格测试的配方，给出最精准细微的细节……"哦，主啊，这是我们一起测试食谱的那些过程！我翻到目录页，与惠特马什先生给我的礼物《比顿夫人的家庭管理之书》并排放一起。我把这两本书的目录都看了一遍，一个食谱一个食谱地对照着看。到下午 5 点，我勉强看完四分之一，但已经可以看出端倪。比顿夫人至少盗用了我们的食谱三分之一的内容。同样的菜肴，做法却寡淡无味，并冠之新名。当然，她把原料成分放在开头而不是结尾是很聪明的，除此之外，别无新意。

再次阅读我们的所有食谱，像以前一样，我的嘴里发出“嗯嗯”的赞许声。在我还没来到惠特马什先生家里时，他就告诉我因为*工作需要*，他只在自己的俱乐部用餐，他的女儿们只吃烤得很脆的羊排和清水煮土豆以及原味米饭布丁，拒绝吃别的食物。刚来这里时，我心灰意冷。惠特马什先生只让我洗熨他的衬衫和他女儿们的衣服，擦洗地板，煮沸消毒他担任皇家格林尼治医院总调剂师时所需要的那些抹布。他给了我足够的钱去购买肉片、马铃薯、大米和牛奶等，除此之外，不会多给一分钱。与此同时因为工作需要，他总在俱乐部的宴席上狼吞虎咽，经常喝嫩龟汤、吃板油馅饼，因而变得大腹便便。

我把书放在一边，拿出一张纸，写购物清单。明天我将烹饪真正的食物——*伊莱莎式食物*。他为什么送给我一本烹饪书？我写了自己最喜爱的几道菜肴的各种成分，感觉那些作料和味道又回来了，抵达我的舌尖，在喉咙底部汇成甜甜的一片：一对保存良好的山鹑、新鲜的嫩蘑菇、波尔图葡萄酒、精盐、可口的调味黄瓜、时鲜的嫩菠菜。布丁呢？为什么没有？当然有！还一定得是我们反复试验过的布丁：“省钱又雅致的布丁。”她多么喜欢这个名字！而且这个名字多么贴切啊，因为她既雅致又节俭。我的清单上还增加了这些：带核的葡萄干、鲜牛奶、新鲜鸡蛋、柠檬片、苦杏仁、柠檬、烤架和几滴杏仁精油。

我没有对任何人说，但两天后我告诉惠特马什先生，要他当天晚上回家吃饭。他看着我，感到莫名其妙。我把一只手伸进自己的领口，挑逗地说：“*工作需要*，先生。”然后我眨眨眼睛，极其放肆地向他抛了个媚眼。

他傍晚回家时，他的女儿们已经吃完了烤得太老的羊排和已经有些吃腻的米饭布丁，然后回卧室了。我已经把餐桌装扮得如同圣餐台。铺了最好的锦缎桌布，摆出最好的韦奇伍德陶瓷、上乘的水晶，还有三尖齿镀银叉子。天花板上有一束新鲜的鼠尾草用来驱赶苍蝇。他嗅了嗅空气，神情迷惑亦警惕，似乎觉得我会下毒。他看了看餐桌，那是两人用餐的布置，皱起眉头说："我不是一个人用餐吗？"

"如果可以的话，我想和你一起用餐，先生，"我的脸红了，因为仆人不应该这样提议，即使已经上了主人的床，也不该这样提议，"都煮好了，一直在保温。如果你愿意，我可以在楼下和你一起用餐吧？"哦，真是厚颜无耻！我从未听见自己如此粗鲁无礼的要求。惠特马什先生挑起一道长眉，耸耸肩。于是我就坐在他身边的一张高背椅上，把餐巾在膝盖上铺展，就像一名已婚妇女和她的丈夫共进晚餐。

晚餐菜肴丰盛，烤山鹑塞满了野生蘑菇，配有蘑菇和波尔图葡萄酒酱，还有炖黄瓜，以及用模具塑形的菠菜，抹了厚厚一层黄油。我告诉他我之前的生活。我和伊莱莎·阿克顿小姐为了撰写一本烹饪书在一起工作了10年。她希望书上也署我的名字，排在她的名字下面，但是被我婉拒了。我觉得那不是我配得上的位置，我和伊莱莎小姐最终为此闹翻了，她不能理解这一点，而且感觉很受伤。后来我发现她有一个女儿，而那些年她却一直瞒着我，于是这次轮到我感到很受伤。我一直以为我们是挚友。惠特马什先生边用餐、喝酒，边点头称是。毫无疑问，他在考虑他明天必须配送的药物。我继续喋喋不休地讲述过往……由于一些愚蠢的念头，很遗憾，我还是离开了博尔戴克之家。伊莱莎小姐曾请我留下来协助她撰写下一本书，专写如何制作面包的书。但是我们在一起的时间实在太长了。10 年来，我们每天并肩作战烹饪 15 个小时，而且她已经变得很爱说教。她总是对生活的贫穷和不公感到愤怒，尽管她自己从来就没有经历过挨饿的苦日子。后来，她住在汉普斯特德郡，专注于撰写面包食谱书，有一天她给我寄来一本我们合作完成的烹饪书的签名本。来信中说她的“外甥女”在她家帮忙。即便在那时，她还是拒绝承认那位就是她的亲生女儿。她还说，她的剧本大获成功，但是现在她已经太累了，不能再写剧本或诗歌了。她的心智正在发生变化。她说自己已开始记不住一些简单的事情。她甚至忘记填写她的详细地址，只写了伊莱莎·阿克顿小姐，伦敦汉普斯特德。这样，我怎么给她回信呢？

惠特马什先生几乎没在听我说话，因为当我提这个问题时，他点点头，咀嚼着，说这是他吃过的最美味的食物，并责怪我为何不早点儿告诉他我曾是厨房的一位女主人？

“现在她已离世了，”我说，和他之前一样，我也无视了他的问题，“我想是疯癫降临到她身上了，因为我妈妈就是这样逐渐心智衰退……从忘记一些小事开始。想到这一点，我感到很恐惧、很难过，所以我努力不去想伊莱莎小姐，也不想看我们的烹饪书，不想烹饪。但现在……”我的声音越来越轻，因为我不知道该如何向他解释，在发现比顿夫人盗用我们的烹饪书后，我意识到，*生命何其短暂，而且仅有一次，必须紧紧地抓住，并大口大口地享用，而不是浪费生命任由其变质腐烂。*

他竖起眉毛，把一根山鹑骨头放到嘴边，大声吮吸着。“比我在俱乐部的好，好得多，而你一直在擦地板，我的安……”

“我已经厌倦了继续擦洗地板和为你的女儿们烤羊排，先生，”我放下刀叉，“我想成为你的厨师。这样你就可以在家招待你的绅士朋友们。比顿夫人说，家庭用餐在崇尚礼仪的社会是非常时尚的。”当我说到比顿夫人时，想到她盗用我们的食谱时的无耻，我突然感到作呕！

“只有那些有妻子做女主人的家庭才可以。”惠特马什先生说道，很唐突。他没有说我的安……“我如果没有妻子，就不能邀请那些医生朋友的太太。”

我深吸了一口气，鼓起勇气说，“我已经厌倦了做你的仆人。我希望成为惠特马什夫人，每天晚上为你做晚餐，与你的绅士朋友和他们的夫人畅谈。还要在一张床上和你共眠。”我的脸已经涨得通红，但我依然直视着他的眼睛。如果他说“不”，我已经决定了立即去别的地方谋求一个厨师的职位。过去两年里，索耶先生过世了，我的哥哥杰克也过世了，但我还可以去别的地方。我听说蒙特菲奥里夫人在伦敦东区开了一家专供犹太人的汤菜厨房。她可能会雇用我……

他低头看了看自己的盘子，吃着蘑菇和波尔图葡萄酒酱，动作缓慢，好像在沉思什么。然后他抬起头来，咧着嘴笑了。“不然你觉得我为什么要送你一本家庭管理的书，我的安？”

我糊涂的大脑顿时雀跃起来了。“那么你接受我的求婚啦？我的本杰明？”

他大笑道：“除非你做的布丁和你做的山鹑一样好。”

“哦，会比那更好，”我说，“省钱又雅致的布丁是有史以来最美味的烘焙甜食。”

致谢

我想感谢以下人士，谢谢他们一直以来给予我的持续不断的支持和灵感：

感谢我的母亲芭芭拉，她在我还蹒跚学步时就向我介绍了烹饪食物和阅读食谱的双重乐趣。感谢我的婆婆朱恩，她收藏的英国烹调书籍非常丰富，而且在我丈夫还是儿童时就教会了他烹饪。我的母亲、我的丈夫马修、潮流文学社的莎朗·加兰特和托马斯·钦纳利，以及我的朋友瑞秋·艾瑞斯，他们是本书最早的读者，感谢他们给予我宝贵的反馈意见。感谢格莱斯顿图书馆，我在这里就伊莱莎这个主题做了演讲，听众们听得津津有味（还友善地品尝我做的伊莱莎蛋糕和饼干），大家非常热情，我受到很大的激励，决定暂停研究，开始了本书的写作。感谢大英图书馆、伦敦图书馆、市政厅图书馆和惠康图书馆提供的珍贵的古旧珍本烹饪书收藏。感谢汤布里奇学校的档案员马修斯、名誉教授玛吉·胡姆给予的帮助。当然，还有我的家人——马修、伊莫金、布莱尼、萨斯基亚和雨果，多年来他们顺从地吃着我受伊莱莎启发而做的饭菜，谢谢你们！

非常感谢世界各地的团队在出版《伊莱莎小姐的厨房手札》中发挥的重要作用，包括：我的美国的经纪人克莱尔·安德森·惠勒，她给书起名的创造能力无可匹敌；威廉·莫罗公司的露西娅·麦克罗和她优秀的团队人员，阿桑特-西蒙斯、丹妮尔-菲尼根和霍利-莱斯，他们以出色的编辑和设计能力启动了本书的出版工作；在英国，我的经纪人莎伦·加兰特一直孜孜不倦地勤奋工作；还有充满热情、才华横溢的西蒙·舒斯特公司的萨拉·杰登·维特和爱丽丝·罗格斯。最后，感谢所有的出版商和翻译人员——目前正在研究如何翻译伊莱莎·阿克顿和安·柯比使用的许多晦涩难懂的烹饪术语，我祝愿你们好运。

特别感谢伊莱莎·阿克顿本人，以及历史上所有敢于署她们自己的名字而写作的妇女，感谢她们的勇敢无畏！我希望这部小说能在一定程度上承认这些女性做这个决定的过程是多么困难、复杂和勇敢。

灵犀·她系列

《职场妈妈别自责：与超能女性对话》

《凯茜妈妈的重生日记》

《伊莱莎小姐的厨房手札》

《小地震》（待出版）

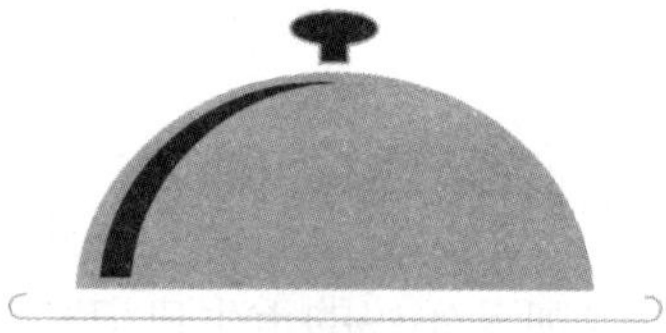

wrenchd in twain . . . blighted hopes,
. neglectedly abroad, where fostering love is no

With what still hours of calm delig
Thy songs and image blend
I cannot choose but think thou we
An old familiar friend.

to me, where thou art not . . .

I have no early flowers to fling . .
Lifes silver cord torn apart, the go
Come to my grave when I am gone,
. . .

I am . . . I am . . . I am.